Theodor Storm

Theodor Storm´s gesammelte Schriften

Erste Gesamtausgabe (19 Bände)

Theodor Storm

Theodor Storm´s gesammelte Schriften
Erste Gesamtausgabe (19 Bände)

ISBN/EAN: 9783337336189

Hergestellt in Europa, USA, Kanada, Australien, Japan

Cover: Foto ©Andreas Hilbeck / pixelio.de

Weitere Bücher finden Sie auf **www.hansebooks.com**

Storm's gesammelte Schriften.

Theodor Storm's

gesammelte Schriften.

Erste Gesammtausgabe.

Neunzehn Bände.

— — — — — — —

Braunschweig.
Druck und Verlag von George Westermann.
1891.

Theodor Storm's

gesammelte Schriften.

Band 7.

Braunschweig, Verlag von G. Westermann
— 1891. —

Inhalt.

des siebenten Bandes.

———

— .... —

Gedichte.

—

Begrabe nur dein Liebſtes.

Begrabe nur dein Liebſtes! Dennoch gilt's
Nun weiter leben; — und im Drang des Tages,
Dein Ich behauptend, ſtehſt bald wieder du.
— So jüngſt im Kreis der Freunde war es, wo
Hinreißend' Wort zu lauter Rede ſchwoll;
Und nicht der Stillſten einer war ich ſelbſt.
Der Wein ſchoß Perlen im kryſtallnen Glas,
Und in den Schläfen hämmerte das Blut; —
Da plötzlich in dem hellen Toſen hört' ich
— Nicht Täuſchung war's, doch wunderbar zu ſagen —
Aus weiter Ferne hört ich eine Stille,
Und einer Stimme Laut, wie mühſam zu mir ringend,
Sprach todesmüd', doch ſüß, daß ich erbebte:
„Was lärmſt du ſo, und weißt doch, daß ich ſchlafe!“

Verloren.

Was Holdes liegt mir in dem Sinn,
Das ich vor Zeit einmal besessen;
Ich weiß nicht, wo es kommen hin,
Auch was es war, ist mir vergessen.
Vielleicht — am fernen Waldesrand,
Wo ich im lichten Junimorgen
— Die Kinder klein und klein die Sorgen —
Mit dir gesessen Hand in Hand,
Indeß vom Fels die Quelle tropfte,
Die Amsel schallend schlug im Grund,
Mein Herz in gleichen Schlägen klopfte,
Und glücklich lächelnd schwieg dein Mund;
In grünen Schatten lag der Ort —
Wenn nur der weite Raum nicht trennte,
Wenn ich nur dort hinüber könnte,
Wer weiß! — vielleicht noch fänd' ich's dort.

———

Geflüster der Nacht.

Es ist ein Flüstern in der Nacht,
Es hat mich ganz um den Schlaf gebracht;
Ich fühl's, es will sich was verkünden
Und kann den Weg nicht zu mir finden.

Sind's Liebesworte, vertrauet dem Wind,
Die unterwegs verwehet sind?
Oder ist's Unheil aus künftigen Tagen,
Das emsig drängt sich anzusagen?

Mein jüngstes Kind.

Ich wanderte schon lange,
Da kamest du daher;
Nun gingen wir zusammen,
Ich sah dich nie vorher.

Noch eine kurze Strecke,
— Das Herz wird mir so schwer —
Du hast noch weit zu gehen,
Ich kann nicht weiter mehr.

————

An Kl. Groth.

Wenn't Abend warb,
Un still de Welt un still dat Hart;
Wenn möb up't Knee bi liggt de Hand,
Un ut din Husklock an de Wand
Du hörst den Parpendikelslag,
De nich to Woort keem över Dag;
Wenn't schummern in be Eden liggt,
Un buten all de Nachtswulk flüggt;
Wenn denn noch eenmal kickt de Sünn
Mit golden Schiin to't Finster 'rin,
Un, ehr de Slap kümmt un de Nacht,
Noch eenmal Allens lävt un lacht, —
Dat is so wat vör't Minschenhart,
Wenn't Abend warb.

Ueber die Haide.

Ueber die Haide hallet mein Schritt;
Dumpf aus der Erde wandert es mit.

Herbst ist gekommen, Frühling ist weit —
Gab es denn einmal selige Zeit?

Brauende Nebel geisten umher,
Schwarz ist das Kraut und der Himmel so leer.

Wär' ich hier nur nicht gegangen im Mai!
Leben und Liebe — wie flog es vorbei!

———————

Waisenkind.

Ich bin eine Rose, pflück' mich geschwind!
Bloß liegen die Würzlein dem Regen und Wind.

Nein, geh nur vorüber und laß du mich los!
Ich bin keine Blume, ich bin keine Ros'.

Wohl wehet mein Röcklein, wohl faßt mich der Wind,
Ich bin nur ein vater= und mutterlos Kind.

———

Ritornelle.

Blühende Myrthe —
Ich hoffte süße Frucht von dir zu pflücken;
Die Blüthe fiel, nun seh' ich, daß ich irrte.

Schnell welkende Winden —
Die Spur von meinen Kinderfüßen sucht' ich
An eurem Zaun, und konnte sie nicht finden.

Muskat=Hyazinthen
Ihr blühtet einst in Urgroßmutters Garten;
Das war ein Platz; weltfern, weit, weit dahinten!

———

Cornus Suecica.

Eine andre Blume hatt' ich gesucht —
Ich konnte sie nimmer finden;
Nur da, wo Zwei beisammen sind,
Taucht sie empor aus den Gründen.

———

Sprüche des Alters.

1.

Vergessen und vergessen werden —
Wer lange lebt auf Erden,
Der hat wohl diese Beiden
Zu lernen und zu leiden.

———

2.

Dein jung Genoß in Pflichten
Nach dir den Schritt thät' richten.

Da kam ein andrer junger Schritt,
Nahm deinen jung Genossen mit.

Sie wandern nach dem Glücke,
Sie schau'n nicht mehr zurücke.

———

Engel-Ehe.

Wie Flederwisch und Bürste sie regiert!
Glas und Geräth, es blitzt nur Alles so
Und lacht und lebt! Nur, ach, sie selber nicht!
Ihr schmuck Gesicht, dem Manne ihrer Wahl,
Wenn ihre wirthschaftliche Bahn er kreuzt,
Gleich einer Maske hält sie's ihm entgegen;
Und fragt er gar, so wirft sie ihm das Wort,
Als wie dem Hunde einen Knochen, zu.
Denn er ist schuld an Allem, was sie plagt,
Am Trotz der Mägde, an den großen Wäschen,
Am Tages-Mühsal und der Nächte Wachen,
Schuld an dem schmutz'gen Pudel und den Kindern! —
Und Er? — Er weiß, wenn erst der grimme Tod
Das Antlitz ihm zu prägen nur beginnt,
Dann wird, der doch in jedem Weibe schläft,
Der Engel auch in seinem Weib erwachen;
Ihr eigen Weh bezwingend wird sie dann,
Was aus der Jugend Süßes ihr verblieb,
Heraufbeschwören; leuchten wird es ihm
Aus ihren Augen, lind wie Sommerathem

Wird dann ihr Wort zu seinem Herzen gehn. —
Doch wähnet nicht, daß dies ihn tröste! Nein,
Den künft'gen Engel, gräulich haßt er ihn;
Er magert ab, er schlottert im Gebein,
Er wird daran ersticken jedenfalls.
Doch eh' ihm ganz die Kehle zugeschnürt,
Muß er sein Weib in Himmelsglorie sehn;
Die Rede, die er brütend ausstudirt,
Womit vor seinem letzten Athemzug,
Jedwedes Wort ein Schwert, auf einen Schlag
Er alles Ungemach ihr hat vergelten wollen,
Er wird sie nimmer halten; Segen=Stammeln
Wird noch von seinen todten Lippen fliehn.
Das Alles weiß er, und es macht ihn toll;
Er geht umher und fluchet innerlich.
Ja, manches Mal im hellsten Sonnenschein
Durchfährt es ihn, als stürz' er in das Grab.
Es war sein Weib; sie sprach ein sanftes Wort.
Und zitternd blickt er auf. — „O Gott sei Dank!
Noch nicht, noch nicht das Engels=Angesicht!"

Letzte Einkehr.

Noch wandert er; doch hinter ihm
Schon liegen längst die blauen Berge;
Kurz ist der Weg, der noch zu gehn,
Und tief am Ufer harrt der Ferge.

Doch blinket schon das Abendroth
Und glühet durch das Laub der Buchen;
So muß er denn auch heute noch
Wie sonst am Wege Herberg suchen.

Die liegt in grünen Ranken ganz
Und ganz von Sonnenschein umglommen:
Am Thore steht ein blondes Kind,
Und lacht ihn an und sagt Willkommen.

Seitab am Ofen ist der Platz;
Schon kommt der Wirth mit blankem Kruge.
Das ist ein Wein! — So trank er ihn
Vor Jahren einst in vollem Zuge.

Und endlich schaut der Mond herein
Von draußen durch die dunklen Zweige;
Es wird so still; der alte Mann
Schlürft träumerisch die letzte Neige.

Und bei des bleichen Sternes Schein
Gedenkt er ferner Sommertage,
Nur halb ein lauschend Ohr geneigt,
Ob Jemand klopf' und nach ihm frage.

Draußen im Haidedorf.

(1871.)

2

Es war an einem Herbstabend; ich hatte in der Amtsvogtei ein paar am Mittage eingebrachte Holzfrevler vernommen und ging nun langsam meinem Hause zu. Die Gaserleuchtung war derzeit für unsere Stadt noch nicht erfunden; nur die kleinen Handlaternen wankten wie Irrlichter durch die dunklen Gassen. Einer dieser Scheine aber blieb unverrückt an derselben Stelle und zog dadurch meine müßigen Augen auf sich.

Als ich näher gekommen war, sah ich vor dem Wirthshause, wo damals die nach Ost belegenen Dörfer ihre Anfahrt hatten, noch einen angeschirrten Bauerwagen halten; der alte Hausknecht stand mit der Stallleuchte daneben, während die Leute sich zur Abfahrt rüsteten.

„Macht fertig, Hinrich!" sprach es vom Wagen herab; „Ihr habt nun genug gealbert! Carsten Krü-

2 *

ger's und Carsten Decker's Frau warten alle Beid'
auf ihre Stunde; es läßt mir nicht Ruh' mehr." —
Die etwas ältliche Stimme kam von einer breiten,
anscheinend weiblichen Person, welche, in Tücher und
Mäntel eingemummt, unbeweglich auf dem zweiten
Wagenstuhle saß.

Ich war unwillkürlich an der Ecke der hier ab=
gehenden Querstraße stehen geblieben. Wenn man
stundenlang gearbeitet hat, so sieht man gern einmal
die anderen Menschen eine Scene vor sich abspielen,
und der Knecht hielt die Leuchte hoch genug, daß ich
Alles bequem betrachten konnte.

Neben einer jugendlichen Frauengestalt, deren
Wuchs sich auffallend von der gedrungenen Statur
unserer gewöhnlichen Landmädchen unterschied, stand
ein junger Bauer, dessen blondes krauses Haar unter
der Tuchmütze hervorquoll; in der einen Hand hielt
er Zügel und Peitsche, mit der anderen hatte er die
Lehne eines hölzernen Stuhles gefaßt, der zum Auf=
tritt an den Wagen gerückt war. Es lag etwas
Brütendes in dem Gesicht des jungen Menschen; der
breite Stirnknochen trat so weit vor, daß er die
Augen fast verdeckte. — "Komm, Margreth, steig'

nun auf!" sagte er, indem er nach der Hand des Mädchens haschte.

Aber sie stieß ihn zurück. „Ich brauch' dich nicht!" rief sie. „Paß du nur deine Braunen!"

„So laß doch die Narrenspossen, Margreth!"

Auf diese mit kaum verhehlter Ungeduld gesprochenen Worte wandte sie den Kopf. Bei dem Schein der Leuchte sah ich nur den unteren Theil des Gesichtes; aber diese weichen, blassen Wangen waren schwerlich jemals dem Wetter der ländlichen Saat- und Erntezeit preisgegeben gewesen; was mir besonders auffiel, waren die weißen spitzen Zähne, die jetzt von den lächelnden Lippen bloßgelegt wurden.

Sie hatte dem jungen Menschen auf seine letzten Worte nichts erwiedert; aber nach der Haltung des Kopfes konnte ich annehmen, daß ihre Augen jetzt die Antwort gaben. Zugleich trat sie leise mit einem Fuße auf den Holzstuhl, und als er sie nun umfaßte, ließ sie sich weich an seine Schulter sinken, und ich bemerkte, wie ihre Wangen eine Weile an einander ruhten. Ich sah aber auch, wie er sie nach dem vorderen Wagensitze hinzudrängen suchte; allein sie entschlüpfte ihm und hatte sich im Augenblick auf dem

zweiten Stuhl neben der dicken Frau zurecht gesetzt,
die jetzt wieder ein „Mach' fertig, Hinrich, mach' fertig!" aus ihren Tüchern herausrief.

Der junge Bauer blieb noch wie unentschlossen
an dem Wagen stehen. Dann zupfte er dem Mädchen an den Kleidern. „Margreth!" stieß er dumpf
hervor, „setz' dich nach vorne, Margreth!"

„Viel Dank, Hinrich!" erwiederte sie laut; „ich
sitz' hier gut genug."

Der junge Mensch riß heftiger an ihren Kleidern.
„Ich fahr' nicht ab, Margreth, wenn du nicht bei
mir sitzen willst!"

Jetzt bog sie sich über den Rand des Sitzes zu
ihm herab; ich sah ein Paar dunkle Augen in
dem blassen Antlitz blitzen, und die weißen Zähne
wurden wieder sichtbar zwischen den üppigen Lippen.
„Willst du dich schicken, Hinrich!" sprach sie leise, fast
wie mit verheißender Zärtlichkeit, „oder sollen wir ein
ander Mal mit Hans Ottjen zur Stadt fahren? Er
hat mich oft genug darum geplagt."

Der junge Mann murmelte etwas, das ich nicht
verstand; dann sprang er ungestüm zwischen die Pferde
durch auf den vorderen Wagensitz, knallte ingrimmig

mit der Peitsche und riß in die Zügel, daß die Braunen sich steil in die Höhe bäumten. Und gleich darauf, unter dem Aufschrei der Frauen, rasselte das
Gefährt in die Nacht hinaus, daß der Holzstuhl vom
Rade getroffen zertrümmert auf das Pflaster stürzte
und der alte Hausknecht mit einem „Gott bewahr'
uns in Gnaden" zurücktaumelte und dann scheltend
mit seiner Leuchte durch die Hausthür verschwand.

Wie ein Schattenspiel war Alles vorüber; und
nachdenklich setzte ich meinen Weg nach Hause fort.

*   *   *

Etwa ein halbes Jahr danach wurde in der Amtsvogtei der Tod des Eingesessenen Hinrich Fehse zur
Anzeige gebracht, der in einem der Ostdörfer eine
große, aber, wie mir bekannt war, stark verschuldete
Bauernstelle besaß. Da er außer seiner Wittwe und
einem mündigen Sohne gleiches Namens zwei unmün-
dige Kinder hinterließ, so mußte die Masse in ge-
richtliche Behandlung genommen werden. Zum Vor-
munde der Unmündigen wurde, in Ermangelung naher
Verwandten, auf den Wunsch der Wittwe der frühere
Küster des Dorfes bestellt; ein Mann, der während

seiner Amtsführung sich weniger um die ihm anvertraute Jugend, als um seinen schon derzeit nicht ge-
ringen Landbetrieb bekümmert hatte; seit Niederlegung
des Amtes aber seinen einstigen Schülern um so mehr
in allen Vorkommnissen des Lebens mit seinem oft
nur allzu weltklugen Rath zur Seite stand.

Als ich am Tage der Erbregulirung in die Gerichtsstube trat, fand ich den gewichtigen Mann schon
in eifriger Durchsicht der Documente neben dem Pulte
des Bevollmächtigten sitzen. Nachdem er mich durch
seine runden Brillengläser erkannt hatte, strich er bedächtig die Seitenhärchen über seinen kahlen Scheitel
und stand dann auf, um mich mit der ihm eigenen
Würde zu begrüßen. Zugleich wies er auf einen
jungen Menschen, der sich bei meinem Eintritt gleichfalls von einem Stuhl erhoben hatte, und sagte:
„Das hier, Herr Amtsvogt, ist Hinrich Fehse, der
älteste Sohn des Verstorbenen.“

Mir war in diesem Augenblick, als sei ich diesem
eckigen Kopfe schon sonst einmal begegnet; nur über
das Wie und Wo konnte ich nicht ins Reine kommen.
Aber wohl niemals hatte ich auf einem jugendlichen
Antlitz einen solchen Ausdruck gleichgültiger Ver-

droſſenheit geſehen; die grauen tiefliegenden Augen
ſchienen es kaum der Mühe werth zu halten, die
Wimpern zu mir aufzuheben.

Drüben an der Wand ſaß eine alte Bäuerin mit
harten Zügen und dunklen Augenbrauen, das graue
Haar unter das ſchwarze Käppchen zurückgeſtrichen; ſie
ſaß unbeweglich und hielt ihre Hände mit dem Sack=
tuch auf der blaugedruckten Leinwandſchürze. Das war
die Wittwe des verſtorbenen Hufners Hinrich Fehſe.

Es war mir darum zu thun, die etwas verwickelte
Angelegenheit zunächſt mit dem Küſter allein zu be=
ſprechen, und ich trat deshalb mit ihm in mein nebenan
liegendes Arbeitszimmer.

„Die Stelle wird ſich ſchwerlich für die Familie
halten laſſen,“ ſagte ich, zugleich das Inventurprotocoll
der Maſſe vor ihm aufſchlagend: „wir werden leider
zum Verkauf genöthigt ſein.“

Der Küſter ſah mich mit ſeinen runden Augen an.
„Das bin ich nicht der Meinung!“ ſagte er dann im
gewichtigen Schulton.

Ich wies auf die lange Reihe der im Protocoll
verzeichneten Schulden. „Wenn das Altentheil der
Wittwe noch dazu kommt, ſo wird dem Annehmer der

Stelle nicht genug bleiben, um auch noch die Erb-
theile der Geschwister auszukehren."

„Das allerdings nicht!" Und der würdevolle
Mann klemmte die fleischigen Lippen ein und blickte
auf mich mit einer Sicherheit, als ob er das Gegen-
mittel schon fix und fertig in der Tasche hätte.

„Und trotz dessen," fragte ich wieder, „wollen
Sie ihn die große Hufe übernehmen lassen?"

„Das wäre so meine Meinung!"

„Und das Geld, woher wollen Sie das bekommen?"

„Dafür müßte freilich schon gesorgt sein!" Und
er nannte die Tochter eines wohlhabenden Hufners
aus demselben Dorfe. „Gestern," fuhr er fort, „haben
wir bereits den Verspruch gefeiert, und die Fehse'sche
Stelle kann nun von den beiden jungen Leuten gemeinschaftlich übernommen werden."

Der Küster legte die Hände auf den Rücken, und
erwartete gehobenen Hauptes den Ausdruck meiner
Bewunderung. Mir aber war es unter dieser Eröffnung plötzlich klar geworden, wo ich dem jungen
Hinrich Fehse schon begegnet sei. Ich sah ihn wieder
neben jenem gefährlichen Mädchen am Wagen stehen
und hörte ihn sein düsteres „Margreth, Margreth!"

ausstoßen. — „Mir ist," sagte ich endlich, „als hätte ich Ihren Bräutigam schon auf anderen Wegen getroffen! Hat etwa die Hebamme Ihres Dorfes eine besonders hübsche Tochter?"

„Also das wissen Herr Amtsvogt auch schon!" erwiederte etwas überrascht der Küster. „Nun, wir haben das Mädchen sechs Meilen weit in die Stadt als Nähjungfer vermiethet, und morgen geht sie dahin ab. Mit solider Bauernarbeit hat die Mamsell sich doch ihr Lebtag nicht befassen mögen."

Ich mußte lachen. „Und wie haben Sie denn das nur wieder fertig gebracht?"

Das selbstzufriedene Lächeln im Gesichte des Küsters zuckte so tief, als es die starken Wangen zuließen. „Mit Erlaubniß, Herr Amtsvogt, für Geld kann man den Teufel tanzen lassen, warum denn nicht ein altes Weib!"

„In der That, Sie haben mehr als Recht; und die Tochter der Hebamme ist voraussetzlich ohne Mittel?"

„Mit dem glatten Gesicht, Herr Amtsvogt, konnte uns nicht gedient sein, und sonst ist nichts da, was sie hätte in die Wirthschaft bringen können. Ueberdies," und er stimmte seinen Ton zu vertraulichem Flüstern, „ihr Großvater war ein Slovak von der Donau und, Gott weiß wie, bei uns hängen geblieben; dazu die alte Hebamme mit ihrem Kartenlegen und Geschwulstbesprechen, womit sie den Dummen die Schillinge aus der Tasche lockt — das hätte übel gepaßt in eine alte Bauernfamilie!"

„Und hat sich denn Ihr Hinrich so leicht von jenem Mädchen trennen lassen?" fragte ich noch einmal.

Der Küster setzte seinen weltklugen Kopf in Positur. „Wenn ich es gerad' heraussagen soll," erwiederte er ausweichend, „es war noch ganz die Frage, ob die Dirne ihn genommen hätte; da sind noch Andere, die sie hinter sich herzieht und die schwerer ins Gewicht fallen. Die junge Frau aber wird nicht mit ihm betrogen, denn das muß ihm Jeder lassen, ein Bauer ist er aus dem Fundament!"

Unsere Unterredung war zu Ende. Von Gerichtswegen war gegen den gemachten Vorschlag nichts einzuwenden; im Gegentheil, alle Schwierigkeiten wurden dadurch wie von selbst gelöst.

— — Als wir wieder in die Gerichtsstube traten, hatte sich dort inzwischen auch die Braut mit ihrem

Vater eingefunden. Sie mußte fast um zehn Jahre
älter sein, als der ihr bestimmte Bräutigam; das Ge=
sicht war wohlgeformt, aber reizlos, wie es bei denen
zu sein pflegt, die schon mit ihrer Kinderseele um den
Erwerb gerechnet haben; das fahlblonde Haar zeigte
deutlich, daß es ungeschützt allem Wetter und Sonnen=
brand ausgesetzt wurde. Ihr gegenüber an der anderen
Wand saß jetzt der Bräutigam; den Kopf gesenkt, die
Hände zwischen den gespreizten Beinen vor sich hin=
gefaltet. — Bei den nun folgenden Verhandlungen
zeigte er sich mit Allem einverstanden; ein dürftiges
„Ja“ oder „Nein“ oder „Das muß ja denn wohl
sein,“ war indessen Alles, womit er diese Zustimmung
ausdrückte; dabei fuhr er mit dem Rücken der Hand
ein paar Mal über seine Stirn, als wenn es dort
etwas fortzuwischen gäbe. Endlich, als mit sämmt=
lichen Betheiligten Alles besprochen und das Verein=
barte zu Papier gebracht war, erfolgte, wie Rechtens,
die Unterschrift des Protocolls.

Auch Hinrich Fehse, als an ihn die Reihe kam,
trat an das Pult des Gevollmächtigten und malte in
steilen, widerhaarigen Buchstaben seinen Vornamen
unter die Verhandlung; dann aber setzte er mit einem

tiefen Athemzug die Feder ab und starrte unbeweglich
vor sich hin. Vor seinem inneren Auge mochte jetzt
ein üppiger Mädchenkopf erscheinen; vielleicht flog gar
der erschütternde Gedanke durch sein Gehirn, den Bann
des alten bäuerlichen Herkommens zu durchbrechen.
Aber der Küster, der ihn während der ganzen Verhandlung nicht aus den Augen gelassen hatte, trat
jetzt, die Hände in den Taschen, zu ihm heran und
sagte ruhig: „Blos deinen Namen, Hinrich; blos
deinen Namen!"

Und Hinrich, wie von der eisernen Nothwendigkeit
am Draht gezogen, malte nun auch sein „Fehse" in
denselben steilen Zügen noch dahinter.

„Actum ut supra", und Sand darauf; die Sache
war erledigt. Hinrich Fehse verließ das Gericht als
ein gemachter Mann; mit der Frau hatte er das
Betriebscapital für die Hufe in Händen; wenn er
als Bauer seine Schuldigkeit that, so konnte es ihm
nicht fehlen. — Und bald auch hörte ich, daß die
Hochzeit mit allem Pompe bäuerlichen Herkommens
gefeiert worden sei.

*   *   *

Der Eindruck, den diese Vorgänge mir gemacht hatten, war allmälig verblaßt. Anfänglich hatte ich wohl darauf geachtet, wenn an Markttagen der junge Bauer mit seiner Frau an mir vorüberfuhr; von der Letzteren hatte ich dann auch wohl ein Kopfnicken bekommen, während er selbst, ohne sich umzuwenden, auf seine Pferde peitschte. Dann, geraume Zeit nachher, da es schon spät am Abend war, hatte ich ihn einmal in dem erleuchteten Hausflur jenes Wirthshauses an der Ecke gesehen; es war mir auch damals wohl durch den Kopf gegangen: „Was hat denn der wieder so spät in der Stadt zu thun!" Weitere Gedanken hatte ich mir darüber nicht gemacht. Da — es war wieder einmal Herbst geworden, der November stand schon vor der Thür — ging ich bei der Rückkehr von einer Morgenwanderung durch die Neustadt, wo eben Pferdemarkt gehalten wurde. Die edlen Thiere standen wie gewöhnlich zu beiden Seiten der Straße vor den Häusern angebunden, und ich drängte mich eben durch einen Haufen von Käufern und Verkäufern und vergnügter Stadtjugend, als mir von einem Hause ein lautes Rufen und Händeschlagen entgegenschallte. Im Näherkommen erkannte ich Hinrich Fehse, der mit

einem jütischen Bauern in eifrigem Handeln begriffen war. Den Gegenstand, wie mir bald klar wurde,
bildeten zwei höchst elend aussehende Pferde, die
mit gesenktem Kopfe daneben standen, indeß der
Jüte den Schweif des einen Thieres lobpreisend zur
Seite riß.

„Ja, ja," sagte der Andere, ohne auch nur hin-
zusehen; „die Schindmähren sind just gut genug."

„Hundertunddörtig für die Beide!" rief der Jüte
wieder.

Aber Hinrich zog seine Hand zurück. „Hundert-
undzwanzig," sagte er düster; „keinen Schilling mehr."

Und klatschend fielen die Hände in einander.
Hinrich Fehse schnallte seine lederne Geldkatze los,
zahlte dem Anderen die harten Thaler in die Hand
und rüstete sich dann, die erhandelten Thiere von dem
Rickwerk loszubinden.

Im Weitergehen, wo ich über den Eindruck des
Gesehenen zum deutlicheren Bewußtsein kam, wollte
mich bedünken, als ob der junge Bauer seit unserer
letzten Begegnung, wie man bei uns sagt, bös ver-
spielt habe. Das Gesicht war scharf und mager geworden und die ohnehin kleinen Augen waren unter

der vortretenden Stirn fast verschwunden; überhaupt, der an sich gewöhnliche Vorgang hatte mir jetzt etwas Auffallendes, so daß ich nicht umhin konnte, mich später beim Eintritt in die Gerichtsstube gegen meinen landkundigen Bevollmächtigten darüber auszusprechen.

Der alte Actenmann machte vom Pultbock herab seine bedenklichste Handbewegung.

„So," sagte ich; „die Sachen stehen also schlecht?"

„Gar nicht stehen sie!" erwiederte er. „Seit einem halben Jahr ist die Margreth wieder im Dorf, und seitdem sitzt auch der Fehse fast alle Abend bei den Hebammenleuten; sogar in die Stadt ist er ihr nachgelaufen, als sie um Pfingsten in der Anfahrt hier zu nähen saß. Und dabei verkauft er, was los und fest ist, Futter und Saatroggen, so daß zum Winter wohl die leeren Scheunen nachbleiben werden; heut' haben nun sogar die schönen braunen Wallachen daran glauben müssen — wissen, Herr Amtsvogt, die im Inventar zu fünfhundert Thaler taxirt waren — und statt dessen hat er sich die jütschen Kracken eingehandelt. Dafür aber promenirt draußen im Dorf das Hebammenfräulein in seidenen Jacken und goldenen Vorstecknadeln; mag auch wohl manche

Tonne Fehse'schen Hafers an ihrem Leibe tragen!" Und der Alte nahm eine große Prise.

„Am Ende auch noch die beiden Wallachen, Brüttner!"

Der kleine graue Mann steckte die Feder hinter's Ohr und segelte auf seinem Drehbock vollends zu mir herum. „Nun," sagte er schmunzelnd, „wohin der Ueberschuß seinen Weg nimmt, das wäre wohl nicht schwer zu rathen!"

„Und woher wissen Sie das Alles so genau?"

Brüttner wollte eben antworten, als der Amts= diener in die Stube trat: „Der Herr Küster ließen grüßen, heut' könne er nicht wieder vorkommen, aber nächsten Donnerstag; und da wollte er die beiden Fehse'schen Weiber gleich mit aufs Amt bringen."

„Also der Küster ist hier gewesen?" fragte ich.

„Hm, freilich," versetzte Brüttner; „und er meinte, nach den letzten Passagen wär's doch am besten, wenn die Frauen den Fehse unter Curatel stellen ließen; er würde dem Herrn Amtsvogt schon Alles aus einander setzen."

*　　*　　*

Bevor jedoch der Küster diesen kühnen Plan in Angriff nehmen konnte, wurde mir — es war an einem Mittwoch — von dem Bauervogt des Dorfes die schriftliche Anzeige gemacht, daß der Eingesessene Hinrich Fehse seit letzten Sonntag Abend verschwunden sei. Die Meinung Einiger gehe dahin, daß er mit dem neulich aus einem Pferdehandel gewonnenen Gelde auf einem Auswandererschiffe von Hamburg fortgegangen sei; Andere dagegen hegten die Befürchtung, er könne sich ein Leides angethan haben. Außer dem bekannten Verhältniß mit der Tochter der Hebamme sei ein besonderes Ereigniß, welches sein Verschwinden erklären könne, nicht bekannt geworden. Uebrigens hätten die angestellten Nachforschungen bis jetzt keinen Erfolg gehabt.

— — Ich beschloß sofort, noch am Nachmittag die Sache an Ort und Stelle zu untersuchen. — Um desto unbehinderter zu sein, verzichtete ich auf einen Protocollführer und nahm nur den Amtsdiener als Begleitung mit. Wir fuhren auf einem offenen Wagen; denn es war ein milder Herbsttag, wie uns deren in unserer Gegend immer einige vor dem entschiedenen Eintritt des Winters beschert zu werden

3*

pflegen. Die lebendigen Hecken, welche wir während
der ersten Stunde zu beiden Seiten des Weges hatten,
trugen noch einen Theil ihres Laubes; hie und da
zwischen Hasel- und Eichenbusch drängte sich ein Spill-
baum vor, an dessen dünnen Zweigen noch die rothen
zierlichen Pfaffenkäppchen schwebten. Meine Augen
begleiteten im Vorüberfahren das eben so sanfte, als
schwermüthige Schauspiel, wie fortwährend unter
dem noch warmen Strahl der Sonne sich gelbe
Blätter lösten und zur Erde sanken, zumal wenn
vor dem Schnauben unserer Pferde eine verspätete
Drossel, ihren Angstschrei ausstoßend, durch die Büsche
flatterte.

Aber die Gegend wurde anders; die bewachsenen
Wälle mit den bebauten Feldern dahinter hörten auf.
Statt dessen fuhren wir hart am Rande des sogenannten „wilden Moors" entlang, das sich derzeit,
so weit der Blick reichte, nach Norden hinauszog.
Es schien hier, als sei plötzlich der letzte Sonnenschein, der noch auf Erden war, von dieser düsteren
Steppe eingeschluckt worden. Zwischen dem schwarz-
braunen Haidekraut, oft neben größeren oder kleineren Wassertümpeln, ragten einzelne Torfhaufen aus

der öden Fläche; mitunter aus der Luft herab kam der melancholische Schrei des großen Regenpfeifers, der einsam darüber hinflog. Das war Alles, was man sah und hörte.

Mir kam in den Sinn, was ich einst — ich meine, über die noch von dem slavischen Urstamm bewohnten Steppen an der unteren Donau — gelesen hatte. Dort aus den Haiden erhebt sich in der Dämmerung ein Ding, das einem weißen Faden gleicht und das sie dort den „weißen Alp" nennen. Es wandert gegen die Dörfer, es stiehlt sich in die Häuser, und wenn die Nacht gekommen ist, legt es sich an den offenen Mund der Schlafenden; dann schwillt und wächst der anfänglich dünne Faden zu einer schwerfälligen Ungestalt. Am Morgen darauf ist Alles verschwunden; aber der Schläfer, der dann die Augen aufthut, ist über Nacht blödsinnig geworden; der weiße Alp hat ihm die Seele ausgetrunken. Er bekommt sie nimmer wieder; weit auf die Haide hinaus in feuchte Schluchten, zwischen Moor und Torf, hat das Unwesen sie verschleppt.

Nicht der weiße Alp war hier zu Hause; aber zu anderen, nicht minder unheimlichen Dingen verdichteten sich auch die Dünste dieses Moores, denen manche, besonders der älteren Dorfbewohner, Nachts und im Zwielicht wollten begegnet sein.

An der südlichen Grenze desselben lag unser Reiseziel, das Dorf, dessen spitzer Thurm und schwarze Strohdächer schon lange vor uns sichtbar gewesen waren. — Als wir endlich anlangten, ließ ich zunächst vor dem Hause des alten Küsters halten, um durch diesen etwas Näheres über die Verhältnisse im Fehse'schen Hause zu erfahren. Ich traf ihn mit seinem Knecht beim Aufladen des Düngers beschäftigt, im blauwollenen Futterhemd, die Furke in der Hand; doch war er deshalb nicht weniger würdevoll, als er erst seinen „Goldhaufen" mit der ebenen Erde vertauscht hatte. „Ich will's Ihnen sagen, Herr Amtsvogt," hub er an, nachdem er zuvor seine Sprachwerkzeuge durch ein paar Ansätze fetten Hustens in Bereitschaft gesetzt hatte, „wem nicht zu rathen ist, dem ist auch nicht zu helfen! Dieser Hinrich hat mit Gewalt sein Glück nicht erkennen wollen; Gott weiß, ob's mit der Curatel noch zu curiren ist!"

Wir waren unterdessen in das Haus und in die Wohnstube getreten. Hinter dem Ofen, in welchem trotz der milden Witterung ein Feuer brannte, saß ein kränklich aussehendes Mütterchen, fast verdeckt von einer großen Wollenstrickerei, die sie mit ihren mageren Fingern handhabte. Sie entschuldigte sich klagend, daß sie wegen ihrer Kreuzschmerzen nicht vom Lehnstuhl aufkönne, um mich zu begrüßen; dann klinkte sie von ihrem Sitze aus die daneben befind- liche Küchenthür auf und rief mit scharfer Stimme: „Kathrin! Setz' den Kessel auf, Kathrin!" Und zu- gleich hörte ich auch draußen den Dreifuß auf den Herd werfen und im Feuerloch rumoren.

Die Frau Küsterin klappte die Thür wieder zu und strickte weiter; aber ihre kleinen matten Augen folgten unabläßig, während ich mit ihrem Eheherrn im Gespräch auf- und abwandelte.

„Wenn's erlaubt ist zu reden, Herr Amtsvogt," sagte sie endlich, ihr Strickzeug von sich schiebend; „es hat schon einen Vorspuk gegeben; dazumal, als mein Mann hier noch im Amte war. — Ich hab' die Rosen so gern," fuhr sie hüstelnd fort; „es sollte just am anderen Tag das Ringlaufen für die Schule sein, und Abends dann, mit hoher Erlaubniß, die Tanzlustbarkeit im Kruge; da waren auf einmal alle meine Rosen abgerissen. Ich wußt' wohl gleich, wo mein Spitzbube zu suchen war; aber bei unserem Vater in der Schule hat's der Hinrich so zu drehen gewußt, daß das Strafrohr auf seinen Rücken gefallen ist. Und die Dirne saß mausestill dabei und guckte in ihr Gesangbuch."

"Aber Mutter," versuchte der Küster einzureden, "so erzähl' doch dem Herrn Amtsvogt nicht die alten Kindergeschichten!"

"Meinst du, Vater?" versetzte sie. — "Sie standen beide vor der Confirmation; es ist nur ein Faden und der läuft bis heute hin."

Ich bat höflich um die Fortsetzung des Berichts.

Das Mütterchen nickte. "Ich hatte damals noch meine Gesundheit, Herr Amtsvogt," begann sie wieder; "aber als ich anderen Abends mit der Frau Pastorin nur kaum in den Tanzsaal getreten war, so sah ich auch schon, daß der Hinrich seinen Willen hatte; denn in dem Kranze, den die Slovakendirne auf ihren schwarzen Haaren trug, saßen richtig meine rothen Rosen; und herumgeschwenkt hat sie sich auch mit ihm, daß dem hölzernen Jungen der Schweiß von den Backen rann."

„Nun, nun, Vater!" unterbrach sie sich, als der Küster zu einer neuen Bemerkung anhub. „Ich weiß wohl, die Freude dauerte nicht lange; ich will's dem Herrn Amtsvogt Alles schon erzählen. Es war nämlich Einer unter den größeren Jungen, der nicht wie die anderen in das Hebammenmädchen vernarrt war, obschon sie sich genug um ihn zu thun machte; und das war der Sohn von dem reichen Klaus Ottsen hier! — Als eben die Musikanten zu einem neuen Walzer aufspielten, kommt der anstolzirt, in seiner blauen Jacke mit Perlmutterknöpfen, die silberne Uhrkette über der Weste, und sieht sich unter den Dirnen um, als wenn sie nur alle so für ihn zu Kauf stünden. Er war aber auch ein schlanker, braunhaariger Junge und hat noch heute so was Stolzes an sich. — Vor Hinrich und Margreth, die eben wieder in die Reihe treten wollten, blieb er stehen und sah höhnisch auf sie herab. „Hehler und Stehler?" sagte er lachend. „Der Rosenhinrich und die Slovakenmargreth? Ihr macht ein sauberes Paar zusammen!" — Die Dirne glotzte ihn an mit ihren schwarzen Augen. „Läßt d' mich schimpfen, Hinrich?" rief sie. Und im Handum-

drehen hatte auch mein Ottjen seine zwei Faustschläge in den Nacken. „Das für die Elevaten
Margreth! Und das für den Rosen-Hinrich!" —
Und dabei fiedelten die Musikanten, und die Kinder
tanzten und stolperten über den Hans, der sich eben
vom Fußboden wieder aufsammelte; und in all' dem
Lärm hör' ich die Stimme unseres Herrn Pastors
und sehe auch, wie er den Hinrich am Kragen hat
und ihn gegen den Thürpfosten stellt. „Daß du es
weißt, Fehse!" hör' ich ihn noch sagen; „mit dem
Tanzen ist es heute Abend aus für dich!" — Da
stand er nun und biß sich die Lippen blutig, und die
Margreth reckte ihren Schwarzkopf auf und schaute
durch den Saal nach einem anderen Tänzer aus.

— — 's ist aber ein wunderlich Ding das Menschenherz, Herr Amtsvogt! Schon lange hatte ich
gesehen, daß Hans Ottjen dastand, als wenn er die
Dirne mit den Augen verschlingen wollte; und es
hilft einmal nicht, die gestohlenen Rosen ließen ihr
verwettert gut zu ihrem feinen, unverschämten Stumpfnäschen. Und richtig! Sie hatte nun auch den am
Band. „Was meinst, Margreth?" sagt ganz kleinlaut der Hans Hoffart; „willst jetzt mit m i r halten

heute Abend?" — Erst, als er nach ihrer Hand griff, stieß sie ihn vor die Brust und that wild wie 'ne Katze; aber als sie merkte, daß es Ernst war, ward sie auch eben so geschmeidig und lacht' und wies ihre weißen Zähne, und tanzte mit ihrem schmucken Hans an dem armen Burschen vorüber, als hätte es für sie nimmer einen Hinrich Fehse auf der Welt gegeben. Der aber stand noch immer wie angenagelt auf seinem Posten; nur seine kleinen Augen fuhren hinter den Beiden her; es war ein Glück, daß sie nicht mit Flintenkugeln geladen waren!"

„Was weiter im Saal passirt ist," fuhr die Er= zählerin fort, nachdem sie eine Weile Athem geschöpft hatte, „das hab' ich nicht gesehen; die Frau Pastorin holte mich nach der Hinterstube, wo unsere Männer sich zu ihrem Kartenspiel gesetzt hatten. Die Zeit verging; es war eben Feierabend geboten, ich stand just am Fenster und hörte nach den Wildgänsen droben in der Luft, denn es war eine milde Nacht und das Gethier flog über die Haide nach dem Haff — da auf einmal hieß es: „Wo ist Hinrich Fehse?" — Ja, Hinrich Fehse war nicht da. — „Ich sah ihn draußen im Weg," meinte Einer; „er wird nach

Hause gelaufen sein." — Aber die Mutter kam ge=
jammert; zu Hause war er auch nicht. — Der alte
Hinrich Fehse, ein Querkopf trotz seinem Jungen,
stand vorn im dicken Haufen in der Schenkstube und
stieß sein Glas auf den Tisch, daß er nur noch den
Fuß in der Hand behielt, und raisonnirte auf den
Herrn Pastor; er lasse seinen Jungen nicht cujoniren,
wenn er ihn auch nicht wie die reichen Bauern mit
Uhrketten und Perlmutterknöpfen besetzen könne; nein,
zum Teufel, das leide er nicht!

„Ich war in den Tanzsaal zurückgegangen, wo
eben die Musikanten ihre Fiedeln in die Ledersäcke
steckten. Da stand noch die Hebammendirne mit
Hans Ottjen auf der leeren Diele; sie allein schien
alles Das nicht anzufechten. „Nun, Margreth,"
fragte ich, „weißt denn du nicht, wo der Hinrich ab=
geblieben ist?" — „Ich? — Nein!" sagte sie kurz,
zog einen ihrer kleinen Schuhe aus und zupfte die
rothe Bandschleife darauf zurecht; dann funkelte sie
wieder auf den Hans mit ihren schwarzen Augen
und schlug ihn neckisch auf die Hände: „Du, was
hast mich eingestaubt, du! Du bist so wild; wart'
nur, ich tanz' nicht mehr mit solch' 'nem Tollen!"

„Und das war die Margreth, Herr Amtsvogt; der Hinrich aber kam auch am anderen Morgen noch nicht wieder; sie meinten, der Mittag würde ihn nach Hause treiben; aber da hatte auch eine Eule gesessen; das ganze Dorf kam in die Beine, sie suchten ihn mit Leitern und mit Stangen. Und endlich! Wo war er gewesen, Herr Amtsvogt? — Bei den Wasserkröten hatte er in der Nacht gesessen; dort hinten im Moor bei der schwarzen Lake. Der Finkeljochim, der da seine Besen schneidet, kam ins Dorf gelaufen und erzählte es. Da haben sie ihn denn nach Haus geholt mitsammt dem Gliederreißen, das er sich vom feuchten Moorgrund heimgebracht. Ein paar Wochen hat er in den Kissen liegen müssen, und als der Doctor nicht angeschlagen, haben sie die Sympathie gebraucht: und mit drei Tassen Camillenthee und ein paar Handvoll Kirchhofserde ist dann auch Alles wieder in seinen Schick gekommen."

Der Kaffee war inzwischen aufgetragen und der Küster erinnerte, nicht ohne scheinbare Vorsicht, seine Frau daran, daß der Herr Amtsvogt noch mit ihm zu reden habe.

„Ich will nicht im Wege sein, Vater," versetzte

dieſe, von ihrem Lehnſtuhl aus die Taſſen voll ſchen=
kend; „ich ſage nur und hab's dem Herrn Paſtor
auch ſchon geſagt: erſt, als die Dirne wieder aus
der Stadt zurück war, lief nur der Hinrich bei den
Hebammenleuten, und es gefiel ihr ſchon, daß ſie gleich
wieder Einen hinter ſich her zu ziehen hatte; und
wenn auch nur um die junge Frau zu ärgern, die
ihn geheirathet hat; ſeit es aber mit dem alten Klaus
Ottſen aufs Letzte geht und der nicht mehr den
Daumen gegenhalten kann, weiß auch ſein Hans mit
Dunkelwerden den Weg dorthin zu finden. Ich
wundre mich nicht, daß der Fehſe auch diesmal wie=
der fortgelaufen iſt; denn mit ſich ſelber umzugehen,
was doch die größte Kunſt vom Menſchenleben iſt,
das hat er immer noch nicht lernen können. Ich
begreif' nicht, was darum ſo viel Aufhebens im
Dorf iſt; er wird ſchon wiederkommen, wenn er's
ſatt hat!“

Die kleine gebrechliche Frau, deren blaſſe Wan=
gen unter dem lebhaften Erzählen wieder aufgeblüht
waren, ſchwieg jetzt und ſuchte mit der Feuerzange
die Kohlen in ihrem Ofen aufzuſtören. — Ich that
noch dieſe und jene Frage; dann ließ ich mich von

dem Küster, dem draußen sichtlich seine Würde wieder
zuwuchs, an meinen Wagen geleiten.

„Ja, ja, mein wohlgeborener Herr Amtsvogt,"
sagte er, gleichsam die Summe eines langen Ge-
dankenexempels ziehend; „ich habe manchen Gang um
diese Heirath gemacht; aber der Mensch soll ja auf
den Dank der Welt nicht rechnen! Nehmen Sie nur
die Mamsell Margreth aufs Korn; die wird Ihnen
über Alles Bescheid geben können."

Unterdessen hatte er das Schutzleder vor meinem
Sitze zugeknöpft, und, mit majestätischer Handbewegung entlassen, rumpelte mein Fuhrwerk auf der
schlecht gepflasterten Dorfstraße weiter.

Hinter der zur Rechten liegenden Kirche, an deren
granitner Mauer ich im Vorüberfahren die Jahres-
zahl 1470 las, blickte aus jetzt fast entlaubten Hollun-
derhecken ein Häuschen mit grünen Fensterläden.

„Den Hebammenleuten gehört es," erwiederte auf
meine Frage der Amtsdiener, sich vom Kutschersitze
zu mir wendend, „sie halten's gewaltig sauber; in
Geschäften bin ich ein paar Mal dort gewesen."

Nach einer Weile hörten zur Linken die Häuser
auf. Die an der Kirchseite sich noch eine gute Strecke

entlang ziehenden Gehöfte lagen gegen Westen, nur
durch den Weg und einige eingewallte Acker- und
Wiesenstücke von dem großen Moor getrennt; das
letzte derselben, einsam und weit hinaus belegen, war
mir als das des Hinrich Fehse bezeichnet worden.

Vor vielen dieser Häuser bemerkte ich Gruppen
von Menschen, anscheinend in lebhafter Unterhaltung,
zuweilen auch wohl mit ausgestrecktem Arm nach dem
Moor hinausweisend. Es war augenscheinlich eine
besondere Aufregung unter den Dorfbewohnern.

Endlich fuhren wir auf die Fehse'sche Hofstelle.
An dem Hause, welches etwa hundert Schritt vom
Wege zurücktrat, waren noch die Früchte der wohlhabenden Heirath sichtbar: die nördliche Hälfte mit
dem großen Scheunenthor und den halbrunden Stall-
fenstern war augenscheinlich kaum vor Jahresfrist
gebaut, die andere dagegen, welche die Wohnungs-
räume enthielt, mochte in diesem Zustande schon lange
von Vater auf Sohn vererbt worden sein. Vor
den niedrigen Fenstern, auf welche das schwere
schwarzbraune Strohdach drückte, zog sich ein ziemlich ödes Gartenstück bis an den Weg hinab.

Da sich Niemand von den Hausgenossen zeigte,

als wir oben vor dem Scheunenthore hielten, so schickte ich den Amtsdiener in das Haus, der dann auch bald in Begleitung einer alten Frau wieder an den Wagen trat. Ich wollte sie als Wittwe Fehse begrüßen, aber sie erwiederte, sie habe nur als Nachbarin das Haus gehütet; die alte und die junge Frau Fehse seien zum Bauervogt gegangen; denn die Tochter des Finkeljochim hätte erzählt, daß sie noch gestern Abend, da eben der Mond aufgegangen sei, den Hinrich dort hinten auf dem Moor gesehen habe; auf diese Nachricht seien wieder Leute zum Suchen hinausgeschickt worden.

Ich fragte näher nach.

„Es wird wohl nichts daran sein, Herr Amtsvogt," meinte die Alte; „die Dirne ist so was simpel; und seit der Hans Ottsen ihr vergangenen Winter was in den Kopf gesetzt hat, ist sie vollends faselig geworden."

„Aber wo ist das Mädchen jetzt zu finden?"

„Jetzt bekommen Herr Amtsvogt sie nicht. Sie ist mit den Leuten in die Haide, um ihnen den Platz zu zeigen."

Ich ließ mich zunächst von der Alten in das

Wohnzimmer weisen und einen Tisch in die Mitte stellen, auf welchem ich zur Aufnahme der nöthigen Notizen mein mitgebrachtes Schreibmaterial bereit legte.

Es war ein niedriges, aber geräumiges Zimmer; der weiße Sand auf den Dielen, die blanken Messing-knöpfe an dem Beileger-Ofen, Alles zeugte von Sauberkeit und Ordnung. Den Fenstern gegenüber befanden sich zwei verhangene Wandbetten; vor dem einen, mit der zwischen Vergißmeinnicht gemalten Ueberschrift: „Ost un West, to Huus is best", stand eine jetzt leere hölzerne Wiege.

Um keine Zeit zu verlieren, hieß ich den Amts-diener, mir die in der Nähe wohnende Tochter der Hebamme zur Stelle zu bringen, während die Alte es übernahm, die Fehse'schen Frauen von der entleg-neren Wohnung des Bauervogts herbeizuholen. — Ich befand mich allein im Hause; von der Wand tickte der harte Schlag einer Schwarzwälder Uhr; in Er-wartung der kommenden Dinge war ich ans Fenster getreten und sah in die gelbe Herbstsonne, die schon tief jenseits der Haide stand.

Das Rauschen von Frauenkleidern weckte mich

aus den Gedanken, worin ich mich einzuspinnen begann. Als ich mich umwandte, erblickte ich eine schlanke volle Mädchengestalt in städtischer Kleidung, deren kleine und, wie mir schien, zitternde Hand eben ein schwarzes Kopftuch von dem Nacken streifte.

Ich konnte nicht zweifeln, wen ich vor mir hatte; zum ersten Mal sah ich den verführerischen Kopf jenes Mädchens unverhüllt.

„Sie sind Margarethe Glansky!" sagte ich.

Ein kaum hörbares „Ja" war die Antwort.

Ich setzte mich gegenüber an den Tisch und nahm die Feder zur Hand.

„Sie kennen den jungen Hinrich Fehse?" fragte ich weiter.

Ein eben so leises „Ja" erfolgte.

„Ich meine, Sie haben in näherer Bekanntschaft mit ihm gestanden?"

Sie antwortete nicht. Als ich aufblickte, sah ich, daß sie todtenblaß war; ich hörte, wie die weißen Zähnchen auf einander schlugen. Die Angst vor äußerlicher Verantwortlichkeit wegen einer vielleicht innerlichen Schuld mochte sie ergriffen haben.

„Weshalb fürchten Sie sich?" fragte ich.

4*

„Ich fürchte mich nicht; — aber die Bauern-
weiber haben alle einen Haß auf mich."

„Es handelt sich nicht um Sie, Margarethe
Glanskh; sondern um den jungen Mann, der seit
einigen Tagen vermißt wird."

„Ich weiß nichts davon; ich bin nicht Schuld
daran!" stieß sie, noch immer nach Athem ringend,
hervor.

„Aber wir müssen ihn zu finden suchen," fuhr
ich fort. „Kurz vor seiner Heirath sind Sie in die
Stadt gezogen, und dann vor einem halben Jahre
wieder zurückgekommen?"

„Es gefiel mir dort nicht, ich hatte nicht nöthig
zu dienen; — es reut mich noch, daß ich so dumm
mich hatte fortschicken lassen!" Und die starken
Augenbrauen des Mädchens zogen sich dicht zusammen.

„Hinrich Fehse," sagte ich, „ist dann oft des
Abends zu Ihnen gekommen?"

„Wir konnten ihn doch nicht fortjagen."

„Er kam zuletzt, so sagt man, jeden Abend und
blieb dann oft bis Mitternacht."

„Das lügen die Weiber!"

„Aber Sie haben Geschenke von ihm angenommen?"

Ein heißes Roth flog über ihr Gesicht. „Wer
hat das gesagt?"

„Das singen die Spatzen von den Dächern; es
hat argen Unfrieden zwischen den Eheleuten gesetzt."

„Nun, und wenn's auch wäre!" rief sie und
warf trotzig ihre rothen Lippen auf. „Wer hat sie
geheißen ihn zu heirathen!"

„Und würden Sie ihn denn geheirathet haben?"
fragte ich.

Aber bevor sie zu antworten vermochte, wurde
die Stubenthür aufgerissen und die beiden Fehse'schen
Frauen, die junge mit ihrem Kinde auf dem Arm,
traten in das Zimmer. Ich sah noch, wie die Augen
der alten Bäuerin und der Hebammentochter in un-
verhohlenem Hasse auf einander blitzten; dann stellte
die Alte sich vor mir hin und sagte zitternd:

„Herr Amtsvogt, was thut die Person da in
unserem Hause? Ich bin der Meinung, daß ich das
wohl nicht zu leiden brauche!"

„Die Person," erwiederte ich, und schob dabei
die beiden Frauen unmerklich wieder zur Thür hin-

aus, „wird gerichtlich vernommen und ist von mir hierher beschieden worden."

Wir standen draußen auf dem Hausflur. Die alte hagere Frau rang die Hände: „Ach, das Elend!" rief sie; „das Elend!" — Die junge Bäuerin trock= nete von den Wangen ihres schlafenden Kindes die Thränen, die sie fortwährend darauf weinte.

„Wir hatten es so gut das erste Jahr," sagte sie, „wenn nur die nicht wiedergekommen wär'; Unser= eins versteht so was nicht; aber sie muß es ihm doch angethan haben! Und das viele Geld, das er neulich für die Pferde gelöst hat; — wir haben die Schatulle und Alles durchgesucht; aber es ist nichts davon zu finden."

Durch die offne Hausthür sah ich draußen einen Mann mit einer langen Stange vorübergehen und den Weg in's Moor hinunter nehmen. Die Alte war hinausgetreten und kam jammernd zurück. Plötz= lich aber fuhr sie sich mit der Schürze über die Augen. „Der da oben wird wissen, wo er ist," sagte sie. „Er war nicht gottlos, mein Hinrich! — Auf die Knie hat er sich geworfen und seinen armen Kopf in meinen Schooß gedrückt; denn er war ja

immer doch mein Kind! „Mutter," hat er gesagt,
„Ihr saht mich auf dem Braunen fortreiten und ich
sagte Euch, daß ich wegen der Zinsen zum Müller
nach der Norbermühle müßte; — das war gelogen,
Mutter; in der Irre bin ich fünf Stunden lang für
wild herumgeritten; Ihr habt selbst dem Braunen
den Schaum von den Flanken gestrichen, als ich heim=
gekommen; — ich hab' nur nicht zu ihr hinüber
wollen; aber es hat mich doch wie bei den Haaren
dahin zurückgezogen: — es kriegt' mich unter; ich
kann's nicht helfen, Mutter!"

„Und er war doch so gut, mein Hinrich!" fuhr
die Alte, wie mit sich selber redend, fort. „Noch als
das Kind geboren war! In unserem Hof hier, aufs
Pferd hab ich's ihm reichen müssen; die Sonne schien
so warm, drüben in der Koppel stand die Sommer=
saat so grün. „Was meinst', Mutter," sagt' er, „ich
könnt' es gut ein bischen mit aufs Feld nehmen!"
Er war so glücklich über sein Kind; ich hatt' meine
Noth, es ihm wieder abzukriegen; und es war doch
erst sechs Wochen alt!"

Ich machte mich von den Frauen los, indem ich
ihnen bedeutete, daß sie wegen ihrer eigenen Ver=

nehmung zur Stelle bleiben müßten. Als ich wieder
in das Zimmer trat, fielen schon die schrägen Strahlen der Abendsonne durch die Fenster. Das Mädchen stand noch auf demselben Platze wie vorhin;
aber sie schien ruhiger geworden und sogar, vielleicht
nur weil ich den anderen Frauen gegenüber ihre An-
wesenheit vertreten hatte, ein Vertrauen zu mir gefaßt zu haben. „Ich will's Ihnen wohl erzählen,
Herr Amtsvogt," begann sie, indem sie mit beiden
Händen ihr glänzend schwarzes Haar zurückstrich; —
„ob ich ihn geheirathet hätte, wenn er das Geld
von der Anderen nicht hätte brauchen müssen; — ich
weiß das nicht, und ist auch wohl übrig jetzt zu
fragen; ich bin gut Freund mit ihm gewesen; wir
tanzten wohl zusammen; aber — und das ist die
Wahrheit! Herr Amtsvogt — ich hatte nicht gedacht,
daß er's gar so ernsthaft nehmen würde."

„Sie wußten doch," sagte ich, „daß er von Jugend
auf Ihnen nachgegangen war; und ich meine, der
sah nicht aus, als ob er mit solchen Dingen spielen
könnte."

Sie hatte seitwärts einen raschen Blick in den
kleinen, mit Pfauenfedern geschmückten Spiegel ge-

worfen, und eine Secunde lang brach es wie heiße
Lebenslust aus ihren dunklen Augen. „Nun,“ sagte
sie, „zuletzt hab’ ich’s schon merken müssen; aber da
hab’ ich ihn nicht mehr fortbringen können. Versucht hab’ ich’s genug; denn er plagte mich bis aufs
Blut mit seinen Grillen; zumal wenn sonst junge
Leute zu uns kamen, wie das doch nicht anders ist.
Er konnte mit den Zähnen knirschen, wenn ich nur
Einen an die Hausthür brachte; oder gar, als einmal Hans Ottsen aus Narrethei mir die Haar-
zöpfe losmachen wollte; und er hatte doch sein Weib
zu Hause!“

Ich sah sie fest an. „Also der Ottsen kam in
der letzten Zeit auch zu Ihnen? Sie wissen vielleicht, daß sein Vater ihm um Johanni die Hufe
übergeben hat.“

Sie stutzte einen Augenblick wie verwirrt; dann
aber, als habe sie meine Bemerkung nicht gehört, fuhr
sie fort: „Manchen Abend, wenn der Wächter zu
Neun geblasen, hat meine Mutter ihn angerufen,
nach Haus zu gehen. Aber er ging nicht. „Frau
Nachbarn,“ sagte er dann wohl, „Sie wird mir doch
den Stuhl in Ihrem Hause gönnen; ich verlang’ ja

weiter nichts!" — Und so sind wir dann sitzen geblieben; ich an meinem Nähstein vor der einen Tisch-
schublade, er vor der anderen. „Hinrich," hab ich
oft gesagt, „sei nicht so hintersinnig! Du kannst ja
Sonntag im Krug mit mir tanzen; nimm doch deine
Frau mit, und laß uns Alle mit einander vergnügt
sein." Aber er stieß dann nur ein höhnisches Lachen
aus, und sah mich aus seinen kleinen Augen an, als
wollte er mir damit ein Leides thun."

„Nur einmal," fuhr sie nach einer Weile fort,
„ist er eine Zeit lang weggeblieben; — als ihm
das Kind geboren war; und ich dachte schon, er sei
zur Vernunft gekommen. — Da, etwa vier Wochen
nachher, wurde seine Frau schwer krank; sie glaubten
Alle, es geh' mit ihr aufs Letzte, auch meine Mutter,
die ihr doch in der Geburt hatte beistehen müssen.
Und da, Herr Amtsvogt — kam er wieder."

Das Mädchen athmete schwer auf. — „Er war
ganz anders geworden, mehr so wie damals, als er
noch ein junger Bursche war; er konnte wieder erzählen und sprach wieder von seiner Wirthschaft und
was er thun und treiben wollte. Einmal aber —
meine Mutter war eben außer Hause — faßte er

mich plötzlich an beiden Schultern und sah mich an,
wie unsinnig vor Freude. „Margreth!" — rief er,
denk's einmal aus! Wenn — o wenn!" — —
Er verstummte dann und ließ mich los; aber ich
wußte doch, wie's gemeint war, und hab's auch bald
nachher gesehen. Deshalb dachte ich ihn auf andere
Gedanken zu bringen. „Ist denn der Doctor heute
bei Euch gewesen?" fragte ich. „Wie geht's mit
Ann-Marieken?" — Es war erst, als wenn er nicht
antworten mochte. „Sie hat wieder ein neues Glas
gekriegt," sagte er dann; „ich weiß nicht, was der
Doctor meinte." Dabei hatte er sich das Punktir-
buch meiner Mutter aus deren Nähkasten gekramt,
setzte sich mir gegenüber und fing nun an mit Kreide
auf den Tisch zu stricheln. Er that das so hastig
und wurde so heiß um den Kopf dabei, daß ich ihn
fragte: „Hinrich, auf was punktirst du da?"

„Laß, laß!" sagte er. „Bleib' du bei deiner
Näharbeit!" — Aber ich bog mich unbemerkt über
den Tisch und las in dem Buch die Nummer, auf
welche er den Finger hielt. — Da war es die
Frage, ob der Kranke genesen werde? — Ich schwieg
und setzte mich wieder an meine Arbeit; und er

strichelte weiter, zählte „Eben" oder „Uneben" und
punktirte sich nachher die Figuren mit der Kreide auf
den Tisch. „Nun," fragte ich, „bist du fertig?
Kann man's jetzt zu wissen kriegen?" — Er hatte
den Kopf in die Hand gestützt und sah mich schweigend an, aber still und weich, wie er's lang' nicht
gethan hatte. Dann stand er auf und gab mir die
Hand. „Gute Nacht, Margreth," sagte er; „ich muß
nun nach Hause." Und somit ging er fort; es war
noch früh am Abend. — Da die Figuren auf dem
Tische stehen geblieben waren, so schlug ich in dem
Büchlein nach. Da lautete die Antwort: „Tröstet
die Seele des Kranken und laßt alle Hoffnung fahren!" — — Aber es war diesmal nicht getroffen;
die Frau erholte sich bald hernach; und nun ward's
mit ihm schlimmer, als es je gewesen war. Glauben Sie's mir, Herr Amtsvogt, wenn ich was an
ihm versehen habe, es ist mit Angst und Noth ge-
büßt."

Da sie bei diesen Worten in ein krampfhaftes
Weinen ausbrach, so ließ ich sie auf einen Stuhl
niedersitzen. Bald aber erhob sie wieder ihren Kopf,
den sie in beide Hände gepreßt hatte, und sah mich

an. — Im Zimmer war nur noch das Licht des Sonnenuntergangs, in dem die rothen Lippen des Mädchens auffallend gegen ihr blasses Gesicht und ihre dunklen Augen hervortraten.

Aber ich mußte weiter fragen. „Hinrich Fehse," sagte ich, „hat in der vorigen Woche einen Pferde= handel gemacht, woraus er viel Geld hätte nach Hause bringen müssen; die Fehse'schen Frauen aber versichern, daß sie es nirgends haben finden können."

„Wir haben das Geld nicht, Herr Amtsvogt!" sagte sie düster.

„Und Sie wissen auch nicht, wo es hingekom= men ist?"

Sie nickte. „Doch; das weiß ich."

„Es haben Einige gemeint," fuhr ich fort, „er sei nach Hamburg, um von dort mit einem Aus= wandererschiff nach Amerika zu gehen?"

„Nein, Herr Amtsvogt; wohin er gegangen ist, das weiß ich nicht; aber mit dem Geld ist er nicht nach Amerika. — Ich will Ihnen auch das erzählen; so wahr, als wenn ich vor Gott stünde! — Am letzten Sonntag Abend war's, es mochte gegen acht Uhr sein; meine Mutter, die über Nacht aus ge=

wesen war, saß im Lehnstuhl und nickte über ihrem
Strickzeug; wir waren ganz allein, und ich wun-
derte mich, daß auch Hinrich Fehse nicht kam; denn
am Vormittag in der Kirche hatte er mich wieder
einmal angestarrt, daß alle Weiber die Köpfe nach
mir wandten. — Draußen ging der Sturm; aber
zwischen den Windstößen glaubt' ich mitunter bei
unserem Hause gehen zu hören. Mir war das unheimlich und ich trat vor die Hausthür, um zu sehen,
was es gäbe. Es war kein Mondschein, Herr Amtsvogt; aber es war nachthell; ich konnte durch den
kahlen Fliederzaun ganz deutlich die Kreuze auf dem
Kirchhof unterscheiden, der an unseren Garten stößt;
und so sah ich auch, daß unterm Zaune Einer stand;
und da ich hinzutrat, war es Hinrich Fehse. „Was
stehst du hier und läßt dich durchkälten?" sagte ich.
„Warum kommst du nicht herein?" — „Ich muß
dich allein sprechen, Margreth!" erwiederte er. —
„Nun so sprich, wir sind hier allein; es wird auch
Niemand kommen in dem Unwetter." — Aber er
sprach nicht, bis ich sagte: „Mich friert; ich will
hinein und mein Umschlagetuch holen!" Da griff
er mich bei der Hand und sagte schwer: „'S geht

so nicht länger, Margreth; ich muß ein Ende machen."
— Er kam mir so seltsam vor; ich wußte nicht,
was ich ihm darauf antworten sollte. „Hinrich,"
sagte ich; „am besten wär's, ich ginge wieder fort;
dann wird wohl Alles noch gut werden!" — „Wir
müssen Beide fort, mit einander fort, Margreth!"
antwortete er. Dabei zog er einen Beutel hervor
und ließ ihn mehrmals auf der Kante des Brunnens
klingen, an dem wir in diesem Augenblicke standen.
„Hörst du?" sagte er; „das ist Gold! Vorgestern
hab' ich meine Braunen verkauft; ich geh' zu meinem
Vetter über See in die neue Welt; es ist leicht dort
sein Brod zu finden." — „Das wirst du deiner
Frau nicht anthun!" sagte ich. — „Nicht anthun,
Margreth? Es ist kein Segen für sie, wenn ich
dableib'; die paar tausend Thaler, die sie in die
Wirthschaft gebracht hat, gehen bald darauf; ich bin
kein Bauer mehr, ich hab' keine Gedanken ohne dich!"
— Er wollte mich umfassen, aber ich sprang zurück.

„Das würde mir anstehen," sagt' ich, „als deine
Beiläuferin mit dir in die weite Welt zu rennen!"
— „Hör' mich nur," begann er wieder; „wir gehen
heimlich fort; meine Frau wird dann auf Scheidung

klagen; dann können wir uns dort zusammengeben lassen." — — „Nein, Hinrich; ich thu's nicht; ich geh' so nicht fort." — Auf diese Worte ward er wie unsinnig; er warf sich auf die Erde, ich weiß nicht, was er Alles sprach; auch heulte der Sturm um die Kirche, daß ich's kaum verstehen konnte; meine Kleider flogen, ich war ganz verklommen. „Geh' nach Haus, Hinrich," bat ich, „du bist heut' nicht bei dir, laß uns morgen über die Sache sprechen!" — Indem hörte ich hinter uns vom Kirchhofsteige laute Stimmen; Hans Ottjen war darunter, und ich horchte nach unserer Pforte; denn er war in den letzten Wochen bisweilen zu uns gekommen. Aber sie mußten vorüber gegangen sein; ich hörte das Kreuz im großen Kirchhofsthor drehen und bald auch die Stimmen weiter unten auf dem Dorfwege. — Als ich den Kopf zurück wandte, stand Hinrich vor mir. „Margreth," sagte er, und er würgte die Worte nur so heraus; „willst du mit mir gehen?" — Aber bevor ich noch zu antworten vermochte, legte er die Hand auf meinen Mund. „Sprich nicht zu früh!" rief er, „denn ich frag' nicht wieder; — nimmer wieder." — Ich antwortete nicht; es schnürte mir die Kehle zu; was hätte ich ihm auch antworten sollen! — „Siehst du!" sagte er; „ich wußte es wohl; du bist falsch, du wartest auf den Anderen!" — Er machte eine Bewegung mit dem Arm, und gleich darauf hörte ich es auch unten im Brunnen aufklatschen. — „Hinrich, dein Gold!" rief ich. „Was thust du, Hinrich!" — „Laß nur!" sagt' er; „ich brauch's nun nicht mehr; — aber" — und er faßte mich mit beiden Händen und hielt mich vor sich, als ob er wie aus der Ferne mich betrachten wollte — „küss' mich noch einmal, Margreth!"

— „Und dann?" fragte ich, als das Mädchen stockte.

„Ich will nicht lügen," Herr Amtsvogt; „ich hätt's ihm nicht gewehrt: aber er stieß mich plötzlich von sich. — Ich wollte der Hausthür zulaufen; da rief er zornig meinen Namen; und als ich darauf nicht hörte, sprang er hinter mir her und packte mich wie mit eisernen Armen. Das Haar war mir losgegangen; er schlang einen meiner Zöpfe um seine Hand und riß mir damit den Kopf in den Nacken. „Noch einen Augenblick, Margreth," sagte er, und trotz der Nacht sah ich, wie seine kleinen Augen über mir funkelten; und während der Sturm mir fast die Kleider vom Leibe riß, schrie

er mir ins Ohr: „Ich will dir was Heimliches an-
vertrauen, Margreth; aber sprich's nicht weiter! Für
uns Beid' zusammen ist kein Platz mehr auf der Welt;
du sollst verflucht sein, Margreth!" — Ich stieß einen
lauten Schrei aus; ich glaubt', er wolle mich erwürgen.
Da ließ er mich los und rannte davon; ich hörte noch,
wie er drüben die Kirchhofspforte zuschlug; und gleich
darauf war auch meine Mutter vor die Hausthür getreten und rief nach mir. — „Er wird sich morgen
schon besinnen," sagte sie, nachdem ich ihr Alles so
gut als ich es vermochte, erzählt hatte; „da kann er
auch sein Gold sich selber wieder fischen." Dann holte
sie ein Vorlegeschloß und legte es vor den Brunnen-
deckel, den einst mein Großvater ungebetener Gäste
wegen hatte machen lassen; es hätte ja jemand Anders
den Beutel im Eimer mit heraufziehen können. — —
Als wir ins Haus gegangen waren, legte meine Mutter
sich ins Bett, und ich setzte mich wieder an meine Arbeit. Draußen stürmte es noch immer fort; mitunter
hörte ich unten im Dorf den Wächter blasen; im Kirchthurm schlug die große Glocke an. Mir war ganz unheimlich; aber es ließ mir keine Ruh'; ich dachte immer,
er könne sich ein Leids angethan haben. Als ich merkte,

daß meine Mutter eingeschlafen war, nahm ich mein
Umschlagetuch und schlich mich fort. — Es begegnete
mir Niemand; die meisten Häuser waren schon dunkel;
nur auf der Fehse'schen Stelle sah ich vom Wege
aus noch Licht durch die Oeffnung der Fensterläden
scheinen. Ich nahm mir ein Herz und ging den Wall
hinauf und in die Gartenpforte. Als ich mich an
das Fenster stellte, hörte ich drinnen die Spinnräder
schnurren, bisweilen auch ein Wort von der alten
Fehse. — „Was sie nur sprechen mögen!“ dachte ich
und legte das Ohr an den Laden, aber ich konnt' es
nicht verstehen. Da gewahrte ich unter dem anderen
Fenster eine umgestürzte Schubkarre, und als ich hin-
aufgestiegen war und mich auf den Zehen hob, reichte
mein Auge bis an das Herz des Ladens. Ich konnte
dort das Wandbett übersehen; auch sah ich, daß Jemand
darin lag, und als der Kopf sich auf dem Kissen um-
warf, erkannte ich, daß es Hinrich war. Mit einem
Mal aber richtete er sich in den Kissen auf und stierte
mit den Augen auf mich zu. Da befiel mich die Angst,
ich sprang von der Karre herab und rannte fort;
über den Weg, über den Kirchhof; — um die Thurm-
ecke pfiff und heulte es; der alte Finkeljochim sagt

dann immer, die Todten schreien in den Gräbern.
Mir grauste, ich weiß nicht mehr, wie ich wieder ins
Haus und ins Bett gekommen bin. — Am anderen
Morgen aber hieß es, Hinrich Fehse sei in der Nacht
verschwunden; ich habe nichts wieder von ihm gesehen."

Sie schwieg. — Es war inzwischen dämmerig
geworden. Als ich durch die kleinen Scheiben einen
Blick ins Freie that, war fern am Horizont nur noch
ein schwacher Abendschein; die Bäume im Garten
standen schwarz, unten über dem Moor aber zogen
die Nebel wie weiße Schleier. — Ich ließ zwei Talg=
kerzen anzünden und vor mir auf den Tisch stellen;
dann rief ich die Fehse'schen Frauen in das Zimmer.

„Soll denn die dabei sein?" fragte die alte
Bäuerin, indem sie einen halb scheuen, halb haßerfüll=
ten Blick auf das Mädchen warf, die nach meinem
Geheiß sich in die eine Fensterecke gesetzt hatte.

„Die wird Sie nicht stören, Frau Fehse!" er=
wiederte ich.

„Nun, meinethalb; was ich zu sagen habe, kann
Gott und alle Welt hören; aber" — und sie erhob
drohend ihren dürren Finger — „die Bösen werden
ihren Lohn bekommen!"

Das Mädchen schien von diesen Worten nichts zu hören; sie hatte wie erschöpft den Kopf so weit gegen die Wand gelehnt, daß ihr das schwarze Haar von den Schläfen zurückgefallen war. — „Lassen Sie das, Frau Fehse!" sagte ich. „Erzählen Sie mir, wie sich die Sache zutrug!"

Sie schien wie aus tiefen Gedanken aufgestört zu werden.

„Ja," sagte sie, „er war auch den Abend drüben gewesen, da, bei der! Aber er kam doch früh nach Haus; denn Ann=Marieken lag so schlecht, der Doctor hatte ihr eben ein neues Glas verschrieben; da hat er die ganze Nacht an ihrem Bett gesessen, gewiß, das hat er! und ihre Hand gestreichelt. „Ann=Marieken," sagte er, „du bist nicht Schuld daran; verklag' mich nicht zu hart da oben; du wirst's da besser haben als bei mir."

Die junge Frau, die eben ihr Kind in die Wiege legte, brach in bitterliche Thränen aus.

„Ich meine, Frau Fehse," erinnerte ich, „wie es an dem letzten Abend war, da Euer Sohn das Haus verlassen hat."

„Ja, wie war's?" erwiederte sie. „'S war am

letzten Sonntag Abend; das Essen hatten wir abge=
räumt, und die Magd war in ihre Kammer gegangen
— nein, es muß schon hin um zehn Uhr gewesen
sein; Ann=Marieken und ich saßen noch bei unserem
Spinnrad. Mein Hinrich war vordem ganz ver=
stürzt nach Hause gekommen, nun lag er schon lange
in dem Wandbett da. Aber er schlief wohl nicht,
denn er warf sich fleißig herum und stöhnte auch
wohl so vor sich hin; wir waren das schon an ihm
gewohnt, Herr Amtsvogt. — — Draußen war's Un=
wetter, wie das jetzt im November wohl zu sein
pflegt; der Nordwest war zu Gang und riß die
Blätter von den Bäumen; mir bangte immer, er
sollte auch den Birnbaum an der Scheune umstürzen;
denn mein Vater selig hat ihn bei der Taufe von
meinem Hinrich selbst gepflanzt. Da hör' ich's
draußen leise vor dem Fenster trotten, und ich horchte
darauf; denn, Herr Amtsvogt, ich wußte nicht, war
es ein Thier, oder war es eines Menschen Fußtritt.
Ich frag': „Hörst du das, Ann=Marieken?" frag'
ich. Aber sie greift in ihr Spinnrad und sagt:
„Nein, Mutter, ich höre nichts!" — Nun rück' ich
'nen Stuhl zum Fenster und sehe durch das Herz

des Fensterladens; denn wir hatten wegen des Un=
wetters die Läden angeschroben. Da stand der Birn=
baum gegen den grauen Nachthimmel und ächzte und
wehrte sich zum Erbarmen gegen den Sturm; auch
über die Koppeln und die Wischen hinunter konnte
ich sehen und sah auch hinten im Moor die Wasser=
tümpel blenkern, denn die Luft war hell dazumalen.
Lebiges war nichts zu sehen. Aber das merkt' ich
wohl, es drückte sich was unter das Fenster und es
rutschte, als scheuere ein Zottelpelz an der Mauer
lang. Da ich vom Stuhl herabsteige, kratzt es
draußen an dem anderen Laden, und sogleich hör'
ich auch drüben in der Wand das Bettband knacken,
und mein Hinrich sitzt steidel aufrecht in den Kissen
und starrt mit ganz todten Augen nach dem Fenster
zu. — Als ich ruf': „Herr Jes', Hinrich! was ist
denn?" da ist auch hinten im Stall das Vieh in die
Unruhe gekommen, und durch all' das Unwetter hör'
ich den Bullen brüllen und mit Gewalt an seiner
Kette reißen. Aber mein Hinrich sitzt noch immer
so todt und glasig, daß mir ganz graulich wurde,
und als ich mich nun selber umwende — Herr, du
mein Jesus Christ! da guckt ein Thier durch den

Fensterladen! ich sah ganz deutlich die weißen, spitzen Zähne und die schwarzen Augen!"

Die Alte wischte sich mit der Schürze den Schweiß von der Stirn und begann leise vor sich hinzumurmeln.

„Ein Thier, Frau Fehse?" fragte ich; „habt Ihr denn so große Hunde im Dorf?"

Sie schüttelte den Kopf: „Es war kein Hund, Herr Amtsvogt!"

„Aber Wölfe giebt's hier doch nicht mehr bei uns!"

Die Alte drehte langsam den Kopf nach dem Mädchen und sagte dann mit scharfer Stimme: „Es mag auch wohl kein rechter Wolf gewesen sein!"

„Mutter, Mutter!" rief das junge Weib; „Ihr habt mir doch gesagt, es sei die Hebammen=Margreth gewesen, die ins Fenster gesehen habe!"

„Hm, Ann=Marieken, ich sage auch nicht, daß sie es nicht gewesen ist." Und die alte Frau verfiel wieder in ihr unverständliches Klagen und Murmeln.

„Was faselt Ihr, Mutter Fehse!" rief ich. Und doch, als ich das Mädchen so leblos mit ihrem kreide= weißen Gesicht und den rothen Lippen dasitzen sah — der weiße Alp fiel mir ein aus der Heimath ihres Großvaters, und ich hätte fast hinzugefügt:

Ihr irrt Euch, ich weiß es besser, Mutter Jehse, sie hat ihm die Seele ausgetrunken; vielleicht ist er fort, um sie zu suchen! Aber ich sagte nur: „Erzählt mir ordentlich, wie wurde es denn weiter mit Eurem Hinrich?"

„Mit meinem Hinrich?" wiederholte sie. „Er griff ans Bettband und war auf einmal mit beiden Füßen auf der Diele. „Laß mich, Hinrich!" sagte ich. Aber er fuhr hastig in die Kleider: „Nein, nein, Mutter, Ihr haltet den Bullen nicht!" und dabei hatte er immer die Augen nach dem Fensterladen. Als er dann im Fortgehen an die Wiege stieß, die so wie heut' dort neben dem Bette stand, da streckte das Kleine im Schlaf seine Aermchen auf und griff mit den Fingerchen in die Luft. Mein Hinrich blieb noch einmal stehen und bückte sich über die Wiege, und ich hörte, wie er bei sich selber sagte: „Das Kind! das Kind!" Er streckte auch schon seine Hand nach den kleinen Händchen aus, als just der Sturm wieder gegen die Läden stieß und das Rumoren draußen im Stalle wieder anhub. Da that er einen tiefen Seufzer und ging wie taumelig zur Thüre hinaus." — —

Schon länger hatte ich bemerkt, daß Margreth

den Kopf wie lauschend gegen das Fenster hielt; jetzt
hörte ich auch das dumpfe Rumpeln eines Wagens,
der den Weg vom Moor herauf zu kommen schien. —

„Und seitdem," fragte ich die Alte wieder, „habt
Ihr Euren Sohn nicht mehr gesehen?"

Ich erhielt keine Antwort. Die Stubenthür
knarrte, und durch die Thürspalte drängte sich ein
graues Hündchen, naß und beschmutzt; es lief zu der
alten Bäuerin und sah sie einen Augenblick wie
fragend an, schnoberte winselnd an der Bettstelle
herum und lief dann ebenso wieder zur Thür hinaus.
Die beiden Frauen, welche athemlos das Thier mit
den Augen verfolgt hatten, brachen in laute Klagen
aus. Es war, wie ich daraus entnehmen konnte,
der Hund des Vermißten, den er selber aufgezogen und
dann immer um sich gehabt hatte; das kleine Thier
war seit jenem Abend ebenfalls verschwunden gewesen.

Das Rumpeln des Wagens kam indessen näher,
und zugleich sah ich, wie am Fenster das Mädchen
ihren Kopf aufrechte und mit weit aufgerissenen Augen
hinausstarrte. Die Unschlittkerzen leuchteten nicht so
weit, aber es fiel von außen eine Mondhelle durch
die Scheiben. Gleich einer Schlange glitt sie in die

Höhe und blieb dann mit offenem Munde stehen. In demselben Augenblick fuhr auch der Wagen dröhnend auf die Tenne des Hauses.

Eine Weile war es lautlos still, dann wurden Männerstimmen auf dem Hausflur laut, die Stubenthür wurde weit geöffnet, und ein breitschulteriger Mann trat auf die Schwelle. „Wir sind mit der Leiche da," sagte er; „hinten im Moor in der schwarzen Lake hat sie gelegen."

Das Zetergeschrei der Frauen brach herein; das junge Weib hatte sich mit beiden Armen über die Wiege ihres Kindes geworfen, das jetzt, vom Schlafe aufgestört, sein schrilles Stimmchen mit darein mischte.

Aber die alte Bäuerin besann sich plötzlich; ihre knochige Hand schüttelnd, trat sie vor das Mädchen hin, die noch immer wie versteinert in die leere Nacht hinausstarrte. „Hörst du's!" rief sie; „er ist todt! Geh nun! Du hast hier weiter nichts zu schaffen."

Das Mädchen wandte den Kopf, als habe sie nichts davon verstanden; aber trotz des verhüllenden Gewandes sah ich, daß ein Schauder über ihre Glieder lief, während sie schweigend zur Thür hinausging. Durch das Fenster sah ich sie den Hof hinabschreiten;

sie hatte den Kopf im Nacken, als sei er ihr herum=
gedreht, der Scheune zugewendet, worin der Todte
lag. Plötzlich, als sie den Weg erreicht hatte, begann
sie zu laufen, mit aufgehobenen Armen, als sei was
hinter ihr, dem sie entrinnen müßte. Bald aber
verschwand sie in den weißen Nebeln, die vom Moor
herauf den Weg überschwemmt hatten.

Ich ließ anspannen, mein Geschäft war für heut'
zu Ende. Als ich durch das Dorf fuhr, kam der
Küster von seiner Hofstelle mir entgegen und legte
die Hand auf meinen Wagen. „Es thut mir leid
um den Hinrich, Herr Amtsvogt!" sagte er. „Aber,
wer weiß, ob es nicht so am besten ist; wir müssen
jetzt nur sehen, daß wir einen tüchtigen Setzwirth
bekommen, der die Wittwe heirathen und die Stelle
für den kleinen Hinrich Fehse bewirthschaften kann.
Es soll schon Alles besorgt werden, Herr Amtsvogt!"
Und in seiner alten Unerschütterlichkeit grüßte er
gravitätisch mit der Hand, während ich, diese tröst=
lichen Worte noch im Ohr, aus dem Dorfe hinaus=
fuhr, an dem Moor entlang, das von einem trüben
Mond beleuchtet wurde.

*   *   *

Um mit meinem Bericht zu Ende zu kommen: der Brunnen der Hebammensleute wurde schon am anderen Tage ausgeschöpft, und der versenkte Schatz kam wirklich wieder an das Tageslicht. Auch der Mann für die junge Wittwe fand sich, nachdem das Kind noch binnen Jahresfrist mittelst eines Bräune= Anfalls seinem Vater in jenes unbekannte Land ge= folgt war. Hans Ottjen zog es vor, statt die ver= rufene Hebammen = Margreth zu seinem Weibe zu machen, zu der väterlichen Hufe auch noch die Fehse'sche Stelle auf dem einfachen Wege der Heirath zu er= werben. Und so war denn, nach dem Recept der Küsterin, mit ein paar Handvoll Kirchhofserde wie= der Alles in seinen Schick gebracht.

Will man noch nach dem Slovakenmädchen fragen, so vermag ich darauf keine Antwort zu geben; sie soll in, ich weiß nicht, welche große Stadt gezogen und dort in der Menschenfluth verschollen sein.

———

Viola tricolor.

(1873.)

Es war sehr still in dem großen Hause; aber selbst auf dem Flur spürte man den Duft von frischen Blumensträußen.

Aus einer Flügelthür, der breiten in das Oberhaus hinaufführenden Treppe gegenüber, trat eine alte sauber gekleidete Dienerin. Mit einer feierlichen Selbstzufriedenheit drückte sie hinter sich die Thür ins Schloß und ließ dann ihre grauen Augen an den Wänden entlang streifen, als wolle sie auch hier jedes Stäubchen noch einer letzten Musterung unterziehen; aber sie nickte beifällig und warf dann einen Blick auf die alte englische Hausuhr, deren Glockenspiel eben zum zweiten Mal seinen Satz abgespielt hatte.

„Schon Halb!" murmelte die Alte; „und um Acht, so schrieb der Herr Professor, wollten die Herrschaften da sein!"

Hierauf griff sie in ihrer Tasche nach einem großen Schlüsselbund und verschwand dann in den hin-
teren Räumen des Hauses. — Und wieder wurde
es still; nur der Perpendikelschlag der Uhr tönte
durch den geräumigen Flur und in das Treppenhaus hinauf; durch das Fenster über der Hausthür
fiel noch ein Strahl der Abendsonne und blinkte
auf den drei vergoldeten Knöpfen, welche das Uhr-
gehäuse krönten.

Dann kamen von oben herab kleine leichte Schritte,
und ein etwa zehnjähriges Mädchen erschien auf dem
Treppenabsatz. Auch sie war frisch und festlich angethan; das roth und weiß gestreifte Kleid stand ihr
gut zu dem bräunlichen Gesichtchen und den glänzend schwarzen Haarflechten. Sie legte den Arm
auf das Geländer und das Köpfchen auf den Arm,
und ließ sich so langsam hinabgleiten, während ihre
dunklen Augen träumerisch auf die gegenüberliegende
Zimmerthür gerichtet waren.

Einen Augenblick stand sie horchend auf dem Flur;
dann drückte sie leise die Thür des Zimmers auf
und schlüpfte durch die schweren Vorhänge hinein.
— Es war schon dämmerig hier; denn die beiden

Fenster des tiefen Raumes gingen auf eine von hohen Häusern eingeengte Straße; nur seitwärts über dem Sopha leuchtete wie Silber ein venetianischer Spiegel auf der dunkelgrünen Sammettapete. In dieser Einsamkeit schien er nur dazu bestimmt, das Bild eines frischen Rosenstraußes zurückzugeben, der in einer Marmorvase auf dem Sophatische stand. Bald aber erschien in seinem Rahmen auch das dunkle Kinderköpfchen. Auf den Zehen war die Kleine über den weichen Fußteppich herangeschlichen; und schon griffen die schlanken Finger hastig zwischen die Stengel der Blumen, während ihre Augen nach der Thür zurückflogen. Endlich war es ihr gelungen, eine halb erschlossene Moosrose aus dem Strauße zu lösen; aber sie hatte bei ihrer Arbeit der Dornen nicht geachtet, und ein rother Blutstropfen rieselte über ihren Arm. Rasch — denn er wäre fast in das Muster der kostbaren Tischdecke gefallen — sog sie ihn mit ihren Lippen auf; dann leise, wie sie gekommen, die geraubte Rose in der Hand, schlüpfte sie wieder durch die Thürvorhänge auf den Flur hinaus. Nachdem sie auch hier noch einmal gehorcht hatte, flog sie die Treppe wieder hinauf, die sie zu-

6*

-

vor herabgekommen war, und droben weiter einen
Corridor entlang, bis an die letzte Thür desselben.
Einen Blick noch warf sie durch eines der Fenster,
vor dem im Abendschein die Schwalben kreuzten;
dann drückte sie die Klinke auf.

Es war das Studirzimmer ihres Vaters, das sie
sonst in seiner Abwesenheit nicht zu betreten pflegte;
nun war sie ganz allein zwischen den hohen Repo-
sitorien, die mit ihren unzähligen Büchern so ehr-
furchtgebietend umherstanden. Als sie zögernd die
Thür hinter sich zugedrückt hatte, wurde unter einem
zur Linken von derselben befindlichen Fenster der
mächtige Anschlag eines Hundes laut. Ein Lächeln
flog über die ernsten Züge des Kindes; sie ging
rasch an das Fenster und blickte hinaus. Drunten
breitete sich der große Garten des Hauses in weiten
Rasen- und Gebüschpartien aus; aber ihr vierbeiniger
Freund schien schon andere Wege eingeschlagen zu
haben; so sehr sie spähte, nichts war zu entdecken.
Und wie Schatten fiel es allmälig wieder über das
Gesicht des Kindes; sie war ja zu was Anderem
hergekommen; was ging sie jetzt der Nero an!

Nach Westen hinaus, der Thür, durch welche sie

-

eingetreten, gegenüber, hatte das Zimmer noch ein zweites Fenster. An der Wand daneben, so daß das Licht dem daran Sitzenden zur Hand fiel, befand sich ein großer Schreibtisch mit dem ganzen Apparat eines gelehrten Alterthumsforschers; Bronzen und Terracotten aus Rom und Griechenland, kleine Modelle antiker Tempel und Häuser und andere dem Schutt der Vergangenheit entstiegene Dinge füllten fast den ganzen Aufsatz desselben. Darüber aber, wie aus blauen Frühlingslüften heraustretend, hing das lebens= große Brustbild einer jungen Frau; gleich einer Krone der Jugend lagen die goldblonden Flechten über der klaren Stirn. — „Holdselig“, dies veraltete Wort hatten ihre Freunde für sie wieder hervorgesucht; — einst, da sie noch an der Schwelle dieses Hauses mit ihrem Lächeln die Eintretenden begrüßte. — Und so blickte sie noch jetzt im Bilde mit ihren blauen Kin= deraugen von der Wand herab; nur um den Mund spielte ein leichter Zug von Wehmuth, den man im Leben nicht an ihr gesehen hatte. Der Maler war auch derzeit wohl darum gescholten worden; später, da sie gestorben, schien es Allen recht zu sein.

Das kleine schwarzhaarige Mädchen kam mit

leisen Schritten näher; mit leidenschaftlicher Innigkeit hingen ihre Augen an dem schönen Bildniß.

„Mutter, meine Mutter!" sprach sie flüsternd;
doch so, als wolle mit den Worten sie sich zu ihr
drängen.

Das schöne Antlitz schaute, wie zuvor, leblos von
der Wand herab; sie aber kletterte, behend wie eine
Katze, über den davorstehenden Sessel auf den Schreibtisch, und stand jetzt mit trotzig aufgeworfenen Lippen
vor dem Bilde, während ihre zitternden Hände die
geraubte Rose hinter der unteren Leiste des Gold-
rahmens zu befestigen suchten. Als ihr das gelungen war, stieg sie rasch wieder zurück und wischte
mit ihrem Schnupftuch sorgsam die Spuren ihrer
Füßchen von der Tischplatte.

Aber es war, als könne sie jetzt aus dem Zimmer, das sie zuvor so scheu betreten hatte, nicht wieder fortfinden; nachdem sie schon einige Schritte nach
der Thür gethan hatte, kehrte sie wieder um; das
westliche Fenster neben dem Schreibtische schien diese
Anziehungskraft auf sie zu üben.

Auch hier lag unten ein Garten, oder richtiger,
eine Gartenwildniß. Der Raum war freilich klein;

denn wo das wuchernde Gebüſch ſie nicht verdeckte,
war von allen Seiten die hohe Umfaſſungsmauer
ſichtbar. An dieſer, dem Fenſter gegenüber, befand
ſich, in augenſcheinlichem Verfall, eine offene Rohr=
hütte; davor, von dem grünen Geſpinnſte einer Cle=
matis faſt bedeckt, ſtand noch ein Gartenſtuhl. Der
Hütte gegenüber mußte einſt eine Partie von hoch=
ſtämmigen Roſen geweſen ſein; aber ſie hingen jetzt
wie verdorrte Reiſer an den entfärbten Blumen=
ſtöcken, während unter ihnen mit unzähligen Roſen
bedeckte Centifolien ihre fallenden Blätter auf Gras
und Kraut umherſtreuten.

Die Kleine hatte die Arme auf die Fenſterbank
und das Kinn in ihre beiden Hände geſtützt, und
ſchaute mit ſehnſüchtigen Augen hinab.

Drüben in der Rohrhütte flogen zwei Schwal=
ben aus und ein; ſie mußten wohl ihr Neſt darin
gebaut haben. Die anderen Vögel waren ſchon zur
Ruhe gegangen; nur ein Rothbrüſtchen ſang dort
noch herzhaft von dem höchſten Zweige des abge=
blühten Goldregens und ſah das Kind mit ſeinen
ſchwarzen Augen an.

— „Reſi, wo ſteckſt du denn!“ ſagte ſanft eine

alte Stimme, während eine Hand sich liebkosend auf
das Haupt des Kindes legte.

Die alte Dienerin war unbemerkt hereingetreten.
Das Kind wandte den Kopf und sah sie mit einem
müden Ausdruck an. „Anne," sagte es, „wenn ich
nur einmal wieder in Großmutters Garten dürfte!"

Die Alte antwortete nicht darauf; sie kniff nur
die Lippen zusammen und nickte ein paar Mal wie
zur Beistimmung. „Komm, komm!" sagte sie dann.
„Wie siehst du aus! Gleich werden sie da sein, dein
Vater und deine neue Mutter!" Damit zog sie das
Kind in ihre Arme und strich und zupfte ihr Haar
und Kleider zurecht. — „Nein, nein, Reschen! Du
darfst nicht weinen; es soll eine gute Dame sein,
und schön, Resi; du siehst ja gern die schönen
Leute!"

In diesem Augenblick tönte das Rasseln eines
Wagens von der Straße herauf. Das Kind zuckte
zusammen; die Alte aber faßte es bei der Hand und
zog es rasch mit sich aus dem Zimmer. — Sie
kamen noch früh genug, um den Wagen vorfahren
zu sehen; die beiden Mägde hatten schon die Hausthür aufgeschlagen.

— Das Wort der alten Dienerin schien sich zu bestätigen. Von einem etwa vierzigjährigen Manne, in dessen ernsten Zügen man Nesi's Vater leicht erkannte, wurde eine junge schöne Frau aus dem Wagen gehoben. Ihr Haar und ihre Augen waren fast so dunkel wie die des Kindes, dessen Stiefmutter sie geworden war; ja man hätte sie, flüchtig angesehen, für die rechte halten können, wäre sie dazu nicht zu jung gewesen. Sie grüßte freundlich, während ihre Augen wie suchend umherblickten; aber ihr Mann führte sie rasch ins Haus und in das untere Zimmer, wo sie von dem frischen Rosenduft empfangen wurde.

„Hier werden wir zusammen leben," sagte er, indem er sie in einen weichen Sessel niederdrückte, „verlaß dies Zimmer nicht, ohne hier die erste Ruhe in deinem neuen Heim gefunden zu haben!"

Sie blickte innig zu ihm auf. „Aber du — willst du nicht bei mir bleiben?"

— „Ich hole dir das Beste von den Schätzen unseres Hauses."

„Ja, ja, Rudolf, deine Agnes! Wo war sie denn vorhin?"

Er hatte das Zimmer schon verlassen. Den Augen des Vaters war es nicht entgangen, daß bei ihrer Ankunft Nesi sich hinter der alten Anne versteckt gehalten hatte; nun, da er sie wie verloren draußen auf dem Hausflur stehend fand, hob er sie auf beiden Armen in die Höhe und trug sie so in das Zimmer.

— „Und hier hast du die Nesi!" sagte er, und legte das Kind zu den Füßen der schönen Stiefmutter auf den Teppich; dann, als habe er Weiteres zu besorgen, ging er hinaus; er wollte die Beiden allein sich finden lassen.

Nesi richtete sich langsam auf und stand nun schweigend vor der jungen Frau; Beide sahen sich unsicher und prüfend in die Augen. Letztere, die wohl ein freundliches Entgegenkommen als selbstverständlich vorausgesetzt haben mochte, faßte endlich die Hände des Mädchens und sagte ernst: „Du weißt doch, daß ich jetzt deine Mutter bin, wollen wir uns nicht lieb haben, Agnes?"

Nesi blickte zur Seite.

„Ich darf aber doch Mama sagen?" fragte sie schüchtern.

— „Gewiß, Agnes, sag' was du willst, Mama oder Mutter, wie es dir gefällt!"

Das Kind sah verlegen zu ihr auf und erwiederte beklommen: „Mama könnte ich gut sagen!"

Die junge Frau warf einen raschen Blick auf sie und heftete ihre dunklen Augen in die noch dunkleren des Kindes. „Mama; aber nicht Mutter?" fragte sie.

„Meine Mutter ist ja todt," sagte Nesi leise.

In unwillkürlicher Bewegung stießen die Hände der jungen Frau das Kind zurück; aber sie zog es gleich und heftig wieder an ihre Brust.

„Nesi," sagte sie, „Mutter und Mama ist ja dasselbe!"

Nesi aber erwiederte nichts; sie hatte die Verstorbene immer nur Mutter genannt.

— Das Gespräch war zu Ende. Der Hausherr war wieder eingetreten, und da er sein Töchterchen in den Armen seiner jungen Frau erblickte, lächelte er zufrieden.

„Aber jetzt komm," sagte er heiter, indem er der Letzteren seine Hand entgegenstreckte, „und nimm als Herrin Besitz von allen Räumen dieses Hauses!"

Und sie gingen mit einander fort; durch die
Zimmer des unteren Hauses, durch Küche und Keller,
dann die breite Treppe hinauf in einen großen Saal
und in die kleineren Stuben und Kammern, die nach
beiden Seiten der Treppe auf den Corridor hinaus-
gingen.

Der Abend dunkelte schon; die junge Frau hing
immer schwerer an dem Arm ihres Mannes, es war
fast, als sei mit jeder Thür, die sich vor ihr geöffnet, eine neue Last auf ihre Schultern gefallen;
immer einsilbiger wurden seine froh hervorsirömen-
den Worte erwiedert. Endlich, da sie vor der Thür
seines Arbeitszimmers standen, schwieg auch er und
hob den schönen Kopf zu sich empor, der stumm an
seiner Schulter lehnte.

„Was ist dir, Ines?“ sagte er, „du freust dich
nicht!“

„O doch, ich freue mich!“

„So komm!“

Als er die Thür geöffnet hatte, schien ihnen ein
mildes Licht entgegen. Durch das westliche Fenster
leuchtete der Schein des Abendgoldes, das drüben
jenseits der Büsche des kleinen Gartens stand. —

In diesem Lichte blickte das schöne Bild der Todten von der Wand herab; darunter auf dem matten Gold des Rahmens lag wie glühend die frische rothe Rose.

Die junge Frau griff unwillkürlich mit der Hand nach ihrem Herzen und starrte sprachlos auf das süße lebensvolle Bild. Aber schon hatten die Arme ihres Mannes sie fest umfangen.

„Sie war einst mein Glück;" sagte er, „sei du es jetzt!"

Sie nickte, aber sie schwieg und rang nach Athem. Ach, diese Todte lebte noch, und für sie Beide war doch nicht Raum in einem Hause!

Wie zuvor, da Nesi hier gewesen, tönte jetzt wieder aus dem großen zu Norden belegenen Garten die mächtige Stimme eines Hundes.

Mit sanfter Hand wurde die junge Frau von ihrem Gatten an das dort hinausliegende Fenster geführt. „Sieh einmal hier hinab!" sagte er.

Drunten auf dem Stiege, der um den großen Rasen führte, saß ein schwarzer Neufundländer; vor ihm stand Nesi und beschrieb mit einer ihrer schwarzen Flechten einen immer engeren Kreis um seine

Naſe. Dann warf der Hund den Kopf zurück und bellte und Reſi lachte und begann das Spiel von Neuem.

Auch der Vater, der dieſem kindiſchen Treiben zuſah, mußte lächeln; aber die junge Frau an ſeiner Seite lächelte nicht, und wie eine trübe Wolke flog es über ihn hin. „Wenn es die Mutter wäre!" dachte er; laut aber ſagte er: „Das iſt unſer Nero, den mußt du auch noch kennen lernen, Ines; der und Reſi ſind gute Kameraden, ſogar vor ihren Puppenwagen läßt ſich das Ungeheuer ſpannen."

Sie blickte zu ihm auf. „Hier iſt ſo Viel, Rudolf," ſagte ſie, wie zerſtreut; „wenn ich nur durchfinde!"

— „Ines, du träumſt! Wir und das Kind, der Hausſtand iſt ja ſo klein wie möglich."

„Wie möglich?" wiederholte ſie tonlos und ihre Augen folgten dem Kinde, das jetzt mit dem Hunde um den Raſen jagte; dann plötzlich, wie in Angſt zu ihrem Mann emporſehend, ſchlang ſie die Arme um ſeinen Hals und bat: „Halte mich feſt, hilf mir! Mir iſt ſo ſchwer."

*   *   *

Wochen, Monate waren vergangen. — Die Be-
fürchtungen der jungen Frau schienen sich nicht zu
verwirklichen; wie von selber ging die Wirthschaft
unter ihrer Hand. Die Dienerschaft fügte sich gern
ihrem zugleich freundlichen und vornehmen Wesen,
und auch wer von außen hinzutrat, fühlte, daß jetzt
wieder eine dem Hausherrn ebenbürtige Frau im
Innern walte. Für die schärfer blickenden Augen
ihres Mannes freilich war es anders; er erkannte
nur zu sehr, daß sie mit den Dingen seines Hauses
wie mit Fremdem verkehre, woran sie keinen Theil
habe, das als gewissenhafte Stellvertreterin sie nur
um desto sorgsamer verwalten müsse. Es konnte den
erfahrenen Mann nicht beruhigen, wenn sie sich zuweilen mit heftiger Innigkeit in seine Arme drängte,
als müsse sie sich versichern, daß sie ihm, er ihr gehöre.

Auch zu Resi hatte ein näheres Verhältniß sich
nicht gebildet. Eine innere Stimme — der Liebe
und der Klugheit — gebot der jungen Frau, mit
dem Kinde von seiner Mutter zu sprechen, an die
es die Erinnerung so lebendig, seit die Stiefmutter
ins Haus getreten war, so hartnäckig bewahrte. Aber
— das war es ja! Das süße Bild, das droben in

ihres Mannes Zimmer hing, — selbst ihre inneren
Augen vermieden es zu sehen. Wohl hatte sie mehr=
mals schon den Muth gefaßt; sie hatte das Kind
mit beiden Händen an sich gezogen, dann aber war
sie verstummt; ihre Lippen hatten ihr den Dienst
versagt, und Resi, deren dunkle Augen bei solcher
herzlichen Bewegung freudig aufgeleuchtet, war trau=
rig wieder fortgegangen. Denn seltsam, sie sehnte
sich nach der Liebe dieser schönen Frau; ja, wie Kin=
der pflegen, sie betete sie im Stillen an. Aber ihr
fehlte die Anrede, die der Schlüssel jedes herzlichen
Gespräches ist; das Eine — so war ihr — durfte
sie, das Andere konnte sie nicht sagen.

Auch dieses letztere Hemmniß fühlte Ines, und
da es das am leichtesten zu beseitigende schien, so
kehrten ihre Gedanken immer wieder auf diesen Punkt
zurück.

So saß sie eines Nachmittags neben ihrem Mann
im Wohnzimmer und blickte in den Dampf, der leise
singend aus der Theemaschine aufstieg.

Rudolf, der eben seine Zeitung durchgelesen hatte,
ergriff ihre Hand. „Du bist so still, Ines; du hast
mich heute nicht ein einzig Mal gestört!"

„Ich hätte wohl etwas zu sagen," erwiederte sie zögernd, indem sie ihre Hand aus der seinen löste.

— „So sag' es denn!"

Aber sie schwieg noch eine Weile.

— „Rudolf," sagte sie endlich, „laß dein Kind mich Mutter nennen!"

— „Und thut sie denn das nicht?"

Sie schüttelte den Kopf und erzählte ihm, was am Tage ihrer Ankunft vorgefallen war.

Er hörte ihr ruhig zu. „Es ist ein Ausweg," sagte er dann, „den hier die Kindesseele unbewußt gefunden hat. Wollen wir ihn nicht dankbar gelten lassen?"

Die junge Frau antwortete nicht darauf, sie sagte nur: „So wird das Kind mir niemals nahe kommen."

Er wollte wieder ihre Hand fassen, aber sie entzog sie ihm.

„Ines," sagte er, „verlange nur nichts, was die Natur versagt; von Nesi nicht, daß sie dein Kind, und nicht von dir, daß du ihre Mutter sei'st!"

Die Thränen brachen ihr aus den Augen. „Aber, ich soll doch ihre Mutter sein," sagte sie fast heftig.

— „Ihre Mutter? Nein, Ines, das sollst du
nicht."

„Was soll ich denn, Rudolf?"

— Hätte sie die nahe liegende Antwort auf diese
Frage jetzt verstehen können, sie würde sie sich selbst
gegeben haben. Er fühlte das und sah ihr sinnend
in die Augen, als müsse er dort die helfenden Worte
finden.

„Bekenn' es nur!" sagte sie, sein Schweigen
mißverstehend, „darauf hast du keine Antwort."

„O, Ines!" rief er. „Wenn erst aus deinem
eignen Blut ein Kind auf deinem Schooße liegt!"

Sie machte eine abwehrende Bewegung; er aber
sagte: „Die Zeit wird kommen, und du wirst fühlen,
wie das Entzücken, das aus deinem Auge bricht, das
erste Lächeln deines Kindes weckt und wie es seine
kleine Seele zu dir zieht. — Auch über Nesi haben
einst zwei selige Augen so geleuchtet; dann schlug sie
den kleinen Arm um einen Nacken, der sich zu ihr
niederbeugte, und sagte: ‚Mutter!' — Zürne nicht
mit ihr, daß sie es zu keiner Anderen auf der Welt
mehr sagen kann!"

Ines hatte seine Worte kaum gehört; ihre Ge-

danken verfolgten nur den einen Punkt. „Wenn du
sagen kannst: Sie ist ja nicht dein Kind, warum
sagst du denn nicht auch: Du bist ja nicht mein
Weib!"

Und dabei blieb es. Was gingen sie seine
Gründe an!

Er zog sie an sich; er suchte sie zu beruhigen;
sie küßte ihn und sah ihn durch Thränen lächelnd
an; aber geholfen war ihr damit nicht.

* * *

Als Rudolf sie verlassen hatte, ging sie hinaus
in den großen Garten. Bei ihrem Eintritt sah sie
Resi mit einem Schulbuche in der Hand um den
breiten Rasen wandern, aber sie wich ihr aus und
schlug einen Seitenweg ein, der zwischen Gebüsch an
der Gartenmauer entlang führte.

Dem Kinde war beim flüchtigen Aufblick der
Ausdruck von Trauer in den schönen Augen der
Stiefmutter nicht entgangen, und, wie magnetisch
nachgezogen, immer lernend und ihre Lection vor
sich hermurmelnd, war auch sie allmälig in jenen
Steig gerathen.

7*

Ines stand eben vor einer in der hohen Mauer befindlichen Pforte, die von einem Schlinggewächs mit lila Blüthen fast verhangen war. Mit abwesenden Blicken ruhten ihre Augen darauf, und sie wollte schon ihre stille Wanderung wieder beginnen, als sie das Kind sich entgegenkommen sah.

Nun blieb sie stehen und fragte: „Was ist das für eine Pforte, Nesi?"

— „Zu Großmutters Garten!"

„Zu Großmutters Garten? — Deine Großeltern sind doch schon lange todt!"

„Ja, schon lange, lange."

„Und wem gehört denn jetzt der Garten?"

— „Uns!" sagte das Kind, als verstehe sich das von selbst.

Ines bog ihren schönen Kopf unter das Gesträuch und begann an der eisernen Klinke. der Thür zu rütteln; Nesi stand schweigend dabei, als wolle sie den Erfolg dieser Bemühungen abwarten.

„Aber er ist ja verschlossen!" rief die junge Frau, indem sie abließ und mit dem Schnupftuch den Rost von ihren Fingern wischte. „Ist es der wüste Garten, den man aus Vaters Stubenfenster sieht?"

Das Kind nickte.

— „Horch nur, wie drüben die Vögel singen!"

Inzwischen war die alte Dienerin in den Garten getreten. Als sie die Stimmen der Beiden von der Mauer her vernahm, beeilte sie sich, in ihre Nähe zu kommen. „Es ist Besuch drinnen," meldete sie.

Ines legte freundlich ihre Hand an Resi's Wange. „Vater ist ein schlechter Gärtner," sagte sie im Fortgehen; „da müssen wir Beide noch hinein und Ordnung schaffen."

— Im Hause kam Rudolf ihr entgegen.

„Du weißt, das Müller'sche Quartett spielt heute Abend," sagte er; „die Doctorsleute sind da und wollen uns vor Unterlassungssünden warnen."

Als sie zu den Gästen in die Stube eingetreten waren, entspann sich ein langes, lebhaftes Gespräch über Musik; dann kamen häusliche Geschäfte, die noch besorgt werden mußten. Der wüste Garten war für heut' vergessen.

*   *   *

Am Abend war das Concert. — Die großen Todten, Haydn und Mozart, waren an den Hörern

vorübergezogen, und eben verklang auch der letzte
Accord von Beethoven's C-moll-Quartett, und statt
der feierlichen Stille, in der allein die Töne auf-
und niederglänzten, rauschte jetzt das Geplauder der
fortdrängenden Zuhörer durch den weiten Raum.

Rudolf stand neben dem Stuhle seiner jungen Frau. „Es ist aus, Ines," sagte er, sich zu
ihr niederbeugend; „oder hörst du noch immer
etwas?"

Sie saß noch wie horchend, ihre Augen nach dem
Podium gerichtet, auf dem nur noch die leeren Pulte
standen. Jetzt reichte sie ihrem Manne die Hand.
„Laß uns heimgehen, Rudolf." sagte sie aufstehend.

An der Thür wurden sie von ihrem Hausarzte
und dessen Frau aufgehalten, den einzigen Menschen,
mit denen Ines bis jetzt in einen näheren Verkehr
getreten war.

„Nun?" sagte der Doctor und nickte ihnen mit
dem Ausdruck innerster Befriedigung zu. „Aber
kommen Sie mit uns, es ist ja auf dem Wege; nach
so etwas muß man noch ein Stündchen zusammen-
sitzen."

Rudolf wollte schon mit heiterer Zustimmung

antworten, als er sich leise am Aermel gezupft fühlte
und die Augen seiner Frau mit dem Ausdrucke drin=
genden Bittens auf sich gerichtet sah. Er verstand
sie wohl. „Ich verweise die Entscheidung an die
höhere Instanz," sagte er scherzend.

Und Ines wußte unerbittlich den nicht so leicht
zu besiegenden Doctor auf einen anderen Abend zu
vertrösten.

Als sie am Hause ihrer Freunde sich von diesen
verabschiedet hatten, athmete sie auf wie befreit.

„Was hast du heute gegen unsere lieben Doctors=
leute?" fragte Rudolf.

Sie drückte sich fest in den Arm ihres Mannes.
„Nichts," sagte sie; „aber es war so schön heute
Abend; ich muß nun ganz mit dir allein sein."

Sie schritten rascher ihrem Hause zu.

„Sieh' nur," sagte er, „im Wohnzimmer unten
ist schon Licht, unsere alte Anne wird den Theetisch
schon gerüstet haben. Du hattest Recht, daheim ist
doch noch besser als bei Anderen."

Sie nickte nur und drückte ihm still die Hand.
— Dann traten sie in ihr Haus; lebhaft öffnete
sie die Stubenthür und schlug die Vorhänge zurück.

Auf dem Tische, wo einst die Vase mit den Ro=
sen gestanden hatte, brannte jetzt eine große Bronze=
lampe und beleuchtete einen schwarzhaarigen Kinder=
kopf, der schlafend auf die mageren Aermchen hin=
gesunken war; die Ecken eines Bilderbuches ragten
nur eben darunter hervor.

Die junge Frau blieb wie erstarrt in der Thür
stehen; das Kind war ganz aus ihrem Gedanken=
kreise verschwunden gewesen. Ein Zug herber Ent=
täuschung flog um ihre schönen Lippen. „Du, Resi!"
stieß sie hervor, als ihr Mann sie vollends in das
Zimmer hineingeführt hatte. „Was machst du denn
noch hier?"

Resi erwachte und sprang auf. „Ich wollte auf
Euch warten," sagte sie, indem sie halb lächelnd mit
der Hand über ihre blinzelnden Augen fuhr.

„Das ist unrecht von Anne; du hättest längst zu
Bette sein sollen."

Ines wandte sich ab und trat an das Fenster;
sie fühlte, wie ihr die Thränen aus den Augen
quollen. Ein unentwirrbares Gemisch von bitteren
Gefühlen wühlte in ihrer Brust; Heimweh, Mitleid
mit sich selber, Reue über ihre Lieblosigkeit gegen

das Kind des geliebten Mannes; sie wußte selber nicht, was Alles jetzt sie überkam; aber — und mit der Wolluſt und der Ungerechtigkeit des Schmerzes ſprach ſie es ſich ſelber vor — das war es: ihrer Ehe fehlte die Jugend, und ſie ſelber war doch noch ſo jung!

Als ſie ſich umwandte, war das Zimmer leer. — Wo war die ſchöne Stunde, auf die ſie ſich ge- freut? — Sie dachte nicht daran, daß ſie ſie ſelbſt verſcheucht hatte.

— — Das Kind, welches mit faſt erſchreckten Augen dem ihm unverſtändlichen Vorgange zugeſehen hatte, war von dem Vater ſtill hinausgeführt worden.

„Geduld," ſprach er zu ſich ſelber, als er, den Arm um Neſi geſchlungen, mit ihr die Treppe hin- aufſtieg; und auch er, in einem anderen Sinne, ſetzte hinzu: „Sie iſt ja noch ſo jung."

Eine Kette von Gedanken und Plänen tauchte in ihm auf; mechaniſch öffnete er das Zimmer, wo Neſi mit der alten Anne ſchlief und in dem ſie von dieſer ſchon erwartet wurde. Er küßte ſie und ſprach: „Ich werde Mama von dir gute Nacht ſagen." Dann wollte er zu seiner Frau hinabgehen; aber er kehrte wieder um und trat am Ende des Corridors in sein Studirzimmer.

Auf dem Aufsatze des Schreibtisches stand eine kleine Bronze-Lampe aus Pompeji, die er kürzlich erst erworben und Versuches halber mit Oel gefüllt hatte; er nahm sie herab, zündete sie an und stellte sie wieder an ihren Ort unter das Bildniß der Verstorbenen; ein Glas mit Blumen, das auf der Platte des Tisches gestanden, setzte er daneben. Er that dies fast gedankenlos; nur, als müsse er auch seinen Händen zu thun geben, während es ihm in Kopf und Herzen arbeitete. Dann trat er dicht da-neben an das Fenster und öffnete beide Flügel des-selben.

Der Himmel war voll Wolken; das Licht des Mondes konnte nicht herabgelangen. Drunten in dem kleinen Garten lag das wuchernde Gesträuch wie eine dunkle Masse; nur dort, wo zwischen schwarzen pyramidenförmigen Coniferen der Steig zur Rohr-hütte führte, schimmerte zwischen ihnen der weiße Kies hindurch.

Und aus der Phantasie des Mannes, der in diese

Einsamkeit hinabsah, trat eine liebliche Gestalt, die nicht mehr den Lebenden angehörte; er sah sie unten auf dem Steige wandeln, und ihm war, als gehe er an ihrer Seite.

„Laß dein Gedächtniß mich zur Liebe stärken," sprach er; aber die Todte antwortete nicht; sie hielt den schönen, bleichen Kopf zur Erde geneigt; er fühlte mit süßem Schauder ihre Nähe, aber Worte kamen nicht von ihr.

Da bedachte er sich, daß er hier oben ganz allein stehe. Er glaubte an den vollen Ernst des Todes; die Zeit, wo sie gewesen, war vorüber. — Aber unter ihm lag noch wie einst der Garten ihrer Eltern; von seinen Büchern durch das Fenster sehend, hatte er dort zuerst das kaum fünfzehnjährige Mädchen er-blickt; und das Kind mit den blonden Flechten hatte dem ernsten Manne die Gedanken fortgenommen, immer mehr, bis sie zuletzt als Frau die Schwelle seines Hauses überschritten und ihm Alles und noch mehr zurückgebracht hatte. — Jahre des Glückes und freudigen Schaffens waren mit ihr eingezogen; den kleinen Garten aber, als die Eltern früh verstorben waren und das Haus verkauft wurde, hatten sie be-

halten und durch eine Pforte in der Grenzmauer
mit dem großen Garten ihres Hauses verbunden.
Fast verborgen war schon damals diese Pforte unter
hängendem Gesträuch, das sie ungehindert wachsen
ließen; denn sie gingen durch dieselbe in den trau-
lichsten Ort ihres Sommerlebens, in welchen selbst
die Freunde des Hauses nur selten hineingelassen
wurden. — — In der Rohrhütte, in welcher er
einst von seinem Fenster aus die jugendliche Geliebte
über ihren Schularbeiten belauscht hatte, saß jetzt zu
den Füßen der blonden Mutter ein Kind mit dunklen, nachdenklichen Augen; und wenn er nun den
Kopf von seiner Arbeit wandte, so that er einen
Blick in das vollste Glück des Menschenlebens. — —
Aber heimlich hatte der Tod sein Korn hineinge-
worfen. Es war in den ersten Tagen eines Juni-
mondes, da trug man das Bett der schwer Erkrank-
ten aus dem daran liegenden Schlafgemach in das
Arbeitszimmer ihres Mannes; sie wollte die Luft
noch um sich haben, die aus dem Garten ihres
Glückes durch das offene Fenster wehte. Der große
Schreibtisch war bei Seite gestellt; seine Gedanken
waren nun alle nur bei ihr. — Draußen war ein

unvergleichlicher Frühling aufgegangen; ein Kirsch=
baum stand mit Blüthen überschneit. In unwillkür=
lichem Drange hob er die leichte Gestalt aus den
Kissen und trug sie an das Fenster. „O, sieh' es
noch einmal! Wie schön ist doch die Welt!"

Aber sie wiegte leise ihren Kopf und sagte: „Ich
sehe es nicht mehr." — —

Und bald kam es, da wußte er das Flüstern,
welches aus ihrem Munde brach, nicht mehr zu deu=
ten. Immer schwächer glimmte der Funken; nur
ein schmerzliches Zucken bewegte noch die Lippen,
hart und stöhnend im Kampfe um das Leben ging
der Athem. Aber es wurde leiser, immer leiser,
zuletzt süß wie Bienengetön. Dann noch einmal
war's, als wandle ein blauer Lichtstrahl durch die
offenen Augen; und dann war Frieden.

„Gute Nacht, Marie!" — Aber sie hörte es
nicht mehr.

— — Noch ein Tag, und die stille, edle Ge=
stalt lag unten in dem großen, dämmerigen Gemach
in ihrem Sarge. Die Diener des Hauses traten
leise auf; drinnen stand er neben seinem Kinde, das
die alte Anne an der Hand hielt.

„Nesi," sagte diese, „du fürchtest dich doch nicht?"

Und das Kind, von der Erhabenheit des Todes angeweht, antwortete: „Nein, Anne, ich bete."

Dann kam der allerletzte Gang, welcher noch mit ihr zu gehen ihm vergönnt war; nach ihrer Beider Sinn ohne Priester und Glockenklang, aber in der heiligen Morgenfrühe, die ersten Lerchen stiegen eben in die Luft.

Das war vorüber; aber er besaß sie noch in seinem Schmerze; wenn auch ungesehen, sie lebte noch mit ihm. Doch unbemerkt entschwand auch dies; er suchte sie oft mit Angst, aber immer seltener wußte er sie zu finden. Nun erst schien ihm sein Haus unheimlich leer und öde; in den Winkeln saß eine Dämmerung, die früher nicht dort gesessen hatte; es war so seltsam anders um ihn her; und sie war nirgends.

— — Der Mond war aus dem Wolkenduft hervorgetreten und beleuchtete hell die unten lie- gende Gartenwildniß. Er stand noch immer an der- selben Stelle, den Kopf gegen das Fensterkreuz ge- lehnt; aber seine Augen sahen nicht mehr, was drau- ßen war.

Da öffnete sich hinter ihm die Thür, und eine Frau von dunkler Schönheit trat herein.

Das leise Rauschen ihres Kleides hatte den Weg zu seinem Ohr gefunden; er wandte den Kopf und sah sie forschend an.

„Ines!" rief er; er stieß das Wort hervor, aber er ging ihr nicht entgegen.

Sie war stehen geblieben. „Was ist dir, Rudolf? Erschrickst du vor mir?"

Er schüttelte den Kopf und versuchte zu lächeln. „Komm," sagte er, „laß uns hinuntergehen."

Aber während er ihre Hand faßte, waren ihre Augen auf das von der Lampe beleuchtete Bild und die danebenstehenden Blumen gefallen. — Wie ein plötzliches Verständniß flog es durch ihre Züge. „Es ist ja bei dir wie in einer Capelle," sagte sie, und ihre Worte klangen kalt, fast feindlich.

Er hatte Alles begriffen. „O, Ines," rief er, „sind nicht auch dir die Todten heilig!"

„Die Todten! Wem sollten die nicht heilig sein! Aber, Rudolf," — und sie zog ihn wieder an das Fenster; ihre Hände zitterten und ihre schwarzen Augen flimmerten vor Erregung — „sag' mir, die

ich jetzt dein Weib bin, warum hältst du diesen Gar=
ten verschlossen und lässest keines Menschen Fuß
hinein?"

Sie zeigte mit der Hand in die Tiefe; der weiße
Kies zwischen den schwarzen Pyramidensträuchern
schimmerte gespenstisch; ein großer Nachtschmetterling
flog eben darüber hin.

Er hatte schweigend hinabgeblickt. „Das ist ein
Grab, Ines," sagte er jetzt, „oder, wenn du lieber
willst, ein Garten der Vergangenheit."

Aber sie sah ihn heftig an. „Ich weiß das
besser, Rudolf! Das ist der Ort, wo du bei ihr
bist; dort auf dem weißen Steige wandelt Ihr zu=
sammen; denn sie ist nicht todt; noch eben, jetzt in
dieser Stunde warst du bei ihr und hast mich, dein
Weib, bei ihr verklagt. Das ist Untreue, Rudolf;
mit einem Schatten brichst du mir die Ehe!"

Er legte schweigend den Arm um ihren Leib und
führte sie, halb mit Gewalt, vom Fenster fort. Dann
nahm er die Lampe von dem Schreibtisch und hielt sie
hoch gegen das Bild empor. „Ines, wirf nur einen
Blick auf sie!"

Und als die unschuldigen Augen der Todten auf

sie herabblickten, brach sie in einen Strom von Thrä=
nen aus. „O, Rudolf, ich fühle es, ich werde schlecht!"

„Weine nicht so," sagte er. „Auch ich habe
Unrecht gethan; aber habe auch du Geduld mit mir!"
— Er zog ein Schubfach seines Schreibtisches auf
und legte einen Schlüssel in ihre Hand. „Oeffne
du den Garten wieder, Ines! — · Gewiß, es
macht mich glücklich, wenn dein Fuß der erste ist,
der wieder ihn betritt. Vielleicht, daß im Geiste
sie dir dort begegnet und mit ihren milden Augen
dich so lange ansieht, bis du schwesterlich den Arm
um ihren Nacken legst!"

Sie sah unbeweglich auf den Schlüssel, der noch
immer in ihrer offenen Hand lag.

„Nun, Ines, willst du nicht annehmen, was ich
dir gegeben habe?"

Sie schüttelte den Kopf.

„Noch nicht, Rudolf, ich kann noch nicht, später
— später; dann wollen wir zusammen hineingehen."
Und indem ihre schönen dunklen Augen bittend zu ihm
aufblickten, legte sie still den Schlüssel auf den Tisch.

*   *   *

Ein Samenkorn war in den Boden gefallen, aber die Zeit des Keimens lag noch fern.

Es war im November. — Ines konnte endlich nicht mehr daran zweifeln, daß auch sie Mutter werden solle, Mutter eines eigenen Kindes. Aber zu dem Entzücken, das sie bei dem Bewußtsein überkam, gesellte sich bald ein Anderes. Wie ein unheimliches Dunkel lag es auf ihr, aus dem allmälig sich e i n Gedanke gleich einer bösen Schlange emporwand. Sie suchte ihn zu verscheuchen, sie flüchtete sich vor ihm zu allen guten Geistern ihres Hauses, aber verfolgte er sie, er kam immer wieder und immer mächtiger. War sie nicht nur von außen wie eine Fremde in dies Haus getreten, das schon ohne sie ein fertiges Leben in sich schloß? — Und eine zweite Ehe — gab es denn überhaupt eine solche? Mußte die erste, die einzige, nicht bis zum Tode Beider fortdauern? — Nicht nur bis zum Tode! Auch weiter — weiter, bis in alle Ewigkeit! Und wenn das? — Die heiße Gluth schlug ihr ins Gesicht; sich selbst zerfleischend griff sie nach den härtesten Worten. — Ihr Kind — ein Eindringling, ein Bastard würde es im eignen Vaterhause sein!

Wie vernichtet ging sie umher; ihr junges Glück
und Leid trug sie allein; und wenn der, welcher den
nächsten Anspruch hatte, es mit ihr zu theilen, sie
besorgt und fragend anblickte, so schlossen sich ihre
Lippen wie in Todesangst.

— — In dem gemeinschaftlichen Schlafgemache
waren die schweren Fenstervorhänge heruntergelassen,
nur durch eine schmale Lücke zwischen denselben stahl
sich ein Streifen Mondlicht herein. Uuter quälen-
den Gedanken war Ines eingeschlafen, nun kam der
Traum; da wußte sie es: sie konnte nicht bleiben,
sie mußte fort aus diesem Hause, nur ein kleines
Bündelchen wollte sie mitnehmen, dann fort, weit
weg — — zu ihrer Mutter, auf Nimmerwieder-
kehr! Aus dem Garten, hinter den Fichten, welche
die Rückwand desselben bildeten, führte ein Pförtchen
in das Freie; den Schlüssel hatte sie in ihrer Tasche,
sie wollte fort — — gleich. — —

Der Mond rückte weiter, von der Bettstatt auf
das Kissen, und jetzt lag ihr schönes Antlitz voll beleuchtet in seinem blassen Schein. — Da richtete sie
sich auf. Geräuschlos entstieg sie dem Bett und trat
mit nackten Füßen in ihre davorstehenden Schuhe.

8*

Nun stand sie mitten im Zimmer in ihrem weißen Schlafgewand; ihr dunkles Haar hing, wie sie es Nachts zu ordnen pflegte, in zwei langen Flechten über ihre Brust. Aber ihre sonst so elastische Gestalt schien wie zusammengesunken; es war, als liege noch die Last des Schlafes auf ihr. Tastend, mit vorgestreckten Händen, glitt sie durch das Zimmer, aber sie nahm nichts mit, kein Bündelchen, keinen Schlüssel. Als sie mit den Fingern über die auf einem Stuhle liegenden Kleider ihres Mannes streifte, zögerte sie einen Augenblick, als gewinne eine andere Vorstellung in ihr Raum; gleich darauf aber schritt sie leise und feierlich zur Stubenthür hinaus und weiter die Treppe hinab. Dann klang unten im Flure das Schloß der Hofthür, kalte Luft blies sie an, der Nachtwind hob die schweren Flechten auf ihrer Brust.

— — Wie sie durch den finsteren Wald gekommen, der hinter ihr lag, das wußte sie nicht; aber jetzt hörte sie es überall aus dem Dickicht hervorbrechen; die Verfolger waren hinter ihr. Vor ihr erhob sich ein großes Thor; mit aller Macht ihrer kleinen Hände stieß sie den einen Flügel auf; eine

öde, unabsehbare Haide dehnte sich vor ihr aus, und
plötzlich wimmelte es von großen, schwarzen Hunden,
die in emsigem Laufe gegen sie daherrannten; sie sah
die rothen Zungen aus ihren dampfenden Rachen
hängen, sie hörte ihr Gebell, immer näher —
tönender — —

Da öffneten sich ihre halbgeschlossenen Augen,
und allmälig begann sie es zu fassen. Sie erkannte,
daß sie eben innerhalb des großen Gartens stehe;
ihre eine Hand hielt noch die Klinke der eisernen
Gitterthür. Der Wind spielte mit ihrem leichten
Nachtgewande; von den Linden, welche zur Seite
des Einganges standen, wirbelte ein Schauer von
gelben Blättern auf sie herab. — Doch — was
war das? — Drüben aus den Tannen, ganz wie
sie es vorhin zu hören glaubte, erscholl auch jetzt
das Bellen eines Hundes, sie hörte deutlich etwas
durch die dürren Zweige brechen. Eine Todesangst
überfiel sie. — Und wieder erscholl das Gebell.

„Nero," sagte sie; „es ist Nero."

Aber sie hatte sich mit dem schwarzen Hüter des
Hauses nie befreundet, und unwillkürlich lief ihr das
wirkliche Thier mit den grimmigen Hunden des

Traumes in eins zusammen; und jetzt sah sie ihn
von jenseit des Rasens in großen Sprüngen auf
sich zukommen. Doch er legte sich vor ihr nieder,
und, jenes unverkennbare Winseln der Freude aus=
stoßend, leckte er ihre nackten Füße. Zugleich kamen
Schritte vom Hofe her, und einen Augenblick darauf
umfingen sie die Arme ihres Mannes; gesichert legte
sie den Kopf an seine Brust.

Vom Gebell des Hundes aufgewacht, hatte er
mit jähem Schreck ihr Lager an seiner Seite leer
gesehen. Ein dunkles Wasser glitzerte plötzlich vor
seinem inneren Auge; es lag nur tausend Schritte
hinter ihrem Garten an einem Feldweg unter dichten
Erlenbüschen. Wie vor einigen Tagen sah er sich mit
Ines an dem grünen Uferrande stehen; er sah sie bis
in das Schilf hinabgehen und einen Stein, den sie
vorhin am Wege aufgesammelt, in die Tiefe werfen.
„Komm zurück, Ines!" hatte er gerufen, „es ist nicht
sicher dort." Aber sie war noch immer stehen geblie=
ben, mit den schwermüthigen Augen in die Kreise star=
rend, welche langsam auf dem schwarzen Wasserspiegel
ausliefen. „Das ist wohl unergründlich?" hatte sie
gefragt, da er sie endlich in seinen Armen fortgerissen.

Das Alles war in wilder Flucht durch seinen Kopf gegangen, als er die Treppe nach dem Hofe hinabgestürmt. — Auch damals waren sie durch den Garten von ihrem Hause fortgegangen, und jetzt traf er sie hier, fast unbekleidet, das schöne Haar vom Nachtthau feucht, der noch immer von den Bäumen tropfte.

Er hüllte sie in den Plaid, welchen er sich selbst vorm Hinuntergehen übergeworfen hatte. „Ines," sagte er — das Herz schlug ihm so gewaltig, daß er das Wort fast rauh hervorstieß — „was ist das? Wie bist du hierher gekommen?"

Sie schauerte in sich zusammen.

„Ich weiß nicht, Rudolf — — ich wollte fort — mir träumte; o, Rudolf, es muß etwas Furcht-bares gewesen sein!"

„Dir träumte? Wirklich, dir träumte!" wieder-holte er und athmete auf, wie von einer schweren Last befreit.

Sie nickte nur und ließ sich wie ein Kind ins Haus und in das Schlafgemach zurückführen.

Als er sie hier sanft aus seinen Armen ließ, sagte sie: „Du bist so stumm, du zürnst gewiß?"

„Wie sollt' ich zürnen, Ines! Ich hatte Angst um dich. Hast du schon früher so geträumt?"

Sie schüttelte erst den Kopf, bald aber besann sie sich. „Doch — — einmal; nur war nichts Schreckliches dabei."

Er trat ans Fenster und zog die Vorhänge zurück, so daß das Mondlicht voll ins Zimmer strömte.

„Ich muß dein Antlitz sehen," sagte er, indem er sie auf die Kante ihres Bettes niederzog und sich dann selbst an ihre Seite setzte. „Willst du mir nun erzählen, was dir damals Liebliches geträumt hat? Du brauchst nicht laut zu sprechen; in diesem zarten Lichte trifft auch der leiseste Ton das Ohr."

Sie hatte den Kopf an seine Brust gelegt und sah zu ihm empor.

„Wenn du es wissen willst," sagte sie nachsinnend. „Es war, glaub' ich, an meinem dreizehnten Geburtstag; ich hatte mich ganz in das Kind, in den kleinen Christus verliebt, ich mochte meine Puppen nicht mehr ansehen."

„In den kleinen Christus, Ines?"

„Ja, Rudolf;" und sie legte sich wie zur Ruhe noch fester in seinen Arm; „meine Mutter hatte mir

ein Bild geschenkt, eine Madonna mit dem Kinde;
es hing hübsch eingerahmt über meinem Arbeitstisch-
chen in der Wohnstube."

„Ich kenne es," sagte er, „es hängt ja noch dort;
deine Mutter wollte es behalten zur Erinnerung an
die kleine Ines."

— „O, meine liebe Mutter!"

Er zog sie fester an sich; dann sagte er: „Darf
ich weiter hören, Ines?"

— „Doch! Aber ich schäme mich, Rudolf." Und
dann leise und zögernd fortfahrend: „Ich hatte an
jenem Tage nur Augen für das Christkind; auch
Nachmittags, als meine Gespielinnen da waren; ich
schlich mich heimlich hin und küßte das Glas vor
seinem kleinen Munde — — es war mir ganz, als
wenn's lebendig wäre — — hätte ich es nur auch
wie die Mutter auf dem Bild in meine Arme nehmen können!" — Sie schwieg; ihre Stimme war
bei den letzten Worten zu einem flüsternden Hauch
herabgesunken.

„Und dann, Ines?" fragte er. „Aber du erzählst
mir so beklommen!"

— „Nein, nein, Rudolf! Aber — — in der

Nacht, die darauf folgte, muß ich auch im Traume aufgestanden sein; denn am anderen Morgen fanden sie mich in meinem Bette, das Bild in beiden Armen, mit meinem Kopf auf dem zerdrückten Glase eingeschlafen."

Eine Weile war es todtenstill im Zimmer.

— — „Und jetzt?" fragte er ahnungsvoll und sah ihr tief und herzlich in die Augen. „Was hat dich heute denn von meiner Seite in die Nacht hinausgetrieben?"

„Jetzt, Rudolf?" — — Er fühlte, wie ein Zittern über alle ihre Glieder lief. Plötzlich schlang sie die Arme um seinen Hals, und mit erstickter Stimme flüsterte sie angstvolle und verworrene Worte, deren Sinn er nicht verstehen konnte.

„Ines, Ines," sagte er und nahm ihr schönes kummervolles Antlitz in seine beiden Hände.

— „O, Rudolf! Laß mich sterben; aber verstoße nicht unser Kind!"

Er war vor ihr aufs Knie gesunken und küßte ihr die Hände. Nur die Botschaft hatte er gehört und nicht die dunklen Worte, in denen sie ihm verkündigt wurde; von seiner Seele flogen alle Schatten

fort, und hoffnungsreich zu ihr emporschauend, sprach
er leise:

„Nun muß sich Alles, Alles wenden!"

*   *   *

Die Zeit ging weiter, aber die dunklen Gewalten
waren noch nicht besiegt. Nur mit Widerstreben fügte
Ines die noch aus Nesi's Wiegenzeit vorhandenen
Dinge der kleinen Ausrüstung ein, und manche Thräne
fiel in die kleinen Mützen und Jäckchen, an welchen
sie jetzt stumm und eifrig nähte.

— — Auch Nesi war es nicht entgangen, daß
etwas Ungewöhnliches sich vorbereite. Im Oberhause,
nach dem großen Garten hinaus, stand plötzlich eine
Stube fest verschlossen, in der sonst ihre Spielsachen
aufbewahrt gewesen waren; sie hatte durchs Schlüssel-
loch hineingeguckt; eine Dämmerung, eine feierliche
Stille schien darin zu walten. Und als sie ihre
Puppenküche, die man auf den Corridor hinausgesetzt
hatte, mit Hülfe der alten Anne auf den Hausboden
trug, suchte sie dort vergebens nach der Wiege mit
dem grünen Taffetschirme, welche, so lange sie den-

len konnte, hier unter dem schrägen Dachfenster gestanden hatte. Neugierig spähte sie in alle Winkel.

„Was gehst du herum wie ein Controleur?"
sagte die Alte.

— „Ja, Anne, wo ist aber meine Wiege geblieben?"

Die Alte blickte sie mit schlauem Lächeln an.
„Was meinst," sagte sie, „wenn dir der Storch noch
so ein Brüderchen brächte?"

Nesi sah betroffen auf; aber sie fühlte sich durch
diese Anrede in ihrer elfjährigen Würde gekränkt.
„Der Storch?" sagte sie verächtlich.

„Nun freilich, Nesi."

— „Du mußt nicht so was zu mir sprechen,
Anne. Das glauben die kleinen Kinder; aber ich
weiß wohl, daß es dummes Zeug ist."

„So? — Wenn du es besser weißt, Mamsell
Naseweis, woher kommen denn die Kinderchen, wenn
nicht der Storch sie bringt, der es doch schon die
Tausende von Jahren her besorgt hat?"

— „Sie kommen vom lieben Gott," sagte Nesi
pathetisch. „Sie sind auf einmal da."

„Bewahr' uns in Gnaden!" rief die Alte. „Was

doch die Guckinbiewelte heutzutage klug sind! Aber
du hast Recht, Nesi; wenn du's gewiß weißt, daß
der liebe Gott den Storch vom Amte gesetzt hat, —
ich glaub's selber, er wird es schon allein besorgen
können. — Nun aber — wenn's denn so auf einmal da wär', das Brüderchen — oder wolltest du
lieber ein Schwesterlein? — würd's dich freuen,
Neschen?"

Nesi stand vor der Alten, die sich auf einen
Reisekoffer niedergelassen hatte; ein Lächeln verklärte
ihr ernstes Gesichtchen, dann aber schien sie nachzu-
sinnen.

„Nun, Neschen," forschte wieder die Alte. „Würd's
dich freuen, Neschen?"

„Ja, Anne," sagte sie endlich, „ich möchte wohl
eine kleine Schwester haben, und Vater würde sich
gewiß auch freuen; aber — —"

„Nun, Neschen! was hast du noch zu abern?"

„Aber," wiederholte Nesi, und hielt dann wieder
einen Augenblick wie grübelnd inne; — „das Kind
würde ja dann doch keine Mutter haben!"

„Was?" rief die Alte ganz erschrocken und strebte
mühsam von ihrem Koffer auf; „das Kind keine

Mutter? Du bist mir zu gelehrt, Resi; komm, laß
uns hinabgehen! — Hörst du? Da schlägt's Zwei!
Nun mach', daß du in die Schule kommst!"

*   *   *

Schon brausten die ersten Frühlingsstürme um
das Haus; die Stunde nahte.

— „Wenn ich's nicht überlebte," dachte Ines,
„ob er auch meiner dann gedenken würde?"

Mit scheuen Augen ging sie an der Thür des
Zimmers vorüber, welches schweigend sie und ihr
künftiges Geschick erwartete; leise trat sie auf, als
sei darinnen etwas, was sie zu wecken fürchte.

Und endlich war dem Hause ein Kind, ein zweites Töchterchen geboren. Von außen pochten die
lichtgrünen Zweige an die Fenster; aber drinnen in
dem Zimmer lag die junge Mutter bleich und entstellt; das warme Sonnenbraun der Wangen war
verschwunden; aber in ihren Augen brannte ein Feuer,
das den Leib verzehrte. Rudolf saß an dem Bette
und hielt ihre schmale Hand in der seinen.

Jetzt wandte sie mühsam den Kopf nach der
Wiege, die unter der Hut der alten Anne an der

anderen Seite des Zimmers stand. „Rudolf," sagte sie matt; „ich habe noch eine Bitte!"

— „Noch eine, Ines? Ich werde noch viel von dir zu bitten haben."

Sie sah ihn traurig an; nur eine Secunde lang; dann flog ihr Auge hastig wieder nach der Wiege. „Du weißt," sagte sie, immer schwerer athmend, „es giebt kein Bild von mir! Du wolltest immer, es solle nur von einem guten Meister gemalt werden — — wir können nicht mehr warten auf die Meisterhand. — Du könntest einen Photographen kommen lassen, Rudolf; es ist ein wenig umständlich; aber — mein Kind, es wird mich nicht mehr kennen lernen; es muß doch wissen, wie die Mutter ausgesehen."

„Warte noch ein wenig!" sagte er, und suchte einen muthigen Ton in seine Stimme zu legen. „Es würde dich jetzt zu sehr erregen; warte, bis deine Wangen wieder voller werden!"

Sie strich mit beiden Händen über ihr schwarzes Haar, das lang und glänzend auf dem Deckbette lag, indem sie einen fast wilden Blick im Zimmer umherwarf.

„Einen Spiegel!" sagte sie, indem sie sich völlig in den Kissen aufrichtete. „Bringt mir einen Spiegel!"

Er wollte wehren; aber schon hatte die Alte einen Handspiegel herbeigeholt und auf das Bett gelegt. Die Kranke ergriff ihn hastig; aber als sie hineinblickte, malte sich ein heftiges Erschrecken in ihren Zügen; sie nahm ein Tuch und wischte an dem Glase; doch es wurde nicht anders; nur immer fremder starrte das kranke Leidensantlitz ihr entgegen.

„Wer ist das?" schrie sie plötzlich. „Das bin nicht ich! — O, mein Gott! Kein Bild, kein Schatten für mein Kind!"

Sie ließ den Spiegel fallen und schlug die mageren Hände vors Gesicht.

Da drang ein Weinen an ihr Ohr. Es war nicht ihr Kind, das ahnungslos in seiner Wiege lag und schlief; Resi hatte sich unbemerkt hereingeschlichen; sie stand mitten im Zimmer und sah mit düsteren Augen auf die Stiefmutter, während sie schluchzend in ihre Lippe biß.

Ines hatte sie bemerkt. „Du weinst, Resi?" fragte sie.

Aber das Kind antwortete nicht.

„Warum weinst du, Nesi?" wiederholte sie heftig.

Die Züge des Kindes wurden noch finsterer. „Um meine Mutter!" brach es fast trotzig aus dem kleinen Munde.

Die Kranke stutzte einen Augenblick; dann aber streckte sie die Arme aus dem Bett, und als das Kind, wie unwillkürlich, sich genähert hatte, riß sie es heftig an ihre Brust. „O Nesi, vergiß deine Mutter nicht!"

Da schlangen zwei kleine Arme sich um ihren Hals, und, nur ihr verständlich, hauchte es: „Meine liebe, süße Mama!"

— „Bin ich deine liebe Mama, Nesi?"

Nesi antwortete nicht; sie nickte nur heftig in die Kissen.

„Dann, Nesi," und in traulich seligem Flüstern sprach es die Kranke, „vergiß auch mich nicht! O, ich will nicht gern vergessen werden!"

— — Rudolf hatte regungslos diesen Vorgängen zugesehen, die er nicht zu stören wagte; halb in tödtlicher Angst, halb in stillem Jubel; aber die Angst behielt die Oberhand. Ines war in ihre

Kissen zurückgesunken; sie sprach nicht mehr; sie schlief — plötzlich.

Nesi, die sich leise von dem Bett entfernt hatte, kniete vor der Wiege ihres Schwesterchens; voll Bewunderung betrachtete sie das winzige Händchen, das sich aus den Kissen aufreckte, und wenn das rothe Gesichtlein sich verzog und der kleine unbeholfene Menschenlaut hervorbrach, dann leuchteten ihre Augen vor Entzücken. Rudolf, der still herangetreten war, legte liebkosend die Hand auf ihren Kopf; sie wandte sich um und küßte die andere Hand des Vaters, dann schaute sie wieder auf ihr Schwesterchen. — —

Die Stunden rückten weiter. Draußen leuchtete der Mittagsschein. und die Vorhänge an den Fenstern wurden fester zugezogen. Längst schon saß er wieder an dem Bette der geliebten Frau; in dumpfer Erwartung; Gedanken und Bilder kamen und gingen; er schaute sie nicht an, er ließ sie kommen und gehen. Schon einmal früher war es so wie jetzt gewesen; ein unheimliches Gefühl befiel ihn; ihm war, als lebe er zum zweiten Mal. Er sah wieder den schwarzen Todtenbaum aufsteigen und mit den düsteren Zweigen sein ganzes Haus bedecken. Angstvoll sah er nach der Kranken; aber sie schlummerte sanft; in ruhigen Athemzügen hob sich ihre Brust. Unter dem Fenster, in den blühenden Syringen sang ein kleiner Vogel immerzu; er hörte ihn nicht; er war bemüht, die trügerischen Hoffnungen fortzuscheuchen, die ihn jetzt umspinnen wollten.

Am Nachmittage kam der Arzt; er neigte sich über die Schlafende und nahm ihre Hand, die ein warmer feuchter Hauch bedeckte. Rudolf blickte gespannt in das Antlitz seines Freundes, dessen Züge den Ausdruck der Ueberraschung annahmen.

„Schone mich nicht!" sagte er. „Laß mich Alles wissen!"

Aber der Doctor drückte ihm die Hand.

— „Gerettet!" — Das einzige Wort hatte er behalten. Er hörte auf einmal den Gesang des Vogels; das ganze Leben kam zurückgefluthet. „Gerettet!" — Und er hatte auch sie schon verloren gegeben in die große Nacht; er hatte geglaubt, die heftige Erschütterung des Morgens müsse sie verderben; doch:

„Es ward ihr zum Heil,
Es riß sie nach oben!"

9 *

In diese Worte des Dichters faßte er all sein Glück zusammen; wie Musik klangen sie fort und fort in seinen Ohren.

— — Immer noch schlief die Kranke; immer noch saß er wartend an ihrem Bette. Nur die Nachtlampe dämmerte jetzt in dem stillen Zimmer; draußen aus dem Garten kam statt des Vogelsangs nun das Rauschen des Nachtwindes; manchmal wie Harfenton wehte es auf und zog vorüber; die jungen Zweige pochten leise an die Fenster.

„Ines!" flüsterte er; „Ines!" er konnte es nicht lassen, ihren Namen auszusprechen.

Da schlug sie die Augen auf und ließ sie fest und lange auf ihm ruhen, als müsse aus der Tiefe des Schlafes ihre Seele erst zu ihm hinaufgelangen.

„Du, Rudolf?" sagte sie endlich. „Und ich bin noch einmal wieder aufgewacht!"

Er blickte sie an, und konnte sich nicht ersättigen an ihrem Anblick. „Ines," sagte er — fast demüthig klang seine Stimme — „ich sitze hier, und stundenlang schon trage ich das Glück wie eine schwere Last auf meinem Haupte; hilf es mir tragen, Ines!"

„Rudolf! —" Sie hatte sich mit einer kräftigen Bewegung aufgerichtet.

— „Du wirst leben, Ines!"

„Wer hat das gesagt?"

— „Dein Arzt, mein Freund; ich weiß, er hat sich nicht getäuscht."

„Leben! O mein Gott! Leben! — Für mein Kind, für dich!" — Es war, als käme ihr plötzlich eine Erinnerung; sie schlang die Hände um den Hals ihres Mannes und drückte sein Ohr an ihren Mund. „Und für deine — für Eure, unsere Nesi!" flüsterte sie. Dann ließ sie seinen Nacken los, und seine beiden Hände ergreifend, sprach sie zu ihm sanft und liebevoll. „Mir ist so leicht!" sagte sie. „Ich weiß gar nicht mehr, warum Alles sonst so schwer gewesen ist!" Und ihm zunickend: „Du sollst nur sehen, Rudolf; nun kommt die gute Zeit! Aber —" und sie hob den Kopf und brachte ihre Augen ganz dicht an die seinen — „ich muß Theil haben an deiner Vergangenheit, dein ganzes Glück mußt du mir erzählen! Und Rudolf, i h r süßes Bild soll in dem Zimmer hängen, das uns gemeinschaftlich gehört; sie muß dabei sein, wenn du mir erzählst!"

Er sah sie an wie ein Seliger.

„Ja, Ines; sie soll dabei sein!"

„Und Nesi! Ich erzähl' ihr wieder von ihrer Mutter, was ich von dir gehört habe; — was für ihr Alter paßt, Rudolf, nur das" — —

Er konnte nur stumm noch nicken.

„Wo ist Nesi?" fragte sie dann; „ich will ihr noch einen Gutenacht=Kuß geben!"

„Sie schläft, Ines," sagte er und strich sanft mit der Hand über ihre Stirn. „Es ist ja Mitternacht!"

„Mitternacht! So mußt auch du nun schlafen! Ich aber — lache mich nicht aus, Rudolf — mich hungert; ich muß essen! Und dann, nachher, die Wiege vor mein Bett; ganz nahe, Rudolf! Dann schlaf' auch ich wieder; ich fühl's; gewiß, du kannst ganz ruhig fortgehen."

Er blieb noch.

„Ich muß erst eine Freude haben!" sagte er.

„Eine Freude?"

„Ja, Ines, eine ganz neue; ich will dich essen sehen!"

— „O du!"

— Und als ihm auch das geworden, trug er mit der Wärterin die Wiege vor das Bett.

„Und nun gute Nacht! Mir ist, als sollte ich noch einmal in unseren Hochzeitstag hinein= schlafen."

Sie aber wies glücklich lächelnd auf ihr Kind.

— Und bald war Alles still. Aber nicht der schwarze Todtenbaum streckte seine Zweige über das Dach des Hauses; aus fernen goldnen Aehrenfeldern nickte sanft der rothe Mohn des Schlummers. Noch eine reiche Ernte stand bevor.

*   *   *

Und es war wieder Rosenzeit. — Auf dem brei= ten Steige des großen Gartens hielt ein lustiges Gefährte. Nero war augenscheinlich avancirt; denn nicht vor einem Puppen=, sondern vor einem wirk= lichen Kinderwagen stand er angeschirrt und hielt geduldig still, als Nesi an seinem mächtigen Kopfe jetzt die letzte Schnalle zuzog. Die alte Anne beugte sich zu dem Schirm des Wägelchens und zupfte an den Kissen, in denen das noch namenlose Töchterchen

des Hauses mit großen offenen Augen lag; aber
schon rief Resi: „Hü hott, alter Nero!" und in
würdevollem Schritt setzte die kleine Karawane sich
zu ihrer täglichen Spazierfahrt in Bewegung.

Rudolf und mit ihm Ines, die schöner als je
an seinem Arme hing, hatten lächelnd zugeschaut;
nun gingen sie ihren eigenen Weg; seitwärts schlugen sie sich durch die Büsche entlang der Gartenmauer, und bald standen sie vor der noch immer
verschlossenen Pforte. Das Gesträuch hing nicht wie
sonst herab; ein Gestelle war untergebaut, so daß
man wie durch einen schattigen Laubengang hinan-
gelangte. Einen Augenblick horchten sie auf den viel-
stimmigen Gesang der Vögel, die drüben in der noch
ungestörten Einsamkeit ihr Wesen trieben. Dann
aber, von Ines' kleinen kräftigen Händen bezwungen,
drehte sich der Schlüssel und kreischend sprang der
Riegel zurück. Drinnen hörten sie die Vögel auf-
rauschen, und dann war Alles still. Um eine Hand
breit stand die Pforte offen; aber sie war an der
Binnenseite von blühendem Geranke überstrickt; Ines
wandte alle ihre Kräfte auf, es knisterte und knickte
auch dahinter; aber die Pforte blieb gefangen.

„Du mußt!" sagte sie endlich, indem sie lächelnd und erschöpft zu ihrem Mann emporblickte.

Die Männerhand erzwang den vollen Eingang; dann legte Rudolf das zerrissene Gesträuch sorgsam nach beiden Seiten zurück.

Vor ihnen schimmerte jetzt in hellem Sonnenlicht der Kiesweg; aber leise, als sei es noch in jener Mondnacht, gingen sie zwischen den tiefgrünen Coniferen auf ihm hin, vorbei an den Centifolien, die mit Hunderten von Rosen aus dem wuchernden Kraut hervorleuchteten, und am Ende des Steiges unter das verfallene Rohrdach, vor welchem jetzt die Clematis den ganzen Gartenstuhl besponnen hatte. Drinnen hatte, wie im vorigen Sommer, die Schwalbe ihr Nest gebaut; furchtlos flog sie über ihnen aus und ein.

Was sie zusammen sprachen? — Auch für Ines war jetzt heiliger Boden hier. — Mitunter schwiegen sie und hörten nur auf das Summen der Insecten, die draußen in den Düften spielten. Vor Jahren hatte Rudolf es schon ebenso gehört; immer war es so gewesen. Die Menschen starben; ob denn diese kleinen Musikanten ewig waren?

„Rudolf, ich habe etwas entdeckt!" begann jetzt Ines wieder. „Nimm einmal den ersten Buchstaben meines Namens und setz' ihn an das Ende! Wie heißt er dann?"

„Nesi!" sagte er lächelnd. „Das trifft sich wunderbar."

„Siehst du!" fuhr sie fort; „so hat die Nesi eigentlich meinen Namen. Ist's nicht billig, daß nun mein Kind den Namen ihrer Mutter erhält? — Marie! — Es klingt so gut und mild; du weißt, es ist nicht einerlei, mit welchem Namen die Kinder sich gerufen hören!"

Er schwieg einen Augenblick.

„Laß uns mit diesen Dingen nicht spielen!" sagte er dann und sah ihr innig in die Augen. „Nein, Ines; auch mit dem Antlitz meines lieben kleinen Kindes soll mir ihr Bild nicht übermalt werden. Nicht Marie, auch nicht Ines — wie es deine Mutter wünschte — darf das Kind mir heißen! Auch Ines ist für mich nur einmal und niemals wieder auf der Welt." — Und nach einer Weile fügte er hinzu: „Wirst du nun sagen, daß du einen eigensinnigen Mann hast?"

„Nein, Rudolf; nur, daß du Nesi's rechter Vater bist!"

„Und du, Ines?"

„Hab' nur Gebuld; — ich werde schon dein rechtes Weib! — Aber" —

„Ist doch noch ein Aber da?"

„Kein böses, Rudolf! — Aber — wenn einst die Zeit dahin ist — denn einmal kommt ja doch das Ende — wenn wir Alle dort sind, woran du keinen Glauben hast, aber vielleicht doch eine Hoffnung, — wohin sie uns vorangegangen ist; dann" — und sie hob sich zu ihm empor und schlang beide Hände um seinen Nacken — „schüttle mich nicht ab, Rudolf! Versuch es nicht; ich lasse doch nicht von dir!"

Er schloß sie fest in seine Arme und sagte: „Laß uns das Nächste thun; das ist das Beste, was ein Mensch sich selbst und Anderen lehren kann."

„Und das wäre?" fragte sie.

„Leben, Ines; so schön und lange, wie wir es vermögen!"

Da hörten sie Kinderstimmen von der Pforte her; kleine zum Herzen dringende Laute, die noch

keine Worte waren, und ein helles „Hü!" und „Hott!"
von Nesi's kräftiger Stimme. Und unter dem Vor=
spann des getreuen Nero, behütet von der alten
Dienerin, hielt die fröhliche Zukunft des Hauses
ihren Einzug in den Garten der Vergangenheit.

Beim Vetter Christian.

(1872.)

Mein Vetter Christian hatte wirklich schon mit zwan=
zig Jahren seine schönen blauen Augen; und doch
behaupteten die Mädchen, Hand aufs Herz, daß sie
ihnen völlig ungefährlich seien. Das aber kam daher,
weil derzeit, was allerdings in solchem Alter selten
vorkommt, die Elektricität derselben noch gebunden
war; und die Ursache hiervon lag wiederum darin,
daß nach des Vaters frühem Tode der Vetter zwi=
schen zwei so überwiegend energischen Frauennaturen
aufgewachsen und nach kurzen und fleißig benutzten
Universitätsjahren wieder in ihre Obhut zurückge=
kehrt war.

Die eine derselben, seine Mutter — Gott habe
sie selig! — meine gute Tante Jette, hat auch mich
als Knaben einmal unter ihrer rührigen Hand ge=
habt, als Christian und ich uns von ihren großen
Schattenmorellen eine Limonade gegen den heißen

Sommerdurst bereitet hatten; der Anderen verstand ich kunstvoll aus dem Wege zu gehen. Es war dies „die alte Caroline", welche in schon betagter Jungfräulichkeit als Kindsmagd bei dem kleinen Christian ihren Dienst im Hause angetreten, sich hier nach unbekannt gebliebenen sonstigen Versuchen noch zweimal, wiewohl ohne den gewöhnlich dabei beabsichtigten Erfolg, verlobt hatte und schließlich, nach des Hausherrn Tode, als Magd für Alles in der Familie hängen geblieben war. Die Auflösung jener Verlöbnisse sollte lediglich durch die allzu große Tüchtigkeit der Braut herbeigeführt sein, wovor, trotz des annehmlichen und bekannten Baarvermögens derselben, sowohl der letzte als der vorletzte Bräutigam zurückgeschreckt waren, welche aber demnächst bei ihrer Herrin eine desto dauerhaftere und erhebendere Anerkennung gefunden hatte.

Meine Tante Jette besaß nach ihres Mannes Tode nur ein schmales Einkommen; aber ein großes Haus. Sie hätte leicht von den leerstehenden Zimmern vermiethen können; allein sie gehörte zu den alten Geschlechtern; das ging denn doch nicht wohl. Zum Glück wurde Christian als Collaborator an

unſerer Gelehrtenſchule angeſtellt und bezog nun die
oberen Zimmer, welche einſt von ſeinem Vater be=
wohnt geweſen waren. Im Uebrigen blieb der Haus=
ſtand unverändert; Caroline wollte lieber auch für
ihren Doctor die Arbeit mitthun, als noch ſo ein
junges, fluſiges Ding neben ſich herumbammeln
ſehen.

Allein bald nach dem Amtsantritt ihres Sohnes
begann Tante Jette zu kränkeln und konnte es ſich
endlich nicht mehr verhehlen, daß ſie das rüſtige
Leben, das luſtige Scheuern und Poliren, das Kochen
und Einmachen mit der für ſie in keiner Weiſe
paſſenden ewigen Ruhe werde zu vertauſchen haben.
Als reſolute Frau that ſie indeſſen auch hier, was
noth war. Täglich gab ſie jetzt ihrem Collaborator
eine Unterrichtsſtunde in der praktiſchen Weisheit
ihres Lebens, und der getreue Sohn, wenn er danach
in ſein Stubirzimmer getreten war, unterließ nicht,
dieſe letzten mütterlichen Rathſchläge in ſauberer
Reinſchrift zu Papier zu bringen, bis er bemerkte,
daß der Cyklus geſchloſſen und er nach dem Ende
wieder in den Anfang hinein zu gerathen beginne.
Am letzten Tage vor ihrem Ende aber fügte Tante

Jette ihren Vorträgen noch gleichsam einen Epilog hinzu. „Und, Christian," sagte sie und legte alle noch übrige Kraft in ihre Stimme, „daß du mir die alte Caroline nicht von dir läſſeſt! Die Leute ſagen zwar, ſie ſei ein Drache; mir aber, wenn es doch einmal auf einen Vergleich hinaus ſoll, ſcheint ſie, mit ihren runden Augen in dem breiten Kopfe und den Borſtenhärchen unter der krummen Naſe, mehr einem alten Schuhu ähnlich zu ſein; und du weißt es, daß dieſer Vogel in dem Haushalt der Natur eine nicht geringe Stelle einnimmt."

Und als der Vetter ſie zwar ehrerbietig, aber doch mit etwas zweifelhaften Augen anblickte, ſetzte ſie hinzu: „Nein, nein, Chriſtian; glaub' mir's, du brauchſt Eine, die dir die Mäuſe wegfängt; und die alte Caroline wird das ſchon beſorgen."

— — So war denn die Alte auch nach der Mutter Tode im Hauſe verblieben und ihr junger Herr befand ſich leiblich wohl dabei. Denn in der That — wovon er freilich keine Ahnung hatte — ſie pracherte mit Hökern und Gemüſeweibern um den letzten Dreiling, ſie mußte verſchämte Bettler und unverſchämte in Wein reiſende Juden ſchon auf

dem Hausflur abzufangen; die Bauern, die zur
Stadt kamen und die Städter mit ihrem Torf betrogen, fürchteten die Alte mehr als ihren Landvogt.

Zwar wenn der Doctor, was ihm wohl geschehen
konnte, sich auf seinem Spaziergang nach der Classe
über die Mittagszeit hinaus verspätet hatte, so wurden wohl die Stubenthüren etwas härter als nöthig
zugeschlagen; auch flog wohl einmal nach der Suppe
der Bratenteller auf den Tisch, als sei es Trumpf-
Aß, das die alte Caroline vor ihm ausspielte; aber
der Vetter hörte das so wenig, wie der Miethsmann
eines Bäckers das Geklapper der Beutelmaschine; er
befand sich im Geiste vielleicht eben auf dem Markte
zu Athen und lauschte der donnernden Philippika
des jungen Demosthenes, gegen den offenbar die alte
Caroline nicht in Betracht kommen konnte.

Da, nach Verlauf einiger Jahre, geschah es, daß
dem Doctor Zweierlei in den Schooß fiel: das
Subrectorat seiner Gelehrtenschule und eine Erbschaft
von einer seiner vielen Tanten. Hatte er, Dank
seinem Hausdrachen, schon vorher ein hübsches Sümm-
chen von seinen Einkünften zurücklegen müssen, so
wußte er jetzt vollends nicht mehr, wohin damit.

10*

Das machte ihn unruhig. Er ging in seinem großen
Hause umher: unten in das Wohnzimmer, wo Tisch
und Stühle, die Bilder an der Wand, Alles noch
so war wie zu Lebzeiten der Mutter; in die daneben
liegenden Räume, die seit des Vaters Tode unbe-
nutzt gestanden, in das Eßzimmer, dann in das
kleinere Spielzimmer. Das Bild seines Vaters,
des milden braunlockigen Mannes, war ihm mit
einem Mal so gegenwärtig; dabei sah er sich selbst
als Knaben, im grauen Habit mit runden Perl-
mutterknöpfchen; er half seinem Vater den Tabak
für die Gäste mischen und rothe und grüne Feder-
posen auf die Kalkpfeifen setzen, wobei oft eine linde
Hand liebkosend über seine Haare strich. — Ihn
überfiel, und stärker mit jedem Mal, daß er hier
verweilte, eine Sehnsucht, diese Räume aufs Neue
zu beleben, wenn auch die Todten nicht mehr zu er-
wecken seien. Die Sippschaft in der Stadt war
noch so groß; fast jede Woche mußte er zu irgend
einer Familiengesellschaft, war es nun in den Häusern der Verwandten oder Sommers in deren Gärten vor der Stadt. Wie hübsch mußte es sein, wie
einst sein Vater es gethan, sie Alle auch nun seiner-

seits im eigenen Hause zu bewirthen! Indessen —
das war sonnenklar — die alte Caroline allein vermochte das doch nicht zu leisten.

Der Vetter resolvirte sich kurz und ging zu der
Großtante, der alten Frau Bürgermeisterin; und
diese, nachdem er seine Sache vorgetragen, empfahl
ihm zuerst eine Wittwe, die eben ihren dritten Mann
begraben, und dann eine reife Jungfrau, welcher —
es war himmelschreiende Sünde — die Vorsteher
schon wieder den Platz im St.-Jürgens-Stifte abge-
schlagen hatten. Da der Vetter jedoch bedachte, daß
es in seinem Hause eigentlich an einer Caroline
genug sei, so beschloß er, zuvor noch die Meinung
seines Onkels, des Senators, einzuholen.

Und in der That; der Onkel wußte Besseres zu
rathen.

„Ich empfehle dir," sagte er, „mein Pathchen,
die kleine Julie Hennefeder; ihr Vater — du weißt,
unser alter Comptorist — war so etwas von einem
Tausendkünstler, er war der ‚Hans Michel in de
Lämmer-Lämmerstract'; er konnte machen, was er
sah, ein ‚Fleutchen' so gut wie einen ‚Napolcon',
und trotzdem blieb er hintenum in seiner Lämmer-

straße sitzen. Die Wittwe hat es knapp, und ich
weiß, daß sie sich schon nach einem soliden Platz für
ihre Tochter umgesehen hat. Das wäre ja denn so
bei dir, Christian! Uebrigens, das Mädchen sieht
keineswegs aus, als wenn ihr Familienname für sie
erfunden wäre; im Gegentheil, sie ist ein schmuckes,
voll ausgewachsenes Menschenkind und soll überdies
so Manches von der Kunstfertigkeit ihres Vaters
ererbt haben, was sich auch besser für ein Hausfrau=
chen als für einen alten Comptoristen schicken mag."

* * *

Und so setzte denn, als eben Goldregen und
Syringen im Garten des Vetters sich zum Blühen
anschickten, ein braunes, rosiges Mädchen zum ersten
Mal den Fuß über die Schwelle seines Hauses; und
der Vetter konnte nicht begreifen, weshalb auch drin=
nen die alten Wände plötzlich zu leuchten begannen.
Erst später meinte er bei sich selber, es sei der
Strahl von Güte, der aus diesen jungen Augen
gehe. Die Großtante freilich schüttelte etwas den
Kopf über diese gar so jugendliche Haushälterin,

und womit die alte Caroline geschüttelt, das hat der
Vetter niemals offenbaren wollen.

Julie war keine schlanke Idealgestalt; sie war
lieblich und rundlich, flink und behaglich, ein ge=
borenes Hausmütterchen, unter deren Hand sich die
Dinge geräuschlos, wie von selber, ordneten. Dabei,
wenn ihr so recht etwas gelungen war, konnte sie
sich oft einer jugendlichen Unbeholfenheit nicht er=
wehren; fast als habe sie für ihre Geschicklichkeit
um Entschuldigung zu bitten. Ja, als einmal der
Vetter ein lautes Wort des Lobes nicht zurückhalten
konnte, sah er zu seinem Schrecken das Mädchen
plötzlich wie mit Blut übergossen vor sich stehen und
ganz deutlich glaubte er: „O, bitte, wenn Sie nichts
dagegen haben!" die buchstäblichen Worte aus ihrem
Munde zu vernehmen. In Wirklichkeit freilich hatte
er sie nicht gehört; es war nur eine Conjectur, die
er aus den braunen Augen herausgelesen hatte.

Als er es später dem Onkel Senator bei einer
Nachmittagspfeife anvertraute, nickte dieser und meinte
lächelnd, das sei eine Inschrift, züchtig, süß und be=
scheiden, und wohl passend für ein junges Mädchen=
angesicht.

Und wie von selber belebten sich die öden Räume
des Hauses. Die Fenster füllten sich mit Blumen,
und unten vom Wohnzimmer in das Treppenhaus
hinauf klang Morgens der helle Schlag eines Cana-
rienvogels; aber ebenso lag auch das Tüchelchen bereit, um ihn zum Schweigen zu bringen, wenn der
Herr Doctor noch beim Morgenkaffe seine Pensa
durchnahm. Der Onkel, der jetzt öfter bei dem
Vetter einsah, behauptete, das ganze Haus habe
eine Wendung weiter nach der Sonnenseite hin gemacht.

Selbst die alte Caroline stand eines Tages mit
eingestemmten Armen und sah den kunstfertigen Händen der „Mamsell" zu, die eben den Studirsessel
des Doctors neu gepolstert hatte und nun so flink
einen blanken Nagel um den anderen einschlug. Freilich, als sie sich darauf ertappte, trabte sie eilig in
ihre Küche zurück, scheltend über sich selbst und über
die fingerfixe Person, die dem Nachbar Sattler das
Brod vor dem Munde wegnehme.

Je weniger aber die alte Jungfrau die Tüchtigkeit
und die ruhige Freundlichkeit des Mädchens verkennen konnte, desto schärfer spähte sie nach allen Seiten

aus, und bald konnte man sie gegen die Mittags=
stunde zwischen ihrem Feuerherd und der auf dem
Flur stehenden Hausuhr unruhig auf= und abwan=
dern sehen. Es war unzweifelhaft, der Doctor kam
niemals mehr zu spät von seinem Mittagsspazier=
gang; ja, er sah oft ganz erhitzt aus, wenn er an=
langte; er mußte schier gerannt sein, um nur die
rechte Stunde nicht zu verfehlen. Um i h r e t willen,
die sie ihn doch auf diesen ihren Armen getragen
hatte, war noch niemals ein Tropfen Schweiß ver=
gossen worden!

Die Lippen der Alten begannen vor sich hin zu
plappern: sie schluckte, als könne sie es nicht hin=
unterwürgen.

Es war augenscheinlich, die Küche hatte jene
Sonnenwendung des übrigen Hauses nicht mitgemacht.

*   *   *

Inzwischen gingen die Jahreszeiten ihren Gang.
Die Rosen im Garten hatten ausgeblüht; Hülsen=
früchte und Spargel waren nicht nur abgeerntet,
es stand auch ein gut Theil davon in blanken Con=

serven in der Vorrathskammer; daneben reihten sich
sorgsam verpichte Flaschen, voll von Stachelbeeren
und von jenen saftreichen Schattenmorellen, deren be-
liebiger Verwendung jetzt nichts mehr im Wege stand.

Beim Brechen des Kernobstes, das der Garten
in den feinsten Arten hervorbrachte, leistete diesmal
der Vetter selbst den besten Mann. Kühn wie ein
Knabe holte er die großen Gravensteiner Aepfel von
den höchsten Zweigen. Von draußen guckten die
Nachbarsbuben mit gierigen Augen über die Planke
und riefen in ihrem Plattdeutsch: „Lat mi helpen,
lat mi helpen. Ick kann ganz baben in de Tipp!"
— Aber der Vetter brauchte die Buben gar nicht,
er konnte sich allein helfen. Dagegen, in der Freude
seines Herzens, warf er oftmals einen Apfel zwischen
sie, worüber denn jenseit der Planke ein lustiges Ge-
balge sich erhob; die schönsten aber, die mit den
rothgestreiften Wangen, flogen zu seiner jungen
Wirthschafterin hinab, die mit vorgehaltener Schürze
unter dem Baume stand. Nur war sie heute nicht
geschickt wie sonst; denn ihre Augen folgten dem
Vetter ängstlich auf die schwanken Zweige, und ein
etwas größerer Apfel schlug ihr fast jedes Mal den

Schürzenzipfel aus der Hand. Bei dem Bücken nach rechts und links waren die schweren Haarflech= ten ihr herabgeglitten und hingen lose in den Nacken; nun, da der Aepfel noch immer mehr auf sie zu= flogen, bat sie flehentlich um Gnade.

„Christian, mein Junge!" erscholl jetzt plötzlich die Stimme des Onkel Senators, der eben in den Garten getreten war. „Wo steckst du denn? — Beim Gott Mercurius! du scheinst nachgerade nun so jung zu werden, wie du es deinem Taufschein schuldig bist! Aber weißt du denn, daß es eben Zwei vom Thurme geschlagen hat?"

Da flog noch ein Apfel glücklich in Juliens Schürze; dann kam der Vetter selbst zur ebenen Erde. In der That, er hätte fast die Classenzeit versäumt; ja, noch immer waren seine Gedanken in den grünen Zweigen. „Was meinen Sie, Fräulein Julie," sagte er und strich sich die gelben Blätter aus den Haaren; „ich denke, um vier Uhr setzen wir die Arbeit fort! Wahrhaftig, Onkel; ich hätte nicht gedacht, daß ich so klettern könnte!"

* * *

Nun war es im November. Die Bäume waren leer, der Garten stand veröbet; aber Keller und Vorrathskammer waren gefüllt; lang und traulich wurden die Abende; die viel bedachte große Familienfestlichkeit sollte nun wirklich vor sich gehen.

Als man die einzuladenden Gäste zusammenrechnete, da waren es sechzehn, die beiden Hausgenossen ungezählt; dazu ein armes Fräulein, das von der Großtante alle Weihnacht ein Liespfund Kaffee und zwei Hut Meliszucker zum Geschenk erhielt.

Zwar Caroline behauptete, es könnten nur Achtzehn an dem Ausziehetische sitzen; aber Julie sagte sehr erröthend: „Wenn der Herr Doctor es mir vertrauen wollten!" Und der Vetter lächelte still und dachte: „Nun hat sie wieder einen ihrer klugen Einfälle!" Dann setzte er auch den siebzehnten Gast mit auf die Liste.

Und jetzt wurde rüstig angefaßt. Caroline zankte nach Herzenslust mit Schlächtern und Fischfrauen; der Vetter holte staubige Flaschen aus seinem Weinkeller und schnitt dann wieder Fibibus und Leuchtermanschetten vom weißesten Velinpapier; der Onkel Senator mußte, weil auf dergleichen der Vetter sich

nicht verstand, einen großen Marcipan aus Lübeck
verschreiben; Julie kam mit heißen Wangen bald
vom Nachbar Bäcker, wo sie ihre Kuchen und Plätz-
chen im Ofen hatte, bald draußen vom Gärtner, der
ihr für die Festtafel noch einen herbstlichen Strauß
zusammensuchen mußte.

Und so war denn eines Sonntags der große
Nachmittag herangekommen. Der Weg zum Hause
führte durch den seitwärts daran gelegenen Theil
des Gartens; aber schon mit Dunkelwerden leuchtete
die über der Hausthür befindliche Laterne freundlich
auf den breiten Steig hinaus.

Drinnen im Wohnzimmer, im Schein der großen
Astrallampen, blinkten die Tassen und sauste schon
die Theemaschine. Nebenan im Spielstübchen hatte
eben der Vetter die Karten ausgebreitet und die
Spielmarken zurechtgelegt, während hinter den noch
geschlossenen Thüren des Eßzimmers Julie die Tafel
revidirte, welche nach langen Jahren wieder einmal
mit dem geblümten Damastgedeck und den schweren
silbernen Leuchtern prangte.

Schon hatte es Sechs geschlagen, und der Vetter,
seine goldene Taschenuhr in der Hand, durchmaß mit

unruhigen Schritten die noch immer leeren Räume.
Da endlich begann draußen auf dem Flur das
Schellen der Hausthürglocke; fröhliche Stimmen,
junge und alte, wurden laut und — da kamen sie:
der Onkel und die Tante Senator, zwei andere
Tanten, zwei Vettern und zwei Muhmen und von
übriger Sippschaft sieben, das arme Fräulein unge-
rechnet. Mitunter war es auch nur ein Windstoß,
der die Hausthür aufwarf, denn der Nordwest pustete
draußen gerade so viel, als es drinnen zur Erhöhung
der Behaglichkeit zu wünschen war. Schließlich rollte
auch noch die Klosterkutsche vor das Gartenthor, die
Großtante wurde herausgehoben, und die alte Caroline,
in einer großen Haube mit Rosaschleifen, kam zum
Vorschein und nahm der Frau Bürgermeisterin den
schweren Atlasmantel ab.

Die Gesellschaft war vollzählig. Am Theetisch
in der Ecke stand die kleine, freundliche Wirthin des
Hauses und drehte das Hähnchen der Theemaschine
und schenkte in die Tassen; zwei junge Bäschen gingen umher und präsentirten, die eine den duftenden
Trank, die andere die sämmtlich nach Familienrecepten
gebackenen Kuchen. Eine Luft der Behaglichkeit war

verbreitet, daß Alles wie von selber an zu plaudern
fing. Die Großtante hatte aus der Sophaecke mit
ihren noch immer scharfen Augen eine Weile rings
umhergesehen und nickte nun beifällig nach dem Eck-
tischchen hinüber. „Wie gut, mein Lieber," sagte
sie und drückte dem Vetter Christian die Hand, „daß
wir die Kutsche in der Stadt haben! Wie hätte ich
sonst in all' dem Wetter zu dir kommen sollen!"
Und Christian verstand gar wohl den Beifall, der
in diesen Worten lag; und wäre es in ihrem Kreise
Brauch gewesen, er würde gewiß die Hand der alten
Dame geküßt haben. So aber ließ er es mit einem
dankbaren Gegendruck bewenden.

Nicht lange, so saßen im Nebenzimmer die alten
Herrschaften bei ihrer Whistpartie. Julie hatte soeben
der Frau Bürgermeisterin ein weiches Fußkissen unter-
geschoben; als auch der Vetter hereintrat, um dem
ehrenfesten Spiele zuzusehen, blickte der Onkel ganz
schelmisch zu ihm auf. „Nun, Christian," sagte er,
indem er zierlich einen neuen Stich auf die Tischplatte schnippte, „das ist heut' doch ein ander Ding,
als vorigen Winter, da du immer allein da droben
auf deiner Rauchkammer saßest! Und wie angenehm,"

fuhr er, inzwischen immer neue Stiche machend, fort
— „unserer kleinen Hennefeder die Rosabusenschleife
zu ihren braunen Flechten läßt! Im Vertrauen,
Christian, noch hübscher, als deiner Caroline die
Schleifen auf ihrer großen Flügelhaube. Auf alle
Fälle aber ist Rosa heut' die Farbe deines Hauses;
und — sieben Trick, groß Schlemm, meine Damen!
Was sagst du dazu, Christian!"

Der Vetter nickte und ging vergnügt zu den Anderen, die im großen Zimmer schon am Pochbrett
saßen. Es war noch ein echtes, altes, ein Erbpoch-
brett mit Scharwenzel, Vicebuben, Umschlag und
Braut und Bräutigam. Und lustig ging es her;
die Stimmen riefen durcheinander, die Rechenpfennige
klirrten; die Seele des Spieles aber war ein verwachsenes ältliches Jüngferchen, welche den ganzen
Kopf voll grauer Pfropfenzieherlöckchen hatte. Sie
wurde, weil sie zur Erhöhung ihrer kleinen Person
sich beim Sitzen einen ihrer Füße unterzuschieben
pflegte, in der Familie „Lehnken Ehnebeen" genannt;
und der Vetter hatte ihr einst, da er noch ein kleiner
dummer Knabe war, einen gar üblen Streich ge-
spielt. Heimlich war er unter den Tisch gekrochen,

an welchem sie mit drei anderen Damen ihr Partie-
chen machte. Auf einmal rief er: „Ich seh', ich seh'!"
— „Was siehst du denn, mein Jungchen?" fragte
sie. — „Ich seh' vier Tanten und nur sieben Beine!"
Da stach Cousine Ehnebeen die Force ihrer Partne-
rin mit Atout=Aß und verlor darüber den Rubber.

Aber diese garstige Geschichte war jetzt längst
vergessen. „Vetter Christian!" rief sie. „Es ist höchst
gemüthlich bei Ihnen; Sie machen ein reizendes
Haus. Aber kommen Sie flink! Ich bin just am
Kartengeben."

„Um Entschuldigung, Cousine; ich bin heute ja
der Wirth!" entgegnete der Vetter und winkte mit
der Hand.

Da wollte eben die kleine Wirthin des Hauses,
mit geleerten Kuchenkörben beladen, an ihm vorübergehen; nun aber stand sie einen Augenblick und sagte
schüchtern: „Spielen Sie doch mit, Herr Doctor!
Wenn Sie es mir vertrauen wollen, ich würde Alles
schon besorgen."

„Gewiß, gewiß, Fräulein Julie! O, ich vertraue
Ihnen sehr," flüsterte der Doctor hastig; und als er
sie im Fortgehen anblickte, sah er noch, wie sie über

und über roth wurde und wie es ganz deutlich: „O,
bitte, wenn Sie nichts dagegen haben!" in ihren
jungen braunen Augen stand.

Wie aber diese Augen glänzten, als Julie draußen
neben dem alten Drachen in Küche und Speisekam-
mer hantirte, das sah der Vetter nicht mehr; denn
er saß drinnen bei Cousine Ehnebeen und spielte Poch
und hatte alle Wirthschaftssorgen von sich geworfen;
denn — ja, das wußte er gewiß — sie waren in
den allerbesten Händen. Nur Caroline musterte bedenklich die Augen ihrer jungen Vorgesetzten; und
sie wollten ihr um desto schlechter gefallen, als sie
auch in denen ihres Doctors schon öfters jenen ihr
widerwärtigen Glanz bemerkt zu haben glaubte.

Aber der Abend rückte weiter. — Um neun Uhr
öffneten sich die Flügelthüren des dritten Zimmers;
und da strahlte die blumengeschmückte Tafel im hellsten Damast- und Kerzenglanz. Der Vetter bot der
Großtante den Arm, der Onkel hatte sich geschickt
sein Pathchen einzufangen gewußt. Zwar sie meinte,
ihr geschehe zu viel Ehre, aber sie mußte.

„Heut', mein kleines Pathchen," sagte der Onkel,
„sind Sie die Dame des Hauses und müssen schon

einmal mit mir altem Burſchen fürlieb nehmen!"
worüber denn die junge Dame ganz beſchämt wurde
und die alte Caroline, welche eben mit einer Schüſſel
Karpfen in die Stube trat, dem guten Herrn einen
giftigen Blick hinüberſchoß, den dieſer jedoch, leider,
nicht bemerkte. Als man indeſſen an den Tiſch getreten war, machte Julie mit allerliebſtem Lächeln
einen Knix, und fort war ſie; und da half es nun
nicht weiter, der Onkel ſah ſich plötzlich neben der
Großtante eingeſchoben und die Tafelreihe geſchloſſen.

Der Vetter rieb ſich vergnügt die Hände, wie er
da die ganze Freundſchaft ſo an ſeinem Tiſch bei-
ſammen habe; er ſah auch wohl, wie Julie neben
der alten Caroline hie und da eine Schüſſel reichte;
aber beim Fiſcheſſen muß Jeder hübſch die Augen
auf den Teller haben. So bemerkte er nicht einmal,
daß er ſelbſt die Karpfen wie den ſäuerlichen Rahm-
ſchaum ſtets' nur von der Hand ſeiner alten Haus-
tyrannin erhielt, noch weniger, wie dieſe ihren
Schnurrbart ſträubte, wenn das junge Kind ſich
einmal mit einer Schüſſel in ſeine Nähe wagte.

Doch nun erſchien der Braten, ſtattlich, als ſolle
er das Kerzenlicht verdunkeln; und alle Augen und

11*

Zungen waren wieder freigegeben. Feierlich stand
der Vetter auf und, mit dem Messer an sein Glas
klingend, hub er an: „Unsere liebe, allverehrte
Großtante, sie lebe" — — Aber er stockte plötzlich,
als er in diesem Augenblick zum ersten Mal die
ganze Tafelrunde überschaute. „Hm!" sagte er.
„Wo ist denn Fräulein Julie?"

Da scholl aus der untersten Ecke des Zimmers eine
helle Stimme: „Hier bin ich, Herr Doctor!" Und
als er hinblickte, da saß sie dort am Katzentischchen.

„Unsere allverehrte Großtante, sie lebe hoch!"
sagte nun der Vetter.

„Hoch! Hoch!" Und Alle standen auf und klingten mit der Großtante an, und auch Julie that es;
und danach, trotz dem alten Hausdrachen, stieß sie
auch noch mit dem Vetter an, und als dieser wie in
freundlichem Tadel ihrer selbstgewählten Erniedrigung
gegen sie den Kopf schüttelte, blickte sie ihn so demüthig
und um Verzeihung flehend an, daß er darüber ganz
verwirrt wurde. Denn zu seiner eigenen Verwunderung saß er schon wieder auf dem Stuhl, bevor er auch
nur mit einem Schlückchen die von ihm selber ausge-
brachte Gesundheit bekräftigt hatte; erst als die alte

Dame erhobenen Fingers sagte: „Aber, Christian, du meinst es doch wohl ehrlich mit deiner alten Großtante!" stürzte er hastig das ganze Glas hinunter.

Doch schon hatte Cousine Ehnebeen aufs Neue ihr Füßchen unten weggezogen und nahm nun in ganzer Gestalt die Aufmerksamkeit der Gesellschaft in Anspruch. Erhobenen Glases stand sie da, und mit angenehmer Krähstimme rief sie:

„Ich bin verliebt!"
und nachdem sie sich herausfordernd im Kreise umgeblickt und Niemand gegen diese Behauptung etwas einzuwenden gefunden hatte, fragte sie mit noch nachdrücklicherem Pathos:

„Worin?"

Und als auch hierauf die Gesellschaft schwieg, ertheilte sie zur Ueberraschung Aller, welche ihren Trinkspruch noch nicht kannten, deren jedoch zufällig heute Niemand zugegen war, die gewiß befriedigende Antwort:

„In Redlichkeit und Treue!
Ein abgesagter Feind
Von aller Heuchelei!"

Es war ein schöner langer Trinkspruch; aber sie brachte ihn tapfer zu Ende und verneigte sich lustig gegen Alle, die ihr das Glas hinüberreichten oder mit ihr anzustoßen kamen. Und das arme Fräulein ging von Lehnken Ehnebeen zu aller erst an das Katzen-tischchen und stieß mit Fräulein Julie an und drückte dabei, wie in zärtlicher Versicherung, mit ihren mage-ren Fingern die kleine, feste Hand des Mädchens; nein, gewiß, sie Beide wollten keine Heuchler sein!

Noch immer heiterer wurde es; und als beim Nachtisch der große Marcipan, worauf sich das Lübeck'sche Rathhaus nebst dem ganzen Markt prä-sentirte, zuerst herumgereicht und dann von der Großtante zierlich zerlegt war, da befahl der Vetter, seine drei Flaschen noch vom Vater ererbten Johan-nisbergers aus ihrem staubigen Winkel heraufzuholen, was auf Jung und Alt den angenehmsten Eindruck nicht verfehlte, da die grimmigen Selbstgespräche, mit denen die alte Caroline die Kellertreppe hinabstapfte, hier oben gar nicht zu hören waren. Und als nun erst die Pfropfen gezogen wurden und der lang ver-schlossene köstliche Duft herausstieg und das Zimmer wie mit frischer Lebensluft erfüllte, da stimmte der Onkel an:

"Vom hoh'n Olymp herab ward uns die Freude!"

und es half den Jungen nicht, daß sie das Lied ver-
altet fanden; sie stimmten doch Alle mit ein, aus
großem Respect vor dem Onkel.

— — Draußen auf der Gasse, auf seinen Mor-
genstern gestützt, stand der Nachtwächter, der alte
Matthias, der immer so hell die Neujahrsnacht anfang,
und hörte zu, bis das Lied zu Ende war. Dann,
verwundert, was in dem sonst so stillen Hause des
Doctors heute vorgehe, rief er die elfte Stunde und
setzte seine Runde fort. — —

Wie aber alle Lust ein Ende nimmt, so war
endlich auch auf dem großen Familienfest des Vetters
der Johannisberger ausgetrunken. Schon rückte man
die Stühle, als der Onkel noch einmal an sein Glas
klingte: „Nicht zu vergessen unseren alten Landes-
trinkspruch! Lieben Freunde, up dat es uns wull
gaa up unse olen Dage!"

Und auch die Jungen stießen andächtig an, als
sähen auch sie den warnenden Finger, der gegen uns
Alle aus der dunklen Zukunft sich erhebt. Der Vetter
aber hatte die Augen nach dem Katzentischchen und
dachte: „Ja, jetzt, jetzt geht's dir wohl; aber wie
wird's dir gehen in deinen alten Tagen?"

„Chriſtian, mein Lieber,“ ſagte die Großtante
leiſe, „das war ja heute faſt wie einſt bei deinem
guten Vater ſelig.“

Da ſtand er auf und führte die alte Dame in
das Wohnzimmer zurück. Und als Alle ſich „Geſeg-
nete Mahlzeit“ gewünſcht hatten, erſchien Caroline
mit Pelzen, Mänteln und Muffen; draußen klatſchte
der Kutſcher von dem Bock der ſchon längſt wieder
vorgefahrenen Kloſterkutſche; dann begann wieder die
Hausthürglocke zu ſchellen, die Gäſte nahmen Abſchied
und bald waren nur noch der Vetter und Fräulein
Julie in den leeren Zimmern. Sie räumten die
Karten fort, legten die Teppiche zuſammen und löſch-
ten die Ueberzahl der Lichter.

Dem Vetter lag es auf dem Herzen, als habe
er Fräulein Julien noch was Beſonderes mitzutheilen; er ſuchte danach in ſeinem Kopfe, aber er
konnte es dort nicht finden. Freilich, daß ſie nicht
wieder am Katzentiſchchen ſitzen dürfe, das wollte er
ihr auch gelegentlich ſagen; aber das war es doch
ſo eigentlich nicht. Er rückte hier und da an einigen
Stühlen, an denen nichts zu rücken war, und auch
Fräulein Julie wiſchte ſchon ein ganzes Weilchen

mit ihrem Schnupftuch um nichts an einer spiegelblanken Tischplatte; endlich wünschten sich Beide
gute Nacht. Die alte englische Hausuhr — sie war
einst in der Continentalsperre confiscirt worden und
dann noch einmal um den vollen Preis vom Großvater zurückgekauft — spielte eben vom Flur aus
dreimal ihre Glockentonleiter zum letzten Viertel vor
Mitternacht. Wie spät das heut' geworden war!

Als nach einer Weile draußen auf der Gasse der
alte Matthias die zwölfte Stunde abrief, sah er, daß
schon alle Fenster dunkel waren. Ein Weilchen stand
er noch und wiegte seinen grauen Kopf. Eine Hochzeit konnt's doch nicht gewesen sein! Bei solch' einer
Familie, da hätten drunten im Hafen die Schiffe
doch geflaggt; auch für die Nachtwächter wäre wohl
ein gutes Trinkgeld nicht gespart worden! — Und
mit sich selber redend setzte der Alte seine Runde
fort, bis der neue Stundenschlag ihn auf andere Gedanken brachte.

*　　*　　*

Noch ganz erfüllt von seinem gestrigen Feste und
dem anmuthigen Walten seiner kleinen Hausdame

griff am anderen Morgen der Vetter nach seiner
längsten Pfeife, um mit diesem erprobten Beistande
in den Weg des täglichen Lebens wieder einzulenken.
Als er in die Küche trat, wo er am Herdfeuer seinen
Fidibus anzuzünden pflegte, traf er dort die Alte mit
dem Putzen der Gesellschaftsmesser beschäftigt. Er
konnte dem Drange seines Herzens nicht widerstehen;
„Caroline," sagte er und that die ersten kräftigen
Züge aus seiner Pfeife, „die Julie ist doch ein gutes
Mädchen!"

Caroline arbeitete eifrig an ihrem Messerbrett.

„Hört Sie nicht, Caroline?" wiederholte der
Doctor; „ich sage, die Julie ist doch ein sehr gutes
Mädchen!"

Die Alte kniff den Mund zusammen, daß sich die
Barthärchen auf ihrer Oberlippe sträubten.

„Sie denkt gar nicht an sich selber, das liebe
Kind!" fuhr der Doctor rauchend und wie zu sich
selber redend fort.

„Gar nicht an sich selber?" Das war der Alten
doch zu viel; sie wetzte so müthig, daß die Messer
und Gabeln mit großem Geprassel auf die Fliesen
stürzten.

Der Vetter, der wohl wußte, daß bei seiner alten Freundin Tag und Stunde nicht gleich seien, fragte ruhig: „Aber, Caroline, was hat Sie denn nur einmal wieder heute?"

„Ich? Ich habe nichts, Herr Doctor!" Und sie bückte sich und warf mit beiden Händen die Messer und Gabeln wieder auf den Küchentisch. „Aber ich sage blos: lassen Sie sich nur nicht bestricken! Ja, das sage ich, Herr Doctor!" Sie stand schon wieder vor ihrem Herrn und nickte oder zitterte vielmehr heftig mit ihrem großen grauen Kopfe.

Dieser war aufrichtig betreten, so daß er sogar die Pfeife beim Fuß gesetzt hatte; dann aber fragte er nachdenklich: „Bestricken, Caroline? Was meint Sie mit Bestricken?"

„Da kann man viel damit meinen!" erwiederte die Alte unverfroren.

„Das freilich, Caroline; aber hat denn Sie keine bestimmte Meinung?"

„Ich habe so m e i n e Meinung, Herr Doctor; und wenn meine Augen auch alt sind, so sehen sie doch mehr, als manche junge Augen!"

„Nun, nun, Caroline!" — Der Doctor verließ

die Küche und ging hinüber in das Wohnzimmer, wo Julie eben den Kaffee in seine Tasse schenkte; sie sah ganz rosig aus in ihrem Morgenhäubchen. Rauchend schritt er ein paar Mal auf und ab; dann, als falle ihm das plötzlich schwer aufs Herz, blieb er vor dem Mädchen stehen und sagte: „Bekennen Sie es nur, Fräulein Julie, Sie haben gewiß manch= mal Ihre Noth mit unserer guten Alten?"

Aber Julie sah ihn mit der ganzen Ehrlichkeit ihrer jungen braunen Augen an. „Wir vertragen uns schon, Herr Doctor," sagte sie; „wer sollte mit alten Leuten nicht Geduld haben?"

Da schlug es an der Hausuhr Acht; der Doctor mußte eilen, daß er in die Classe kam.

* * *

Die Wochentage liefen hin. Aber mit jedem Tage wurde es dem Vetter deutlicher, daß er an einer innerlichen Unruhe leide, deren Ursache er jedoch vergebens zu erforschen strebte. Seine Gesundheit ließ nichts zu wünschen übrig, sein Haus war besser bestellt als je zuvor, und auch sein Gewissen — so

viel glaubte er behaupten zu können — war im
Wesentlichen unbelastet. Mitunter fiel ihm ein, wenn
er nur einmal recht weit von hier könnte! Wenn
nur die Weihnachtsferien erst da wären, so wollte
er fort zu einem Universitätsfreunde, und bei dem
das Fest verleben. Aber wenn er dann der Sache
näher nachdachte, so überkam es ihn immer wie
eine Trostlosigkeit, auch nur einen Tag anderswo
als im eigenen Hause zuzubringen. Es war höchst
sonderbar.

Freilich, wenn er die alte Caroline gefragt hätte,
die würde ihm Bescheid gegeben haben. Sie kannte
die Krankheit mit allen ihren möglichen und unmög=
lichen Folgen und hatte sogar eben erst ein neues
Symptom derselben entdeckt. Ja, statt wie sonst um
höchstens elf Uhr, ging jetzt der Doctor meistens erst
um Zwölf nach seinem im Erdgeschoß belegenen
Schlafzimmer. So lange saß er oben auf seiner
Studirstube; er verachtete den Schlaf, den er sonst
so sehr geliebt hatte. Und die alte Caroline ver=
stand es, ihre Schlüsse zu machen! Sie übersprang
dabei wahre Abgründe; ja, sie erstieg, was nie von
einem Akrobaten noch gesehen worden, mit Behen=

bigkeit die höchste Leiter, welche auf ihrer eigenen
Nase balancirte, und stand dann schwindellos und
triumphirend auf der obersten Sprosse. O, die alte
Caroline!

Und nun geschah es am Freitag Vormittage, daß
sie, wie gewöhnlich, eine Flasche frischen Wassers nach
der Stube der „Mamsell" hinauftrug. Aufräu-
mungslustig, wie immer, blickte sie umher; und da
kein anderer Gegenstand sich ihren Augen darbot, so
nahm sie, damit dem bringenden Triebe doch in etwas
Genüge geschehe, ein auf der linken Seite der Thür
hängendes Kleid der Mamsell, um es auf den Haken
an der rechten Seite der Thür zu hängen. Dabei
fiel aus der Tasche des Kleides ein zusammengefaltetes
weißes Schnupftuch, das sie an den Namensbuchstaben
sofort als das unzweifelhafte Eigenthum des Doctors,
ihres Herrn, erkannte.

Was bedeutete das? Wie kam das Tuch hierher,
in die Tasche der Mamsell? Sie starrte darauf
hin, daß ihr die runden Augen aus dem Kopfe traten.
Plötzlich fiel ein schneidendes Licht auf den Gegenstand
ihrer Betrachtung; der Großtürke — ja, das hatte
ihr Brudersjohn, der Schiffer, einmal erzählt —

wenn der aufs Freien wollte, so schickte er vorher
sein Schnupftuch an das junge Frauenzimmer! Und
ihr Herr, der Doctor, er rauchte türkischen Tabak,
er hatte vergangenen Sommer türkische Bohnen im
Garten gezogen, er war überhaupt sehr für das
Türkische! — Eine Vorstellung jagte die andere im
Hirn der braven Alten. Herr, du des Himmels!
Das Zimmer hier war ja nur durch die kleine Kramstube, in der auch die Mamsell ihre Commode stehen
hatte, von dem Studirzimmer des Doctors getrennt,
und die Verbindungsthüren waren allzeit unver-
schlossen! Die Alte schauderte. Der Doctor kannte
die Welt nicht; wenn es wirklich nun zu einer Hochzeit käme! Mit einer Person, die aus gar keiner
Familie war! — „Hennefeder" hieß sie; sie konnte
eben so gut „Hahnewippel" heißen oder sonst dergleichen, was nirgendwo zu Haus gehörte — die sie
heute noch betroffen hatte, wie sie einen Weinjuden
in das Wohnzimmer complimentirte, dem man es
bei seinem Fortgehen vom Gesichte ablesen konnte,
daß der Doctor sich wieder ein theures Fäßchen hatte
aufschwatzen lassen! Aber sie, die alte Caroline,
wollte ihre Augen offen haben!

Nachdem sie so mit sich aufs Reine gekommen war, steckte sie das verdächtige Schnupftuch wieder in die Tasche des Kleides und ging hinab in ihre Küche. Aber den ganzen Tag war sie wie hintersinnig und statt des Kaffeekessels setzte sie die Bratpfanne auf den Dreifuß.

Mit dem Abend steigerte sich ihre Unruhe. Als die Uhr halb Elf geschlagen hatte, hörte sie die Mamsell die Treppe hinauf nach ihrem Zimmer gehen; der Doctor war schon seit Neun in seiner Studirstube. Mehrmals trat sie aus der Küche in den Hausflur; aber immer pickte die große Uhr so laut, daß sie nichts vernehmen konnte. Endlich schlich sie die Treppe hinauf und legte ihr Ohr zuerst an die Stubenthür der Mamsell — da hörte sie es drinnen von Frauenkleidern rauschen; dann an die Stubenthür des Doctors — da konnte sie deutlich hören, wie der Vetter seinen Pfeifenkopf am Ofen ausklopfte.

Sie stieg wieder hinab; sie wollte warten, bis ihr Herr in sein Schlafzimmer gegangen wäre. Zitternd und frierend, die Arme in ihre Schürze gewickelt, saß sie neben dem kalten Herde auf dem

hölzernen Küchenstuhl; aber die Uhr schlug Zwölf,
und es rührte sich noch immer nichts. Da hielt sie
sich nicht länger; sie war es seiner seligen Mutter
schuldig; ja, sie hatte ihn selber mit erzogen; wieder
stieg sie die Treppe hinauf, und als dort Alles still
blieb, öffnete sie resolut die Thür des Stubirzimmers.
— Da saß der Doctor in seinem bunten Schlafrock
und rauchte aus seiner türkischen Pfeife. Kein Buch,
kein Schreibwerk lag vor ihm, er rauchte blos; die
Stubirlampe war ausgethan, das Licht, mit dem er
in sein Schlafgemach zu gehen pflegte, brannte auf
dem Tische mit einer langen Schnuppe. Das Alles
war höchst verdächtig.

Als ihr Herr sie gar nicht zu bemerken schien,
trat sie an den Tisch und putzte das Licht.

Da sah der Vetter auf. „Mein Gott, Caroline,
was will Sie denn?“

„Ich wollte nur sagen, Herr Doctor, daß Ihre
Schlafstube unten zurecht sei.“

„Das glaube ich wohl, Caroline; aber was ist
denn eigentlich die Uhr?“

„Es ist nach Mitternacht, Herr Doctor!“

„Mitternacht? Aber, was wandert Sie bei Ihrem

Alter denn so spät im Hause herum! Geh' Sie doch
schlafen, Caroline!"

„So!" dachte die Alte; „also das ist's! Ich
muß erst fort sein in meine Bodenkammer!" Und
laut setzte sie hinzu: „Ich war unten in der Küche
eingenickt; aber ich will nun schlafen gehen. Gute
Nacht, Herr Doctor!"

„Gute Nacht, Caroline."

Mit harten Tritten stieg sie die Bodentreppe hinauf und klappte dann eben so vernehmlich die Thür
ihrer Kammer auf und zu. Sie hatte aber nur das
mitgebrachte Licht hineingestellt. Sie selber tappte
zwischen den umherstehenden Kisten und sonstigem
Hausgeräth auf den dunklen Boden hinaus. Als sie
mit der Hand einen Bettschirm fühlte, der noch von
der letzten Krankheit der seligen Frau hier oben stand,
huckte sie nieder und legte das Ohr auf den Fußboden; der Schirm, das wußte sie, befand sich gerade
über der kleinen Kramstube.

Es blieb Alles still; nur die türkischen Bohnen,
die zum Trocknen reihenweise an aufgespannten Fäden
hingen, raschelten im Nachtzuge, der durch die Ritzen
des Daches fuhr. Draußen von der nahen Kirche

schlug es Eins. — Der große Kopf der Alten wurde immer schwerer in der unbequemen Lage; lange war es nicht mehr auszuhalten. Da — was war das? Wie ein Blitz schlug es ihr durch alle Glieder; sie hatte unter sich die eine Thür der Kramstube knarren hören; aber in demselben Augenblick — denn ihre Beine waren zuckend hintenaus gefahren — stürzte auch der Bettschirm mit Gepolter auf sie herab. Mit dem Kopfe hatte sie die Tapetenbekleidung durchstoßen, und er steckte nun darin wie in einem mittelalterlichen Folterbrette. Eine Katze sprang von einem nebenstehenden Schrank und pustete sie an.

„Pust' nur!" sagte die Alte. „Ich werde auch pusten!"

Sie hatte genug gehört; und noch dazu, einen heilsamen Schreck mußte es denen da unten doch gegeben haben; bis morgen würde der schon vorhalten und — übermorgen, da sollte vorher schon noch was Anderes passiren! Noch einmal horchte sie, und da nichts sich hören ließ, zog sie behutsam ihren Kopf heraus und kroch zurück in ihre Kammer.

Aber die Pläne, einer noch gewaltsamer als der andere, die ihren Kopf durchkreuzten, ließen sie nicht

12*

schlafen. Zehnmal warf sie ihr Kopfkissen herum, sie zerwühlte ihr ganzes Bett und wußte bald nicht mehr, ob sie in der Länge oder in der Quere lag. Als endlich der erste Dämmerschein durch die kleinen Fensterscheiben fiel, saß sie, wirklich einem Schuhu nicht unähnlich, zusammengekauert im Fußende des Bettes. Die Spitze ihrer krummen Nase zuckte auf und ab, die Augenlider mit den grauen Wimpern schossen gichterisch über die offenstehenden Pupillen. Es sah überhaupt aus wie in einem Eulenneste; in der Kammer umher lagen die Bettfedern wie von kleinen zerrissenen Vögelchen. Aber die alte Caroline war fertig mit ihrem Plane. „Der gerade Weg der beste!" brummte sie und stieg — so weit waren ihre Gedanken über die nächsten Dinge hinaus — mit dem linken Bein zuerst aus ihrer Bettstatt.

— — Als Julie am Morgen in die Küche kam und das kümmerliche Aussehen der Alten bemerkte, fragte sie dieselbe theilnehmend, ob sie etwa keine gute Nacht gehabt habe?

Caroline, die am Tische bei ihrem Frühstück saß, pustete erst ein paar Mal in den heißen Kaffe; dann, als spräche sie es nur gegen die Wände, aber mit deutlicher Betonung sagte sie:

„Es hat Mancher schon eine schlechte Nacht gehabt, der doch mit Ehren seinen Kopf aufs Kissen legte."

„Nun, das thut Sie ja gewiß, Caroline," erwiederte das Mädchen lächelnd; „aber Sie hat es vielleicht auch oben bei sich spuken hören?"

„Ich dachte, es hätte unten gespukt!" sagte die Alte, ohne aufzublicken.

„O, das war ich, Caroline; ich holte noch etwas aus der Kramstube."

„Um Glock' Eins? Ich meinte, die Mamsell sei schon um halb Elf nach ihrem Zimmer gegangen!"

„Aber ich besserte noch an meinen Kleidern."

Die Alte nickte. „Ja, die Mamsell hat auch eine recht ordentliche Mutter, und auch eine recht sittsame Mutter, die ihren Kindern gewiß kein schlecht Exempel giebt."

„O, niemals, Caroline! Ich habe eine gute Mutter." Julie fühlte eine Anzüglichkeit des Tones heraus, aber sie sann vergebens nach, wohin das ziele.

Mittlerweile hatte die Alte ihre Tasse zurückgeschoben und griff schon wieder nach Schaufel und Feuerzange.

„Ich hab' heute Vormittag noch einen Gang zu thun," sagte sie, indem sie frischen Torf ins Herd= loch warf; „nicht für mich, es ist um anderer Leute willen. Die Kartoffeln sollen auch schon vorher ge= schält sein."

„Gewiß, Caroline; Sie wird ja nichts darum versäumen."

„Nein," sagte die Alte, „es soll, so Gott will, nichts versäumt werden."

Und richtig, nach kaum einer Stunde hatte Caro= line, welche sonst fast nie das Haus verließ, ihren großen schwarzen Taffethut aufgebunden; und so, einen blau carrirten Regenschirm unter dem Arm, sah Julie von dem Wohnstubenfenster aus sie die Straße hinabsegeln.

Eine Weile später schaute auch Juliens junges Antlitz aus einem schwarzen Sammethütchen, und nachdem sie der Scheuerfrau, die auf dem Flur ihr Sonnabendswerk verrichtete, das Nöthige anempfohlen hatte, verließ sie ebenfalls das Haus und trat bald darauf in eine am Markt gelegene Ellenwaaren=

handlung. Als der Ladendiener mit seinem verbindlichen „Was steht zu Diensten" sich zu ihr
hinüberbeugte, legte sie das verhängnißvolle Schnupftuch auf den Labentisch: „Das Dutzend ist unvoll-
ständig geworden; Sie haben doch noch mit solcher
Kante?"

Er hatte noch mit solcher Kante, und mit flie-
genden Fingern war das Tuch abgerissen und ein-
gewickelt.

Nein, sie hatte sonst nichts zu befehlen; sie war
schon wieder draußen, froh über das hergestellte
Dutzend, ihren Einkauf in der Tasche. Ein Weilchen
stand sie und blickte die lange Straße hinauf, bei
sich bedenkend, ob sie noch eine „Stippvisite" bei
ihrer Mutter wagen dürfe, die droben in einer Quer-
gasse wohnte. Nun aber sah sie von dort die alte
Caroline in die Hauptstraße einbiegen und in voller
Arbeit mit Regenschirm und Taffethut nach dem
Markt herunter steuern. Ein Lächeln flog über das
Gesicht des Mädchens. „Nein, nein!" sagte sie bei
sich selber; „nun geht's nicht, nun wird mit allen
Händen angegriffen!" Und munter schritt sie die
Marktstraße hinab, dem Hause des Vetters zu, das

jetzt ja ihre Heimath war. Sie bemerkte dabei gar
nicht, daß ein kleines Schutzengelchen mit weißen
Schwingen, lächelnd, wie sie vorhin gelächelt hatte,
auf dem ganzen Wege über ihrem Haupte flog.

*   *   *

Oben in seinem Studirzimmer saß der Vetter im
Vollgefühl des freien Sonnabendnachmittags, eine
Tasse Kaffee neben sich, die Zeitung vor der Nase.
Freilich las er nicht allzu eifrig, denn unter ihm im
Wohnzimmer saß jetzt, wie er wußte, das treffliche
Mädchen und nähte seinen Namen in das neue
Schnupftuch; ja, selbst der Lehnstuhl, worin er saß,
war von ihrer kleinen Hand gepolstert. Das Alles
kam ihm zwischen seine Zeitung.

Da that sich die Thür auf; Caroline trat herein
und meldete die Madame Henneseder.

„Führen Sie die Frau Henneseder zu ihrer Tochter!" sagte der Vetter.

„Aber sie wünscht den Herrn selber zu sprechen!"
Und in der rauhen Stimme der Alten glänzte so
etwas, das den Vetter stutzen machte.

Er blickte von seiner Zeitung auf. „Warum sieht

Sie denn so vergnügt aus, Caroline?" fragte er.
„Sie hat ja ganz blanke Augen!"

„Ich bin nicht vergnügt, Herr Doctor."

„Nun, so bitte Sie Madame Hennefeder sich her=
ein zu bemühen!"

Die kleine runde Frau, welche draußen vor der
Thür gewartet hatte, wurde fast mit etwas liebender
Gewalt von Caroline in des Vetters Studirzimmer
hineingeschoben. Sie schien in großer Aufregung, die
künstlichen Kornblumen unter ihrem Hute zitterten hef=
tig; auf des Vetters Einladung, Platz zu nehmen,
setzte sie sich nur auf die eine Ecke des angebotenen
Stuhles.

Caroline warf der offenbar verzagten Frau einen
halb ermuthigenden, halb unwilligen Blick zu, aber es
gab keinen Vorwand zu längerem Verweilen. Sie ging
hinaus, schlurfte die paar Schritte bis zur Treppe und
blieb dann wieder unschlüssig am Geländer stehen.
Noch einmal und aus purer Neugierde horchen, das
wollte sie denn doch nicht! Die Madame Henne=
feder, der sie den ganzen Umstand aufgeklärt hatte,
würde ja schon den Mund aufthun; sie war sonst als
eine tapfere Frau bekannt, sie werde ja auch hier kur-

zen Proceß machen und das Mädchen aus dem Hause
nehmen. — Aus diesen Gedanken wurde die Alte
durch den scharfen Klang der Glocke aufgeschreckt, die,
aus des Doctors Zimmer führend, jetzt gerade über
ihrem Kopfe läutete.

Als sie nach einer Weile hereintrat, da saß Frau
Hennefeder und hatte beide Augen voll Thränen;
der Herr Doctor stand noch, den Griff des Klingel-
zuges in der Hand. „Frau Hennefeder," sagte er,
„läßt Fräulein Julie bitten, zu uns herauf zu kommen."

Caroline suchte in dem Gesicht ihres Herrn zu
lesen. Wie stand die Sache? Es war etwas in den
Augen ihres kleinen Christian, das ihrer und der mütterlichen Erziehung Hohn zu sprechen schien. Aber es
half nichts, sie mußte den erhaltenen Auftrag aus-
richten. Und bald darauf flog ein junger elastischer
Tritt die Treppe hinauf und verschwand oben in des
Vetters Studirzimmer; die alte Caroline blieb im
Unterhause und wanderte unstät, viel unverständliche
Worte bei sich murmelnd, zwischen Küche und Hausflur auf und ab.

Da stürmte es die Treppe herunter. Es war der

Doctor; sie sah ihn noch eben die Hausthür hinter sich zuwerfen; dann war er fort und sah nicht einmal, wie seine alte Caroline stumm und rathlos auf ihrem Küchenstuhl zusammensank. Denn eilig schritt er die Straße hinab, einmal rechts, dann wieder links und dann in das Haus des Onkel Senators. Ohne anzuklopfen trat er in dessen Privat= comtoir.

„Christian, mein Junge," sagte der alte Herr, indem er von seinen Büchern aufblickte, „was hast du? — Bist du es denn aber auch selber? Du strahlst ja wie die Morgensonne!"

„Ich weiß nicht, Onkel; aber ich habe dir etwas Außerordentliches mitzutheilen."

„So setze dich auf diesen Stuhl!"

„Nein, Onkel, ich danke; es ist nicht zum Sitzen."

„Nun, so kannst du stehen! Ich aber darf doch wohl in meinem Schreibstuhl bleiben. So — und nun rede, wenn du magst!"

Der Vetter holte ein paar Mal recht tief Athem.

„Du weißt es, Onkel," begann er dann, „ich bin eigentlich ein verwöhnter Mensch; mein seliger Va= ter —"

„Ja, ja, mein Junge, das war ein guter Mann; aber was denn weiter?"

„Dann, Onkel, war bis vor wenigen Jahren noch meine Mutter da, und als die starb — siehst du! auch die alte Caroline hat es immer gut mit mir gemeint."

Der Onkel sprang von seinem Sitze auf und legte beide Hände auf des Vetters Schultern. „Christian," sagte er, „du bist eine Seel' von einem Menschen! Aber, was denn nun noch weiter?"

„Nur, Onkel, daß ich heute ein vollständiges Glückskind geworden bin! Die Frau Hennefeder —"

„Was? Auch die, mein Junge?"

„Aber, so höre doch nur! Frau Hennefeder, sie kam vorhin zu mir; sie wollte mich persönlich sprechen; aber ich weiß noch diese Stunde nicht, was die gute Frau eigentlich von mir gewollt hat; zwar wir sprachen allerlei zusammen, doch ich bin gewiß, daß wir uns Beide nicht verstanden haben. Dann aber sagte sie seltsamer Weise, und ich habe noch immer nicht begriffen, wie sie dazu veranlaßt werden konnte, von solchen Dingen zu mir zu reden, — sie könne ja nicht erwarten, sagte sie, daß ich eine Tochter von mei-

nes Onkels Comptoiristen heirathen werde, was
denn doch offenbar nur auf Julie verstanden werden
konnte."

„Nein," sagte der alte Herr mit schelmischer
Trockenheit, „das konnte sie freilich nicht erwarten."

Der Vetter stutzte einen Augenblick. „Doch, On=
kel," sagte er, „sie konnte es erwarten. Denn ich
für mein Theil hatte nun genug verstanden. Hei=
rathen! Julien heirathen! Siehst du, Onkel, wie
ein Sonnenleuchten fuhr es mir durch's Hirn; das
war es ja, was mir trotz dreistündigen Rauchens
gestern Nacht nicht hatte einfallen wollen. Ein rech=
ter Uebermuth des Glückes überfiel mich; ich zog
resolut die Klingelschnur, und auf mein Ersuchen
trat nun Julie selbst ins Zimmer."

„Und das Mädchen hat dir keinen Korb gege=
ben, Christian?"

„Doch, beinahe, Onkel!" erwiederte der Vetter,
und ein Lächeln der vollsten Lebensfreude überzog
sein hübsches Antlitz; „denn als ihre Mutter jene
heikle Frage an sie that, nämlich, ob sie meine, des
Subrectors Christian, Ehefrau werden wolle, da schlug
sie die Augen nieder und stand, mir zum höchsten

Schrecken, eine ganze Weile stumm und wie betäubt; nur ihre kleinen Hände falteten sich in einander. Dann aber, zu meinem Glücke, öffneten sich ihre Lippen und: „O bitte, wenn Sie nichts dagegen haben," tönten aus dem rosigen Thore ihres Mundes zwar leise, aber in entzückender Deutlichkeit jene Worte, die ich bisher nur in stummer Schrift in ihren lieben Augen gelesen hatte. Und nun — wenn auch Alles fest und unwiderruflich ist für die kurze Ewigkeit dieses Lebens, mein lieber alter Onkel, so frage ich dich doch: Hast denn du etwas dagegen?"

„Ich? Nein, mein Junge!" Und der alte Herr schloß seinen Neffen fest in seine Arme. „Aber, Christian, was werden die Großtante und die alte Caroline dazu sagen?"

*　　　*　　　*

Die Großtante, in Folge der geschickten Vermittelung des Onkels und des Wohlgefallens, das sie an dem Mädchen schon vordem gefunden hatte, sagte freilich nicht allzu viel. Bedenklicher war es auf der anderen Seite; denn während Obiges im Hause des Onkels geschah, stand in des Vetters Küche die kleine runde Madam Hennefeder, die Augen noch immer in Freudenthränen schwimmend, vor der alten Caroline, deren beider Hände sie sich bemächtigt hatte, und rief Eins über das Andere: „Alles in Ehren, Caroline, Alles in Ehren!" und dankte ihr in überströmenden Worten für ihre freundschaftlichen und rechtzeitigen Bemühungen in dieser delicaten Angelegenheit.

Die Alte sagte gar nichts; nur ihr großer Kopf begann allmälig und immer gewaltsamer zu zittern und zu nicken, als würde er durch im Innern heftig arbeitende Gedanken in Bewegung gesetzt, welche vergebens die Erlösung des lebendigen Wortes suchten. Die gute Madame Hennefeder wurde von der unheimlichen Vorstellung befallen, die alte Caroline könne sich am Ende noch den schweren Kopf vom Rumpf herunternicken. Allein plötzlich hatte diese ihre Sprache wieder gefunden. „So," sagte sie, „so wird man aus dem Hause gestoßen! Aber mein Abschied ist heute noch geschrieben!"

— — Er wurde nicht geschrieben. War es nun die Macht der Thatsachen oder die Liebe für ihren kleinen Christian und für die Wände seines

Hauses, die alte Caroline blieb als zwar grimmiger,
aber getreuer Hausdrache auf ihrem Posten. Eine
Zeit lang waltete sie sogar wie einst allein im Hause;
denn Julie war, bürgerlicher Sitte gemäß, in die
Obhut ihrer Mutter zurückgekehrt, bis sie der ihres
Mannes übergeben würde.

Dann, im wunderschönen Monat Mai, im Hause
des Onkels, gab es eine Hochzeit. Mit Goldregen
und Syringen war das Haus geschmückt, auf allen
Wänden lag der Frühlingssonnenschein; im Hafen
flaggten alle Schiffe. Und Niemand war vergessen;
Küster und Organisten, Nachtwächter und Armen-
vogt, Alle hatten ihren silbernen Freudengruß empfangen; an der Hochzeitstafel aber waltete zur
besonderen Genugthuung des Onkels und aus aller
Dienerschaft hervorragend, die alte Caroline in ihrer
Rosaflügelhaube. Die Braut durfte keine Schüssel
aus einer anderen, als aus ihrer Hand empfangen;
weiter jedoch dehnte sich ihre Gunst nicht aus; die
kleine Madame Hennefeder, die strahlend an des Onkels Seite saß — sie gönnte ihr alles Gute; im Uebrigen — das konnte Niemand von ihr verlangen!

— — Und die Stunden flogen. Lind war die

Nacht; drüben in der anderen Straße um das alte
Familienhaus stand einsam und dufterfüllt der Gar=
ten. Da klirrte die Pforte; es war der Vetter mit
seinem jungen Weibe. Der Nachthauch säuselte in
den Zweigen, oder waren es nur die Blüthen, die
aus der Knospenhülle drängten? Wie durch Adam's
Bäume vor tausenden von Jahren, so schien auch heute
noch der Mond.

Als Hand in Hand das junge Paar die Schwelle
seines Hauses überschritt, hörten sie draußen von der
Gasse den alten Matthias singen:

      „Wie schön ist Gottes Welt,
      Und jedes seiner Werke!"

    *   *
        *

Vier Jahre sind seitdem verflossen. In dem alten
Hause springt jetzt zwischen Christian und Julien ein
kleinerer Vetter über Trepp' und Gänge, ein aller=
liebster Bursche. Freilich ist er nicht ganz wie seine
Mutter, denn er bittet nicht immer und hat oft sehr
viel dagegen. Auf der alten Caroline reitet er sogar,
wie Amor auf dem Tiger; man sieht es leicht, er hat
sie ganz und gar gezähmt. Es thut ihr gut, der Al=

ten, daß sie ihren Ueberwinder gefunden hat, sie ist
ganz heiteren Gemüths geworden; ja, wenn die Sonne
in das Küchenfenster scheint, so kann man mitunter
von dort aus einen grunzenden Gesang vernehmen,
der zu dem Sausen des Theekessels keine üble Begleitung macht.

— — Aber es ist acht Uhr! Frau Julie erwartet mich an ihrem Theetisch; ich soll ihr beistehen gegen ihren Mann, damit er sich nicht auch noch in die
Volksbank wählen lasse. Er wird ihr gar zu regsam,
der Vetter, er hat seine Augen und Hände jetzt allent-
halben. Frau Julie in ihrer Herzensunschuld ahnt
vielleicht nicht, daß sie der Urquell dieses Lebens ist;
aber, nichts destoweniger, für ein paar Abende der
Woche meint sie doch das Recht auf ihren Mann zu
haben.

Und also, lieber Leser, gehab' dich wohl!

———

Storm's gesammelte Schriften.

Theodor Storm's

gesammelte Schriften.

Erste Gesammtausgabe.

Neunzehn Bände.

Braunschweig.

Druck und Verlag von George Westermann.

1891.

Theodor Storm's

gesammelte Schriften.

Band 8.

Braunschweig, Verlag von G. Westermann
1891.

Inhalt

des achten Bandes.

Die neuen Fiedel-Lieder.

(1872.)

Es war in der Studentenzeit, als in einem jetzt nicht mehr vorhandenen einsamen Wirthshause, oben im Walde an der Ostsee, mein gleichfalls nun längst von der Erde verschwundener Freund Ferdinand Röse, oder wie er von uns und von sich selber gern genannt wurde, der Magister Antonius Wanst mir und den Brüdern Theodor und Tycho Mommsen sein tiefsinniges Märchen „Das Sonnenkind" vorlas, in welchem der Held auf dem abgelegenen Schlosse Grümpelstein von sechzig alten Tanten erzogen wurde, und von Mr. Breeches, nachdem er in der Nasenkrabbelmaschine seinen Spleen ausgeniest hatte, nur noch seine carrirten Beinkleider übrig blieben. — Wir saßen in einem hohen Zimmer, in welches von draußen die Bäume stark hereindunkelten; und von fern aus den Buchenwipfeln hörten wir das Flattern der Waldtauben, als der Verfasser

1*

in seiner feierlichen Weise aus dem entrollten Ma=
nuscripte anhub: „Hans Fidelbum, der lustige Musi=
kant, ging durch ein Seitenthal des Böhmerwaldes
rüstig vorwärts."

Armer Magister Wanst! Wo sind jetzt deine
Märchen? Wo dein großes Drama „Ahasver", aus
dem du einst zu Lübeck in deinem altväterischen
Elternhause an der Trave, aber auch nur in weihe=
vollster Stunde, wohl ein einzelnes Blättchen mir
zu lesen gabst? Wer kennt die gedruckten Bände
deiner „Individualitätsphilosophie", die nach deiner
Versicherung ihrem Jahrhundert vorausgeeilt war,
und in welchem Krämerladen sind die nicht gedruck=
ten, zum Theil bei strengem Winterfrost im unge=
heizten Zimmer ausgearbeiteten, übrigen Bände zu
Düten umgewandelt worden? — Keine deiner Saaten
ist aufgegangen, selbst dein Sonnenkind ist in dem
„Pilger durch die Welt" pr. 1845 nur verkrüppelt
an das Tageslicht getreten. Du bist gestorben, ver=
dorben; nur ich und dein treuester, bis ans Ende
hülfreicher Jugendgenosse, Emanuel Geibel, wenn
die alten Tage uns besuchen, mögen deiner dann
und wann gedenken.

Damals aber, an jenem Sommernachmittag im Walde, warst du noch hoffnungsreich und im Vollgefühl einer großen Lebensaufgabe; und mit Behagen hattest du neben ernsteren Studien auch jenes Märchen hingeschrieben. Nur für den Liederbedarf des Hans Fidelbum, den du allein nicht zu decken wußtest, wurde die Beisteuer der Freunde in Anspruch genommen. Geibel hatte aus seinem Reichthum schon gegeben; dann schrieb auch ich die kleinen „Fidel-Lieder", wie sie noch jetzt in der Sammlung meiner Gedichte stehen.

— — Und die Veranlassung, daß ich eben jetzt jener Jugendzeit gedenke?

Hier liegt sie vor mir, frisch aus der Presse wie aus dem Herzen: „Die Lieder jung Werner's aus Scheffel's Trompeter von Säckingen für eine Singstimme mit Begleitung des Pianoforte von Ludwig Scherff." — „Wer klappert von dem Thurme seltsamen Gruß mir? Horch!" — Hell und jung ist mein ganzes Haus geworden, seitdem diese herzerquickenden Lieder darin erklingen; ja dermaßen sind sie mir in die Glieder gefahren, daß ich meinen alten Fiedelbogen aus dem Staube hervorgesucht und

damit gerade an der Stelle wiederum zu streichen
angefangen bin, wo ich ihn vor dreißig Jahren ab=
gesetzt hatte.

Dir aber, Meister Ludwig, dem Lebenden, dessen
klare Manneskraft nicht im Sande verrinnen wird,
lasse ich die frischen Blätter zufliegen. Nimm sie
hin nebst jenen alten, die der todte Freund nicht
mehr gebrauchen kann; und mag es gelten, ob ich
dich klingen machen kann, wie du es mir gethan hast.

Und nun horch' auf, wie sie gehen!

Die neuen Fiedel-Lieder.

1.

Lang und breit war ich gesessen
Ueber'm schwarzen Contrapunkt;
Auf ein Haar dem Stadttrompeter
Gaben sie mich zum Adjunct.

Hei! da bin ich ausgerissen;
Schöne Welt, so nimm mich nun!
Durch die Städte will ich schweifen,
An den Quellen will ich ruhn.

Nur die Fiedel auf dem Rücken;
Vorwärts über Berg und Strom!
Schon durchschreit' ich deine Hallen,
Hoher kühler Waldesdom.

Und ich streich' die alte Geige,
Daß es hell im Wandern klingt;
Schaut der Fink vom Baum hernieder:
„Ei, Herr Vetter, wie das singt!"

Doch am Horizonte steiget
Eines Städtchens Thurm empor! —
Welchen kleinen Lilienohren
Geig' ich dort mein Stücklein vor?

2.

Wenn mir unterm Fiedelbogen
Manche Saite auch zersprang,
Neue werden aufgezogen
Und sie geben frischen Klang.

Auf dem Schützenplatz am Thore
Strich ich leis' mein Spielwerk an;
Wie sie gleich die Köpfe wandten,
Da ich eben nur begann!

Und es tönt und schwillt und rauschet,
Wie im Sturz der Waldesbach;
Meine Seele singt die Weise,
Meine Geige klingt sie nach.

Trotzig hadern noch die Burschen;
Bald doch wird es still im Kreis;
Erst ein Raunen, dann ein Schweigen,
Selbst die Bäume säuseln leis.

Zauber hat sie all' befangen;
Und ich weiß, wie das geschah!
Dort im Kranz der blonden Frauen
Stehst du selbst, Frau Musica!

3.

Glaubt' ich doch, sie wär' es selber,
— Was nur das Gedanken sind! —
Die Frau Musica vom Himmel;
Und nun ist's ein Erdenkind!

Gestern, da sie stand am Brunnen,
Zog ich flink den Hut zum Gruß;
Und sie nickt' und sprach in Züchten:
„Grüß Euch Gott, Herr Musicus!"

Zwar ich wußt', Marannle heißt sie,
Und sie wohnt am Thore nah;
Doch ich hätt's nicht können lassen,
Sprach: „Grüß Gott, Frau Musica!"

Was sie da für Augen machte;
Und was da mit mir geschah!
Stets nun klingt's mir vor den Ohren:
Musicus und Musica!

4.

In den Garten eingeftiegen
Wär' ich nun mit gutem Glück —
Wie die Fledermäufe fliegen!
Langfam weicht die Nacht zurück.

Doch indeß am Feldessaume
Drüben kaum Aurora glimmt,
Hab' ich unterm Lindenbaume
Hier die Fiedel schon gestimmt.

Sieh, dein Kammerfenster blinket
In dem erften Morgenftrahl;
Heller wird's, die Nacht verfinket;
Horch! da fchlug die Nachtigall!

Schlaf' nicht mehr! Die Morgenlüfte
Rütteln fchon an deiner Thür;
Rings erwacht find Klang und Düfte,
Und mein Herz verlangt nach dir.

Zu des Gartens Schattendüster
Komm' herab, geliebtes Kind!
Nur im Laub ein leis' Geflüster
Und verschwiegen ist der Wind.

———

5.

Sind wir nun so jung beisammen
In der holden Morgenfruh;
Süßes, rosenrothes Mündchen,
Plaudre, plaudre immerzu!

Organiste sollt' ich werden
An dem neuen Kirchlein hier? —
Kind! Wer geigte dann den Finken
Feiertags im Waldrevier?

Doch du meinest, Amt und Würden,
Eigner Herd sei goldeswerth! —
Machst du mich doch schier beklommen;
So was hab' ich nie begehrt.

Was? Und auch der Stadttrompeter
Starb vergangne Woche nur?
Und du meinst, zu solchem Posten
Hätt' ich just die Positur? —

Hei! Wie kräht der Hahn so grimmig!
Schatz, ade! Gedenk' an mich!
Mach' den Hahn zum Stadttrompeter!
Der kann's besser noch als ich.

6.

Musikanten wollen wandern;
Ei, die hielte mich wohl fest!
Noch 'nen Trunk, Herr Wirth, vom Rothen;
Dann ade, du trautes Nest!

Hoch das Glas! Zu neuen Liedern
Geb' es Kraft und Herzenswonne!
Ha, wie lieblich in die Adern
Strömt der Geist der Heimathsonne! —

Wie dort hoch die Wolken ziehen!
Durch die Saiten fährt der Wind;
Und er weht die leichten Lieder
In die weite Welt geschwind.

Musicanten wollen wandern!
Schon zur Neige ging der Wein;
Ziehn die Lieder in die Weite,
Muß der Spielmann hinterdrein.

7.

Weiter geht's und immer weiter!
Sieh, da kommt auf müdem Fuß
Noch ein Wandrer mir entgegen.
„Bring' dem Städtchen meinen Gruß!

Und am Thore, wenn des Zöllners
Blonde Tochter schaut herfür,
Bring' ihr diese wilde Rose,
Grüß' sie einmal noch von mir!" —

Weiter geht's und immer weiter!
Ach, noch immer denk ich dein!
Vor mir stehn im Duft die Wälder,
Rückwärts brennt der Abendschein.

Einsam werden Weg' und Stege,
Ganz alleine wandr' ich bald;
Einen Falken seh' ich kreisen —
Ueber mir schon rauscht der Wald.

———

8.

Nun geht der Mond durch Wolkennacht,
Nun ist der Tag herum;
Da schweigen alle Vögel bald
Im Walde um und um.

Die Haidelerch' noch oben singt
Ein Stück zu allerbest;
Die Amsel schlägt den letzten Ton
Und fliegt zu Nest, zu Nest.

Da nehm' auch ich zu guter Nacht
Zur Hand die Geige mein;
Das ist ein klingend Nachtgebet
Und steigt zum Himmel ein.

9.

Morgen wird's! Am Waldesrande
Sitz' ich hier und spintisir';
Ach, jedweder meiner Schritte
Trug mich weiter fort von dir!

Vielen ging ich schon vorüber;
Nimmer wünscht' ich mich zurück;
Warum flüstern heut' die Lüfte:
Dies Mal aber war's das Glück!

Von den Bäumen Thauestropfen
Fallen auf mein heiß' Gesicht —
Sanct Cäcilia! Solch' Paar Augen
Sah ich all' mein Lebtag nicht!

Stadttrompeter, Organiste!
Wär's denn wirklich gar so dumm? —
Holla hoch, ihr jungen Beine,
Macht euch auf! Wir kehren um.

2*

Ruf' nur, Kukuk, dort im Walde!
Siehst sobald mich nun nicht mehr;
Denn in Puder und Manschetten
Schreit' ich ehrenfest einher.

Golden spielt der Staub der Straßen —
Herz, Geduld! Bald bist du da.
Hei! Wie lieblich soll es klingen:
Musicus und Musica!

———

Am Markte bei der Kirchen
Da steht ein klingend Haus;
Trompet' und Geige tönen
Da mannigfalt heraus.

Der Lind'baum vor der Thüre
Ist lust'ger Aufenthalt;
Vom Wald die Finken kommen
Und singen, daß es schallt.

Und auf der Bank darunter
Die mit dem Kindlein da,
Das ist in alle Wege
Die blond' Frau Musica.

Der jung' frisch' Stadttrompeter
Bläst eben grad' vom Thurm;
Er bläst, daß nun vergangen
All' Noth und Wintersturm.

Die Schwalb' ist heimgekommen,
Lind weht des Lenzen Hauch!
Das bläst er heut' vom Thurme
Nach altehrwürd'gem Brauch.

Herr Gott, die Saaten segne
Mit deiner reichen Hand,
Und gieb uns Frieden, Frieden
Im lieben deutschen Land!

Husum, im Juli 1872.

Berstreute Capitel.

I.

Der Amtschirurgus. — Heimkehr.

(1870.)

Allerlei Seltsames war in der alten Stadt. In der alten, sage ich; denn seit der große Brand ihre Treppengiebel verzehrt und die Eisenbahn den Arm nach ihr ausgestreckt hat, ist sie jünger geworden, als sie es in meiner Jugend war.

Damals, wenn Unwetter in der Luft drohte, ließen wir uns das nicht, wie anderwärts, durch ein Wetterglas prophezeien, auch nicht durch einen Laub=frosch, der die Leiter in seinem Glase hinabkletterte, sondern durch einen alten Amtschirurgus, der die Treppen der drei Rathhausböden hinaufstieg und dann aus der obersten Giebelluke über die Stadt hinausprophezeite. Zwar betrafen seine Worte nicht zunächst das Wetter; vielmehr pflegte er sich dann als Kronprinzen von Preußen zu proclamiren und hinterher allerlei Verwünschungen über die höchsten Würdenträger der Stadt herabzurufen; aber wir

Eingeborenen wußten Bescheid, ein Sturm aus Nord= west war gewiß im Anzuge. Oft habe ich aus dem engen Steinhofe eines Nachbarhauses hinaufgeschaut, wenn das breite rubinrothe Gesicht mit dem weiß= gepuberten Haarschopf droben aus dem Rathhaus= giebel hinausfuhr, und mit Wonne die ungeheuren Aufrichtigkeiten eingesogen, die der aufgeregte Redner mit beiden Armen aus der Bodenluke hervorarbeitete. Es war dies allerdings nicht das geeignetste Mittel, um in einem jungen Herzen den Respect vor den Autoritäten des Staatskalenders groß zu ziehen, und ich habe später oft darüber nachdenken müssen, was der Mann nicht alles in mir zerstört haben mag. — Ob im Grunde genommen nicht der Amtschirurgus klarer sah als die Leute unten in der Stadt, die ihn für einen Narren hielten? — Nur so viel ist gewiß: auch wir Gesunden sehen die Dinge nicht, wie sie sind; uns selber unbewußt webt unser Inneres eine Hülle um sie her, und erst in dieser Schein= gestalt erträgt es unser Auge, sie zu sehen, unsere Hand, sie zu berühren.

Ich glaube nicht, daß unser Amtschirurgus der Kronprinz von Preußen war; aber er war vielleicht

ein Prinz jenes weit entlegenen, aber viel größeren
und schöneren Reiches, in welchem Aschenbrödel einst
den Thron bestieg. Bestimmtes über seine Herkunft
kann ich nicht berichten; denn er war lange vor
meiner Geburt aus der Fremde eingewandert. Seit
seine Denkweise von der der anderen guten Bürger
in so Anstoß erregender Weise abzuweichen begonnen
hatte, und, wie es hieß, sogar die Kehle eines hohen
Beamten unter seinem Scheermesser in Gefahr gerathen war, hauste er, ich weiß nicht in Folge welches
Abkommens, auf den wüsten Böden des Rathhauses,
die er weder Sommers noch Winters verließ. —
Dennoch konnte man sein Leben kein ungeselliges
nennen; nur etwas seltsam mochte, wenigstens dem
oberflächlichen Beobachter, die Gesellschaft erscheinen,
die er bei sich sah. Da er nämlich auf menschlichen
Besuch nicht eingerichtet war, so hatte er dafür desto
traulichere Beziehungen mit den großen Ratten der
benachbarten Brauerei angeknüpft; und er stand sich
dabei um nichts schlechter.

Die meisten Leute in der Stadt kannten von
dem Amtschirurgus nur noch die Stimme, wie sie
an düsteren Novembertagen in der Luft über ihren

Köpfen laut wurde; mich aber hatte schon lange die
Neugierde geplagt, dies geheimnißvolle Leben einmal
in unmittelbarer Nähe zu betrachten; auch wußte ich
von meiner dicken Freundin, der Rathskeller-Wirthin,
daß der Amtschirurgus, wenn die Geister des Sturmes
ihn nicht beunruhigten, ein gar wohlanständiger alter
Herr sei. Und so schlich ich denn an einem sonnigen
schulfreien Nachmittage die engen Wendelstiegen hinauf, bis ich endlich durch die Bodenthür in den
untersten der weiten unbenutzten Räume eintrat.
Es war tobtenstill, von dem Wirthschaftsleben drunten im Keller drang kein Laut herauf; überall jene
bekannte Bodendämmerung; nur hie und da durch
die kleinen Dachfenster fiel ein Lichtstrahl mit emsig
tanzenden Sonnenstäubchen. Dort hinten in der
bunklen Ecke sah ich eine Stiege, die durch einen
Ausschnitt in der Decke zu einem weiteren Boden
führte, der, wie ich wußte, noch nicht der letzte war.
Eine seltsame Beklommenheit befiel mich, und ich
wollte schon ganz leise meinen Rückzug nehmen; da
hörte ich hinter mir eine Thür aufklinken, und als
ich mich umwandte, stand eine aufrechte breitschultrige
Gestalt vor mir, und ein stattliches Burgundergesicht

mit vollem weißen Haarschopf schaute aus kleinen zugeschnürten Augen gelassen auf mich herab. „Nun, mein Söhnchen," — er sprach es aber: Sehnchen — „was hast denn du zu bestellen?" Diese Worte wurden mit einer auffallend zarten Tenorstimme an mich gerichtet, und ich wollte eben wohlgemuth eine Antwort geben, als zum Unglück mein Blick in die offene Thür einer Kammer fiel, und ich drinnen eine ganze Reihe halb geöffneter spiegelblanker Scheer- messer an dem Balken hängen sah. Aber schon legte sich beschwichtigend eine große Hand gar sanft auf meinen Kopf: „Warte nur, mein Sehnchen; wir sollen wohl meine Hausthierchen einmal zu Gaste laden!"

Ich blickte auf, vermochte aber nur durch ein stummes Nicken mein Einverständniß zu erkennen zu geben; der Mann sah mir so alterthümlich vornehm aus, und es war plötzlich, ich weiß nicht wie, in meinem Knabenhirne fertig, daß der Amtschirurgus, wenn auch kein Prinz, so doch wenigstens ein in Ungnade gefallener Kammerherr sein müsse. Der blaue Kleidrock mit dem aufrechtstehenden Kragen und den blanken Knöpfen, zwischen dessen Schößen

der goldene Schlüssel nicht übel gepaßt hätte, mochte
ein Wesentliches zu dieser Vorstellung beitragen.
Freilich, en grande tenue habe ich ihn auch später
nie gesehen; seine hellgrauen Pantalons waren über
den Knöcheln zugebunden, und seine Füße steckten
immer in großen Lederpantoffeln, wenn er, die Hände
auf dem Rücken, in seinem öben Reiche promenirte.

Damals war übrigens zu langen Betrachtungen
keine Zeit gelassen; denn der Amtschirurgus begann
jetzt in scharfem Tempo den Marsch des alten
Dessauer zu pfeifen. Unter dieser Musik stieg er
die Treppe zu dem zweiten Boden hinan, und wäh=
rend ich ihn so immer weiter bis unter das Dach
hinaufpfeifen hörte, wurden über mir alle Böden
nach und nach lebendig, überall hörte ich es rascheln
und an dem Holzwerk herunterhuschen, kleine Kalk=
stückchen fielen mir vor die Füße, und hie und da
zwischen Pfannen und Sparren fuhr ein grauer
Rattenkopf hervor und lugte wie suchend mit den
blutschwarzen Augen umher, während an der anderen
Seite der kahle Schwanz herabhing. Meine Gegen=
wart schien hier keinen Zwang zu thun; denn bald
begann es dicht neben mir immer emsiger auf den

Fußboden herabzuplumpen, bis endlich ein ganzer Haufen von glatten grauen Pelzen durch einander wimmelte. Und jetzt verbreitete sich auch der eigenthümliche Dunst, den die Ratte an sich hat, so daß ich unwillkürlich einen Schritt zurücktrat.

Mittlerweile hatte der Amtschirurgus seinen Marsch vollendet und war mit einer Brodschnitte in der Hand herangetreten. Einen Augenblick wurde es ruhig, und die sämmtlichen Köpfchen hoben sich empor; sobald aber der erste Brocken zwischen sie fiel, fuhr Alles wieder quiekend und beißend in einen Haufen zusammen. Nur eine Ratte mit lichtgrauem Fell, es mochte eine junge sein, war nicht unter dem Wirrsal; sie hob sich auf den Hinterfüßchen, ließ die Vorderpfötchen hängen und sah erwartungsvoll zu ihrem Meister auf. Alsbald auch begann dieser eine neue musikalische Figur zu pfeifen; die Ratte huschte über den Fußboden und saß im Nu in derselben zuwartenden Stellung auf der Lehne einer zerbrochenen Holzbank; und der Amtschirurgus trat dicht an sie heran. — Sie kannten sich wohl, das fremde unheimliche Thier und der einsame alte Mann; sie blickten sich traulich in die Augen, als

hätten sie in deren Tiefe den kleinen Punkt gefun=
den, der unterschiedslos für alle Creatur aus dem
Urquell des Lebens springt. Und jetzt nahm der
Alte ein Krüstchen Brod zwischen seine Lippen, und
sein Lieblingsthier lief an ihm herauf, erfaßte es
mit den zierlichen Pfötchen und saß gleich darauf
wieder auf der zerbrochenen Bank, behaglich knus=
pernd und dann und wann einen Blick auf seinen
großen menschlichen Freund werfend, der lächelnd
daneben stand.

Ehe ich fortging, führte der Amtschirurgus mich
noch in seine Kammer, wo die blanken Scheermesser
mich nun nicht mehr erschreckten. — Es war nur
ein Bretterverschlag, den man von dem großen Boden
abgetheilt hatte; darin stand ein Stuhl, ein Tisch
und ein Bett; das war Alles. Ein Ofen war nicht
darin; und wenn im Januar die „hahnebüchene“
Kälte bei uns einzog, so mußte der Amtschirurgus
auch den Tag über im Bette bleiben, und er lag
dann, wie mir die Rathskellerwirthin später erzählte,
so tief darin vergraben, daß nur die bläuliche Bur=
gundernase und die kleinen Augen über der roth=
carrirten Bettdecke hervorsahen. — Allein es war

auch bann so übel nicht in seiner Kammer; benn bie
Wände waren ganz mit jenen hübschen Bilderbogen
bebeckt, wie wir Aelteren sie in unserer Kinderzeit
für einen Schilling uns beim Krämer holen konnten.
Derzeit, vor der Erfindung des Steinbrucks, war
noch jeber Bilderbogen ein illuminirter Kupferstich
und zum minbesten ein halbes Kunstwerk, und der
Amtschirurgus wußte wohl, was er that, als er mit
dieser Tapete seine Bretterwand bekleiden ließ. Da
sah man außer dem Affen= und dem Ritterspiel jenen
berühmten Bilderbogen von der verkehrten Welt, wo
bie Bauern von den Ochsen auf bie Weide getrieben
werden, und der Schulmeister von den Schuljungen
bie Ruthe bekommt; da war ferner ein Bogen mit
kleinen Landschaften in runden Schilbern, hier eine
Heuernte, über ber so lustig bie gelbe Sommersonne
schien, dort ein Vogelheerb mit dem alten Vogelstel=
ler im tiefen grünen Walbe; lauter trauliche Orte
für den Amtschirurgus; denn ich zweifle nicht, daß
er sich bieselben Bilder ausgesucht hatte, für welche
einst in seiner Knabenzeit seine ersparten Dreier zum
Krämer gewandert waren. Und so, während draußen
auf ben wüsten Böben bie Bretter im Froste krachten,

3*

während das Trinkwasser vor seinem Bett gefror, und
durch die bereiften Dachfenster das kalte Dämmerlicht
des Winters in seine Kammer fiel, führte er seine
Augen an den Wänden spazieren und wandelte ver=
gnügt in seinem Kindheitsgarten, wo er einst gewan=
delt, da er noch nicht der Kronprinz von Preußen
und der Wetterprophet unserer grauen Stadt gewe=
sen war.

*　　*　　*

Aber es gab noch andere Unterhaltungen für den
alten Herrn. — Unter seinem ersten Bodenraum be=
fand sich der große Rathhaussaal, in welchem nicht
nur unsere heimischen Komödianten zuweilen ihre Ge=
rüste aufschlugen, sondern wo auch wir Primaner all=
jährlich um Michaelis von einem hohen Katheder
herab mehr oder minder selbstverfertigte Reden hiel=
ten. Von allem diesen bekam der Alte seinen stillen
Antheil. Denn wenn unten — und das geschah un=
fehlbar jedesmal — die Begeisterung die Luft allzusehr
erhitzt hatte, dann wurde in der Bretterdecke des Saa=
les eine Luke ausgehoben, und alsbald vom Rande
der Oeffnung glänzte das rothe Gesicht des Amts=
chirurgus theilnehmend zu uns herab.

Es war immer ein großer Tag, diese „Redefeierlichkeit". Wir konnten damals noch nicht am eignen
Tische frühstücken und in Hamburg zu Mittag essen;
Alles blieb deshalb hübsch zu Hause, und was wir
dort hatten, das würzten wir uns und machten es
schmackhaft und kosteten es aus bis auf den letzten
Tropfen. — An jenem Tage standen die Häuser der
Honoratioren wie der kleineren Bürgersleute leer; der
Rattenfänger von Hameln hätte sie nicht leerer fegen
können. Frauen und Töchter in Flor und Seide
saßen dicht gereiht vor dem weißen Katheder mit der
grünsammtenen goldbefranzten Vordüre; den Männern blieben nur die hintersten Bänke, oder sie standen an der Wand unter den großen Bildern vom
jüngsten Gericht und vom Urtheil Salomonis. Wer
hätte auch zu Hause bleiben können, wenn wir Primaner uns nicht zu vornehm hielten, die gedruckten
Einladungen in eigener Person von Haus zu Haus
zu tragen! Freilich war auch diese Pflicht, besonders
für die älteren Schüler, nicht ohne allen Reiz; denn
die „Stellen", welche nach einem Maßstabe von Wein
und Kuchen in „fette" und „magere" zerfielen, wurden von dem Primus Classis streng nach der An-

cicnnität vertheilt. Die Einladungen selbst enthielten
nur unsere Namen und die Thematen unserer Vor-
träge; aber dessen ungeachtet waren es keine öden
Listen, wovon es heutzutage an allen Ecken wimmelt;
unser alter Rector — möge der allverehrte Greis
noch lange seiner fruchtbringenden Muße genießen!
— wußte durch eine feine Abtönung auch diesen Dingen einen munteren Anstrich zu geben. Denn während der Erste nur „redete", suchte der Zweite schon
„auszuführen", der Dritte „vertiefte sich in", der
Vierte „verbreitete sich über"; und so arbeitete Jeder
in seinem eigenen Charakter. Was blieb endlich mir
übrig, der ich schon damals in einigen Versen gesün-
digt hatte? Ich, selbstverständlich: „besang". — „Matathias, der Befreier der Juden", so hieß meine Dich-
tung, welche der Rector mir ohne Correctur und mit
den lächelnd beigefügten Worten zurück gab, er sei
kein Dichter. Ich will nicht leugnen, es überrieselte
mich so etwas von einer exclusiven Lebensstellung, und
ich mag in jenem Augenblick meinen Knabenkopf wohl
um einige Linien höher getragen haben. — Freilich,
unser Schultisch war derzeit nur mit geistiger Haus-
mannskost besetzt: wir kannten noch nicht den bunten

Krautsalat, der — „Friß Vogel oder stirb!" — den heutigen armen Jungen aufgetischt wird Ich habe niemals Kaviar essen können, und — Gott sei Dank! — ich habe ihn auch niemals im Namen der „Gleich= mäßigkeit der Bildung" essen müssen; diese schöne Lehre beglückte noch nicht unsere Jugend; der Fun= damentalsatz aller Oekonomie: „Was kostet es dir, und was bringt es dir ein?" fand damals, freilich harmlos und unbewußt, auch für die Schule noch seine Anwendung. — Leider muß ich bekennen, daß auch die deutsche Poesie als Luxusartikel betrachtet und lediglich dem Privatgeschmack anheimgegeben war; und dieser Geschmack war äußerst unerheblich. Unse= ren Schiller kannten wir wohl; aber Uhland hielt ich noch als Primaner für einen mittelalterlichen Minne= sänger, und von den Romantikern hatte ich noch nichts gesehen als einmal Ludwig Tieck's Portrait auf dem Umschlage eines Schreibbuches. — Nichtsdestoweniger dichtete ich den „Matathias".

Und endlich kam der große Tag. Während drau= ßen vor der Kirche die Buden zum Michaelis=Jahr= markte aufgeschlagen wurden, war oben in unserem Rathhaussaale die Redefeierlichkeit schon in vollem

Schwunge. Die an den Fenstern entlang postirte
Liebhabercapelle hatte schon einige Pausen mit entspre=
chenden Walzern und Ecossaisen ausgefüllt; nun aber
begann ein feierlicher Marsch, und mir klopfte das
Herz; denn ich hatte ihn bestellt, als Ouvertüre zum
Matathias. Dort stand auch mein würdiger Freund,
der Doctor, derzeit Primaner und Mitglied des „Di=
lettantenvereins", und noch hübscher, als er redete,
blies er die Clarinette; heute aber leistete er das Au=
ßerordentliche. Da plötzlich, noch ein heroischer Ac=
cord, und oben auf dem Katheder stand ich in dem
lautlosen Saale, die erwartungsvolle Menge unter
mir. Wie durch einen Schleier sah ich noch die Di=
lettanten ihre Clarinettenschnäbel mit den Taschentü=
chern putzen; ein Blick nach oben zeigte mir am Rande
der Deckenöffnung das leuchtende Gesicht des Amts=
chirurgus, der wie ein umgekehrter Sixtinischer En=
gelskopf zur Erde statt zum Himmel blickte: dann:
„O Söhne Juda's, rächt der Väter Schmach!"
— — Zum Unglück für den Leser ist das Ge=
dicht verloren gegangen, und mein Gedächtniß ver=
mag dem Schaden nicht mehr abzuhelfen; doch kann
ich versichern, daß es ohne Anstoß zu Ende gebracht

wurde. Und das war keine Kleinigkeit; denn unter den Zuhörerinnen hatte ich ein Paar wohlbekannte ver= gißmeinnichtblaue Augen entdeckt, die mit dem Aus= druck zarter Fürsorge auf mich gerichtet waren. Ich kannte solche Klippen nur zu wohl; war es mir doch in meiner vorjährigen Rede „über den Untergang der Staaten" begegnet, daß ich in denselben Augen eine ganze Weile, alle Feierlichkeit vergessend, hängen blieb, wodurch denn eine allen übrigen Zuhörern unbegreif= liche Kunstpause entstanden war. Diesmal aber, und das von Rechtswegen, half mir der Gott Israels. Denn dort hinten, unter dem Urtheile Salomonis, erschien mein Freund, der jüdische Handelsherr aus unserer Nachbarstadt, und nickte mir zu und lächelte mich an; und der Geist meiner heutigen Sendung erfüllte mich wieder, ich sah nicht mehr in die ver= gißmeinnichtblauen Augen, sondern auf die goldenen Uhrberloques, die an dem behäbigen Leibe des jüdi= schen Mannes funkelten; und für ihn eigentlich habe ich diese Rede gehalten.

„Dein Stern ging unter, Juda's Stern
Erglänzt in neuer Pracht und brennt
An Deiner Gruft die würd'ge Todesfackel."

Das waren meine letzten Worte für den Mata=
thias. Als ich das Katheder verlassen und mich
nach dem alttestamentarischen Bilde durchgedrängt
hatte, nahm der Urenkel desselben schweigend und mit
sanftem Druck meinen Arm in den seinen, und wir
stiegen mit einander die schmale Wendeltreppe hinab
bis unten in den Rathskeller und tranken dort in
altem Madeira auf das Gedächtniß des unsterblichen
Matathias und auf die Gesundheit seines jungen
sterblichen Dichters. Dann, da die Redefeierlichkeit
für den Vormittag beendet war, gingen wir auf den
Markt hinaus und setzten uns im Lindenschatten vor
einem Hause auf den Beischlag. Uns gegenüber im
Sonnenschein wurde eine Bude nach der anderen auf=
geschlagen; aber der sonst so eifrige Handelsmann, ob=
gleich er noch nicht einmal sein herkömmliches Tuch=
geschäft mit meinem Vater gemacht hatte, wandte kein
Auge auf dieses werktägige Treiben. Von meiner
Rede ausgehend hatte er mich, wie er es liebte, in
allerlei religiös=moralisches Gespräch verwickelt: „Was
soll's!" rief er mit den scharfen Accenten seines Vol=
kes, „ich sage bloß: Thue Recht und scheue Niemand!"
— Bald darauf schien er indessen durch den jetzt vom

nahen Kirchthurm tönenden Schlag der Viertelsglocke
an die Kostbarkeit der Zeit erinnert zu werden; denn,
als wolle er alle grauen Theorien von sich schütteln,
stand er plötzlich auf und klopfte mich zärtlich auf die
Schulter. „Komm nun!" sagte er schmunzelnd;
„woll'n wir gehen, und woll'n noch betrügen ein bischen den Alten!"

Aber das war nur dein Scherz, mein alter Freund;
ich kann nicht anders, als es dir in dein Grab
nachsagen, worin du nun seit lange.auf dem kleinen
Judenkirchhof der Nachbarstadt ruhst, daß du meinem
Vater gewiß gutes niederländisches Tuch zu den christ-
lichsten Preisen verkauft hast. — Wer weiß, ob nicht
die Freundlichkeit, die du dem Knaben einst erwiesest,
den Keim jener Zuneigung gelegt hat, die ich deinem
Volke stets bewahrte, und die mir auch der schmutzigste
Schacherjude nicht hat stören können. Habe ich doch
aus jener Sympathie heraus noch vor wenigen Jahren die nachstehenden Verse gedichtet, welche freilich
von meinem Freunde Alexander, da ich sie ihm noch
warm aus dem Herzen vortrug, mit der kurzen
Kritik: „Auch eine Auffassung!" ganz und für immer
abgefertigt sind:

Crucifixus.

Am Kreuz hing sein gequält' Gebeine,
Mit Blut besudelt und geschmäht;
Dann hat die stets jungfräulich reine
Natur das Schreckensbild verweht.

Doch, die sich seine Jünger nannten,
Die formten es in Erz und Stein,
Und stellten's in des Tempels Düster
Und in die lichte Flur hinein.

So, jedem reinen Aug' ein Schauder,
Ragt es herein in unsre Zeit;
Verewigend den alten Frevel,
Ein Bild der Unversöhnlichkeit.

* * *

Aber ich kann so nicht weiter schreiben. Durch
das offene Fenster weht der Primelduft aus dem
Garten, und draußen unter dem sprießenden Syrin-
genbaum steht plötzlich meine Muse, die ich so lange
nicht mehr sah. Sie legt den schönen ewig jugendlichen Kopf zurück und sieht mich an; schimmernd
liegt die Frühlingssonne auf ihrem goldig blonden

Haar. Soll ich noch einmal deine träumerischen Wege wandeln? — Aber, wenn du mich zur Höhe führst, und nun dein Fuß von der festen Erde auf die rosigen Wolken hinaustritt? — Zwar meine Seele hat noch ihre Flügel; aber manche der rauschenden Schwungfedern sind schon gebrochen, und mächtiger als sonst fühl' ich die Erde mich zu sich niederziehen. — Doch, wer könnte diesen Augen widerstehen? So gehen wir denn! Streich' mit deiner Götterhand das graue Haar von meinen Schläfen und dann sage mir: wie war es doch?

— — Ich war wieder in der kleinen Küsten= stadt, in der ich einst die Tage meiner Jugend lebte. Weit dahinter lag jene Zeit, unabsehbar weit; denn es giebt Gräber, über die hinweg der Blick in die Vergangenheit unmöglich wird. Dennoch hatte es mich dahin zurückgezogen; in allen Jahren, die ich in der Fremde lebte, war immer wieder das Brau= sen des heimathlichen Meeres an mein inneres Ohr gedrungen, und oft war ich von Sehnsucht ergriffen worden, wie nach dem Wiegenliede, womit einst die Mutter das Tosen der Welt von ihrem Kinde fern gehalten hatte. — Nun hörte ich es wieder, das

Wiegenlied des Meeres; am Tage wanderte ich hinaus an seine Küste und ließ die Wellen zu meinen
Füßen rauschen, des Nachts klang es hinüber in die
schlafende Stadt, nur unterbrochen von dem tönenden
Flug der Wandervögel, die in großen Zügen unsichtbar unter den Sternen dahinrauschten. Wie oft
stand ich jetzt im Dunkel meines Gartens, blickte
hinauf zu der lichten Sternenhöhe und ließ mein
Ohr von diesen Accorden des Schöpfungsliedes er-
füllen!

Ich entsinne mich eines Spätherbstnachmittages;
so ungestört war ich seit meiner Heimkehr nicht durch
die Stadt gewandert; denn der erste Novembersturm
hatte die Gassen leer gefegt. Ich sah mir die Häuser
an und gedachte ihrer einstigen Bewohner. Hier
auf der Bank unter den Linden, von deren Zweigen
jetzt die letzten Blätter wehten, saß einst der lustige
Herbergsvater, der uns Schülern stets das griechische
„Heureka" zum Gruß entgegenrief. — Heureka —
Gefunden! — ob man wohl das Wort auf seinen
Sarg geschrieben hat?

Und drüben jenes Giebelfenster mit den zertrüm-
merten Scheiben; — die Donner des Frühlings-

ungewitters sind längst verhallt, die ich in lauer
düfteschwerer Nacht dort über meinem Haupte rollen
hörte; aber wo ist sie geblieben, die ich so fest in
meinen Armen hielt? — Ich habe das blasse Gesichtchen nie vergessen können, wie es beim Schein
der Blitze aus dem Dunkel auftauchte und wieder
darin verschwand. — Hu! Wie kommen und gehen
die Menschen! Immer ein neuer Schub, und wieder: Fertig! — Rastlos kehrt und kehrt der unsicht-
bare Besen und kann kein Ende finden. Woher
kommt all' das immer wieder, und wohin geht der
grause Kehricht? — Ach, auch die zertretenen Rosen
liegen dazwischen.

Ich will zum Kirchhofe gehen; es stillt die Unruhe, in den Blättern dieses grünen Stammbuches
zu lesen. Auf dem Wege dahin sieht hie und da
ein übrig gebliebener Treppengiebel vertraut auf mich
herab. Ob droben in der Tertia der nun abgesetz-
ten „Gelehrtenschule" das halbzerschnittene Pult noch
steht, vor dem ich einst „Ueb' immer Treu' und
Redlichkeit" so weltvertrauend declamirte? Mir ahnte
damals noch nicht, daß die Redlichkeit nur soweit
geübt werden dürfe, als sie nicht verboten ist. Jetzt

weiß ich es und begreife nur nicht, warum man die
Kinder Dinge lernen läßt, die ihnen später so ge=
fährlich werden können.

Aeußerst schmucklos waren jene alten Räume;
höchstens, daß hie und da eine aus Strafgeldern zu=
sammengesparte Landkarte an der Wand hing. Wir
kannten weder die Schöne griechischer Götterbilder,
noch andererseits jenes cäsarische Wesen, in dem
Bilde des jemaligen Herrschers der aufstrebenden
Jugend ein drohendes Symbol der Gewalt entgegen
zu halten. Aber jenseits der schmalen Straße in
dem Hofe der damaligen Propstei stand derzeit ein
mächtiger Kastanienbaum, dessen Zweige zu den
Fenstern der Tertia und der danebenliegenden Se=
cunda hinüberreichten. Wie oft, wenn es draußen
Frühling war, flogen meine Gedanken über den
Nepos, oder später über den Ovid hinweg und
schwärmten drüben mit den Bienen um die weißen
rothgesprenkelten Blüthenkerzen, die aus den jungen
lichtgrünen Blättern emporgestiegen waren. Aber
weiter, — weiter! Hier noch den kurzen Baumgang
hinab, und schon sehe ich die Todtenkränze an den
Kreuzen wehen und die weißen Bänder flattern.

Die Ulmen an der Seite des Kirchhofes ächzen und schlagen ihre nackten Zweige an einander, wie der Sturm ihnen die letzten Blätter abreißt und sie weithin über die Gräber wirft. Wie wüst dort im Nordwest das Meer am Horizonte aufsteigt! Ich lese die Inschriften der Leichensteine: „Du warst, wirst sein, wirst nie vergehen, nie Todesraub."

Ueberall dies unheimliche Wehren gegen die Vernichtung; nur hier der alte aufrechte Stein trägt einen anderen Spruch:

Het Liden hier geleden,
Het Striden hier gestreden,
Ick was het Leven möd;
Ick zegg Adies min Vrienden,
Gy zelt mi niet mer vinden;

— — — — — —

Das Uebrige bedeckt die Erde.

Es ist sehr einsam hier; — doch nein, da stehe ich ja an deinem Grabe, alter ehrlicher Georg, candidatus der Gottesgelahrtheit. Wie lange ist es her, daß wir unter den blühenden Apfelbäumen deines elterlichen Gartens auf dem widerspenstigen Esel Schule reiten wollten! Mir ist, als sei das nur ein

Capitel aus einer sonnigen Idylle, die ich in schöner
Jugendzeit gelesen. Etwas später war es — wir
waren schon Studenten — da wir am lauen Früh-
lingsabend über den Hamburger Wall schlenderten.
Als in der Dämmerung die Frösche aus dem Gra-
ben ihre Stimme erhuben, legtest du die Hand auf
meinen Arm und sagtest andächtig: „Horch nur, wie
lieblich doch die Nachtigallen girren!" Freilich, du
warst ein Sohn unserer Küste, und selten und nur
zu flüchtigem Besuche kehrt Philomele bei uns ein;
denn sie weiß es wohl, daß ihre Liebesklage von dem
Brausen der großen Naturorgel verschlungen wird,
die Boreas hier so meisterlich zu spielen weiß. Aber,
daß dir auch der Frosch, der Sänger unserer Mar-
schen, plötzlich fremd geworden war, das mußte mich
billig Wunder nehmen, und ich komme nachträglich
auf den Verdacht, daß du die seltsamen Worte nur
gesprochen hast, damit ich jenen Abend nicht vergäße,
an dem sonst nichts war, als Frieden in der Natur
und in unseren jungen Herzen. — Das Pfeifen ganz
anderer Vögel war es, die dir bei Idstedt dein
letztes Schlummerlied gesungen haben, und mit Andacht lese ich auf deinem Grabe den Spruch aus

dem Evangelium Johannis, den, wie ich anderswo
berichtet habe, auch der alte Landschullehrer auf seines
Knaben Grabstein hauen ließ: „Niemand hat größere
Liebe denn die, daß er sein Leben lässet für seine
Freunde." Für seine Freunde; möge das dein Loos
gewesen sein!

Und hier stolpere ich über den Hügel unseres
Amtschirurgus; der Nordwest, der jetzt den Sand
von seinem Grabe bläst, beunruhigt ihn nicht mehr.
Ich war ihm noch begegnet nach meiner Heimkehr;
aber schon damals hatte er seine großen Räume ver=
lassen und begnügte sich mit einem Winkel in dem
städtischen Krankenhause. Seine Seltsamkeiten hatten
abgeblüht, und er war nur noch ein müder abge=
brauchter Mensch, gleich allen Uebrigen, die dort der
Ewigkeit entgegenträumen. Hier auf der Bank am
Kirchhofssteige saß er und wärmte seine Glieder in
der Frühlingssonne. Als ich ihn begrüßte, stand er
auf, und ich sah, wie das Alter seine hohe Gestalt
gebeugt hatte. „Und was ist aus Ihren trefflichen
Ratzen geworden?" So fragte ich, nachdem die
üblichen Reden eines ersten Wiedersehens zwischen
uns gewechselt waren. Ich hatte eine unverharrschte

4*

Wunde berührt; aus seinen kleinen Augen blickte er wehmüthig auf mich herab, indem er mit seinem Stock im Sande scharrte: „Sie wissen ja; die große Brauerei nebenan; — vergiftet! alle vergiftet!" Und er schlich von dannen mit einem Seufzer über die schöne alte Zeit; denn wie Freund Mörike sagt:

„Doch besser dünkt ja Allen, was vergangen ist."

Aber wo bist denn du, Ludwig? Ich lebe noch, und schon finde ich dein Grab nicht mehr. Wir waren gute Kameraden; hab' ich doch einst, da wir auf dem Lübecker Gymnasium unserer Schulbildung die letzte Politur geben ließen, meine goldene Uhr zum Pfandverleiher getragen, damit du in der Rolle des dottore Bartolo die Maskerade im Schauspiel-hause besuchen konntest! Mit dem Bambusrohr und der Pillenschachtel stapftest du wacker im Saale um-her; und als der spanische Grande dich wegen der Donna Ines consultirte, die zart und schmächtig an seinem Arme hing, da versichertest du mit großer Innigkeit, daß die Dame nur an den Würmern leide; was dir seltsamer Weise mehr Entrüstung als Dank von dem Gemahl der hohen Patientin eintrug. — Auch eine Maskerade war es, die wir Beide

wenige Jahre später in unserer grauen Küstenstadt
veranstalteten. Dein Name stand neben dem meini=
gen auf dem Einladungsbogen; aber als der Abend
des Festes herangekommen war und die Masken sich
durch einander drängten, die du mit mir berufen,
da hattest du dich so tief vermummt, daß dich Nie=
mand zwischen ihnen zu finden vermochte; und auch
später bist du niemals wieder zum Vorschein ge=
kommen. — —

Aber es wird schon dämmerig; mir ist, als höre
ich zwischen dem Brüllen des Sturmes das gewich=
tige Wort des alten Jobst Sackmann, das bei jeder
Wiederkehr immer dröhnender ins Gehör fällt: „Wo
is he bleven? — Wo is he bleven? — Mortuus
est!"

Ich will nach Hause gehen. Die eiserne Kirch=
hofsthür fällt klirrend hinter mir ins Schloß; die
lange Straße, die nach meiner Wohnung führt, ist
noch so öde wie zuvor. Aber dort sehe ich eine
weibliche Gestalt mit dem Winde kämpfen; und wie
wir uns einander nähern, bemerke ich mit Verwun=
derung, daß sie einen maigrünen Sonnenschirm in
der Hand hält. Unter einem lila Seidenhütchen mit

Blumen hängen lange braune Locken auf die Schultern herab. Und jetzt erkenne ich sie! In meiner
Erinnerung taucht ein Erkerfenster auf mit Reseda
und Geranienstöcken, hinter denen ein junges Mädchen an einer Stickerei zu sitzen pflegte. Wie tief
zogen wir Primaner unsere Mützen, um einen Auf-
schlag dieser Augen, ein Erröthen dieses frischen
Antlitzes zu erhaschen! — Auch jetzt ziehe ich den
Hut. Ein ältliches maskenartiges Gesicht verzieht
sich zu einem verbindlichen Lächeln, und mit alt-
jüngferlichem Knix geht die Gestalt an mir vorüber.

*　　*　　*

O meine Muse, war das der Weg, den du mich
führen wolltest? Die sommerlichen Haiden, deren
heilige Einsamkeit ich sonst an deiner Hand durch-
streifte, bis durch den braunen Abendduft die Sterne
schienen, sind sie denn alle, alle abgeblüht?

Es ist ein melancholisches Lied, das Lied von der
Heimkehr.

II.

Lena Wies.

(1870.)

Aber an deinem niedrigen Häuschen kann ich nicht so vorübergehen, du liebreiche Freundin meiner Jugend, die du wie Scheherezade einen unerschöpflichen Born der Erzählung in dir trugst. — Ich will eine Gänsefeder nehmen; die weiße Fahne soll nicht gestutzt werden, und das gesellige vogelartige Gezwitscher, das sie, ihres Ursprungs eingedenk, beim Schreiben hören läßt, soll mich an vergangene Zeit gemahnen, während ich dies zu deinem Gedächtniß niederschreibe.

Noch stehen die steinernen Bänke vor dem Hause, noch die gemalten Schwarzbrode, das Zeichen des Betriebes, auf dem einen Fensterladen; und, wenn man die Hausthür mit den dicken grünen Glasscheiben aufstößt, so schellt die Glocke, und hinten im Backhause läßt „Perle" seine Stimme erschallen;

denn — der Hund ist todt; es lebe der Hund; der Hund stirbt nicht! — Aber es ist nicht mehr der „Perle" meiner Jugend.

Wie manchen Herbst= und Winterabend bin ich nach diesem kleinen Hause gegangen. — Gegangen? — Nein, gelaufen, gerannt! — Es gab damals in unserer Stadt noch keine Straßenbeleuchtung; aber desto mehr Gespenster; „es übte vor", es „jankte" draußen im „Auftrom", im Schlosse wurde Nachts eine kleine braune Frau gesehen. Und das Alles wurde mit jedem Abend bei mir lebendig, und meine kleine Handlaterne warf zweifelhafte Lichter auf die unbewohnte Plankenstrecke, die in jener Straße zu passiren war. Hatte ich glücklich das Haus erreicht, so stürzte ich fast die Thür ein; die Glocke läutete, hinten im Backhause riß Perle an der Kette und erhob ein wüthendes Gebell.

Athemlos stand ich vor dem kleinen hitzigen Ge= sellen, der nun freudewinselnd an mir aufstrebte. Kräftig dufteten die frischen Roggenbrode, welche reihenweise auf den Wandgestellen lagen; und nebenan in der offenen Kammer stand die alte Mutter Wies am Backtroge, mit dem Ansäuern des Teiges für

den morgenden Tag beschäftigt. Im Backhause selbst
drängte sich eine Schaar von Nachbarskindern, welche,
mit irdenen Schüsseln in der Hand, auf die Aus=
theilung der Abendmilch warteten; denn auch eine
Milchwirthschaft wurde hier mit vier oder fünf schwe=
ren Marschkühen betrieben.

„Lena noch nicht farbig?“ fragte ich auf Platt=
deutsch; und die alte Frau hielt im Kneten inne, und
ihre noch immer schönen Augen blickten mit großmüt=
terlicher Zärtlichkeit auf mich.

Nein, Lena und Vater Wies waren noch im Stall
beim Melken.

Schnell war meine Handleuchte ausgeblasen und
auf den Tisch gestellt; dann ging's über den dunklen
Steinhof und in den alten niedrigen Stall hinein,
durch den übrigens im Sommer der Weg zu einem
seltsam stillen Garten voll rother Centifolien und
kleiner süßer Stachelbeeren führte. — Wie ein kleiner
Privilegirter dünkte ich mich den armen Nachbars=
kindern gegenüber, die beim Schein des dünnen Talg=
lichts ruhig auf ihrem Platze bleiben mußten, bis
sie ihr herkömmliches Quantum Milch zugemessen
erhalten hatten.

Unter dem Boden des Stalles hing eine Horn=
leuchte; aber es war kein Licht, sondern nur eine Art
leuchtenden Dunstes, den sie in einem engen Kreise
um sich her verbreitete. Und doch, für welch' trauliche
kleine Welt war sie der Mittelpunkt!

Aus dem Dunkel, wo die Kühe an ihren Raufen
wiederkäueten, klang es mir leibhaftig wie der alte
Volksreim entgegen:

> „Stripp, strapp, stroll —
> Is de Ammer nich bald voll?"

Ich rief ihn denn auch lustig in das Dunkel hin=
ein, und:

„Geduld überwindet Schweinebraten!" kam sogleich
von dort her die heitere Stimme meiner Freundin
Lena an mich zurück, und unter einer anderen Kuh
heraus scholl als Begleitung im Grundbaß das be=
hagliche Lachen von Vater Johann Wies.

Lena regierte mich mit scherzenden Worten, ja
bloß mit ihren klugen Augen sicher genug; und so
warf ich mich geduldig neben der Thür auf einen
Haufen Heu, während seitwärts auf der Hühnerleiter
der Hahn mit ·seinen Hennen im Traume kakelte

und von den Kühen her der Strich des Melkens eintönig hervorklang, nur mitunter durch einen Zuruf
unterbrochen, wenn die Bläß oder die Schwarze etwa
nicht ordnungsmäßig Stand hielten.

Endlich mit schwerem Eimer und heißem Gesicht,
trat Lena in den Leuchtkreis der Laterne, und bot
mir freundlich guten Abend. Sie war von kleiner
Statur; ihre Gesichtszüge — sie mochte in meiner
Knabenzeit etwas über dreißig Jahre zählen — ließen
erkennen, daß sie einst ungewöhnlich wohl gebildet
gewesen sein mußten; aber die Blattern hatten das
Kindergesicht auf das Unbarmherzigste zerrissen, als
wenn, nach dem Volkswitz, der Teufel Erbsen darauf
gedroschen hätte. Sie selber meinte freilich, am Ende
müsse sie noch eitel werden; denn: „So'n Bildhauer-
arbeid ward nu nahgrad wat Rares!" — Nur die
schönen braunen Augen blickten unversehrt; und sie
gehören mit zu den Sternen, die über meiner Kindheit standen, und mitunter in dunklen Stunden
glaube ich sie noch jetzt zu sehen, obgleich auch sie
erloschen sind. — —

Während nun Lena den Milchverkauf besorgte,
hatte „Vader" den Kühen ihr letztes Futter vorge-

worfen, „Moder" in ihrem Troge den Teig zusam-
mengeballt und sorgsam zugedeckt; ich selbst war
schon vorher in die Wohnstube gewiesen, in jenen
engen aber traulichen Raum, in welchem ich die
schönsten Geschichten meines Lebens gehört habe. Fast
immer, so wenigstens scheint es mir jetzt, blühten
hier auf den Fensterbrettern die rothen Winter-Lev-
kojen; meine Blicke aber gingen nach dem eisernen
Beileger-Ofen, der an der Wand gegenüber zwischen
den beiden verhangenen Alkoven-Betten stand und
für mich einen Gegenstand der anziehendsten Betrachtung bildete; denn nicht allein, daß sich auf der
vorderssten Platte, wie nach einem Dürer'schen Holz-
schnitt, die Verkündigung Mariä dargestellt zeigte,
daß er an den Seiten und oben an beiden Ecken
mit blankpolirten Messingknöpfen geziert war, welche
ich, aller Warnung unerachtet, nicht unterlassen
konnte vielfach abzuschrauben und mir fast eben so
oft auf die Füße zu werfen; er strömte auch, was
nicht jeder Ofen von sich sagen kann, einen leckeren
Duft aus, welcher, mit dem der Levkojen vermischt,
noch jetzt in meiner Erinnerung diesen Raum erfüllt,
und war überdies allezeit von einer sanften Haus-

muſik umgeben. Das Erſtere hatte ſeinen Grund
in einer Schüſſel, je nachdem mit Waffeln, Pfeffer=
nüſſen oder Bratäpfeln gefüllt, die unfehlbar unter
dem blanken Meſſingſtülp auf der Ofenplatte warm
gehalten wurden; und da von der dem Backhauſe
nahen Küche aus geheizt wurde, ſo mangelte es von
dort her nie am Geſange der Heimchen, der geſellig
in das Zimmer hineinklang.

Ich muß hier, obgleich es einen nicht zu beſeiti=
genden Vorwurf für ihn enthält, bekennen, daß mein
alter Freund Johann Wies, ich weiß nicht weshalb,
ein unerbittlicher Verfolger dieſer muſikaliſchen Thier=
chen war. Oft, wenn er mit ſeinem ehrwürdigen
Geſicht unter der blauen Zipfelmütze, mit den fried=
lich gefalteten Händen in ſeinem Lehnſtuhl ſaß, habe
ich ihn darauf anſehen müſſen, wie doch der gute
alte Mann ſo grauſamer Dinge fähig ſein könne.

Aber jetzt dachte Johann Wies an keine Heim=
chenjagd; unter dem Schutze der Dunkelheit ſangen
ſie ſicher in ihrem warmen Backhauſe; und während
ich ihnen und der alten Wanduhr zuhörte, die be=
ſcheiden dazu den Tact ſchlug, war auch ſchon Lena
hereingetreten, von der Arbeit geſäubert, in friſcher

weißer Mütze mit schmalgefälteltem Strich, und setzte
Theegeschirr und Abendbrod auf den mit Wachstuch
überzogenen Tisch, der dicht unter Mariä Verkündi=
gung und den blanken Messingknöpfen seine Stelle
hatte; bald kamen auch die beiden Alten, und nahmen
je zu einer Seite des Ofens ihren Platz. Mutter
Wies, die vom Lande war, trug ihr graues Haar
unter ein Käppchen zurückgestrichen, wie man es frü=
her bei unseren Bäuerinnen sah; ihre fleißigen Hände
waren, wovon an unserer Küste das Alter selten
verschont bleibt, mit Gichtknoten besetzt und zitterten,
wenn sie die Tasse an den Mund führte; gleichwohl,
sobald wir unsere Mahlzeit beendigt hatten, holte
sie ihr Spinnrad aus der Ecke, und dem Tagewerk
folgte nun noch das Werk des Abends. — Dann
wurde der duftende Teller aus seinem Versteck unter
dem Messingstülp hervorgezogen, und Johann Wies
lehnte sich behaglich in seinen Lehnstuhl zurück. Auch
ich saß oder vielmehr ritt auf einem solchen; denn
es war eine von jenen nun verschwundenen Raritä=
ten, die dem Sitzenden die eine Ecke entgegenstrecken;
und zwar war er, mir unvergeßlich, mit einem bun=
ten Flickenpolster ausgestattet.

Und dann — ja, dann erzählte Lena Wies; und
wie erzählte sie! — Plattdeutsch, in gedämpftem Ton,
mit einer andachtsvollen Feierlichkeit; und mochte es
nun die Sage von dem gespenstischen Schimmel=
reiter sein, der bei Sturmfluthen Nachts auf den
Deichen gesehen wird und, wenn ein Unglück bevor=
steht, mit seiner Mähre sich in den Bruch hinab=
stürzt, oder mochte es ein eignes Erlebniß oder eine
aus dem Wochenblatt oder sonstwie aufgelesene Ge=
schichte sein, Alles erhielt in ihrem Munde sein eigen=
thümliches Gepräge und stieg, wie aus geheimnißvoller
Tiefe, leibhaftig vor den Hörern auf. Oftmals
griff die alte Mutter in ihr Rad und ließ es stille
stehen, oder nickte aus seiner Ecke Johann Wies
behaglich blinzelnd herüber; und dazu tickte die Uhr
und sangen aus der Ofenwand die Heimchen; mit=
unter an Herbstabenden — und dann war es am
allerschönsten — rauschten auch noch von fern die
Lindenbäume, die drüben jenseit der Gasse hinter
einer Gartenplanke standen; — wie weit dahinter
lag dann die ganze Alltagswelt! In den Pausen
wurden zwar auch die Pfeffernüsse und die Brat=
äpfel keineswegs verschmäht; aber lange hielt ich doch

nicht Ruhe, und Lena war eben so unerschöpflich, als ich unersättlich war; sie legte wieder die Hände in einander und, den Kopf ein wenig übergebeugt, begann sie eine neue Geschichte, wobei sie langsam die Daumen um einander bewegte. — Später, als ich selbst dergleichen Dinge ersann und niederschrieb, sandte ich ihr wohl das eine oder andere Buch; und sie hat dann lächelnd geäußert, das hätte ich von ihr gelernt.

Aber nicht nur die Kunst des Erzählens, auch die Achtung vor ernster bürgerlicher Sitte lernte ich in diesem guten Hause. — Ein kleiner Vorfall ist mir unvergeßlich geblieben. Die Tochter aus einer angesehenen Familie hatte sich mit einem Cavalier verlobt, dessen Aufführung man nicht das beste Zeugniß geben wollte; die kleine Stadt war voll davon, in und außer den Häusern wurde in Ernst und Spott darüber geredet, und auch an unserem Theetisch kam das Gespräch darauf. Da, in knabenhafter Unbedachtsamkeit und da es mich drängte, doch auch mein Theil dazu zu geben, entfuhr mir ein wenig sauberes Wort, das ich, Gott weiß wie, von der Gasse aufgelesen hatte. — Augenblicklich stockte die

bisher lebhafte Unterhaltung, Lena sah auf den Tisch
und fegte ein paar Pfeffernußkrumen mit der Hand
zusammen, und erst nach einer längeren Pause blickte
sie wieder auf und sprach, als sei nichts vorgefallen,
von anderen Dingen. Ich glaube kaum, daß ich
jemals so beschämt gewesen bin, und noch später als
erwachsenen Mann überkam mich, wenn ich daran
dachte, das unbequeme Gefühl einer empfangenen
und wohlverdienten Züchtigung.

Dergleichen Zurechtweisungen beeinträchtigten indessen weder meine Zuneigung noch das sichere Gefühl, der Liebling des Hauses zu sein; war doch die
zweite sehr geliebte Tochter, welche derzeit in einer
fernen Großstadt in guten Verhältnissen verheirathet
war, die treue und langjährige Pflegerin meiner Kinderzeit gewesen. Viel zu früh erschien jedesmal der
Kutscher meiner Eltern, um mich nach Hause zu
holen, oder schlug es, als ich später meinen Weg
allein finden mußte, von der alten Wanduhr zehn.
Ich weiß noch wohl, wie ich in der letzten Viertel-
stunde mit Lena kämpfte, ob nicht noch Zeit sei für
wenigstens eine ganz kleine Geschichte, und wie es
dann plötzlich in der Uhr einen Ruck that und die

Warnung vor dem Stundenschlage alle meine Hoffnung zunichte machte. Dann aber galt es nach Hause
zu kommen; und das „Vorüben" und das „Janken"
drüben in der Au, Alles konnte mir unterwegs begegnen; dazu waren die Lichter in den Häusern schon
ausgethan, denn die Straße wurde meist von sogenannten kleinen Leuten bewohnt, welche, wenn der
Tagelohn verdient war, früh zur Ruhe gingen. So
legte ich mich denn aufs Betteln, und ließ nicht nach,
bis Lena die Commodenschublade aufgezogen und ihr
Umschlagetuch herausgenommen hatte. — Wenigstens
bis an das Ende der bösen Plankenstrecke mußte sie
mich begleiten; aber auch dann noch ließ ich sie nicht
los; zum Mindesten mußte sie stehen bleiben und hinter mir her, und zwar recht laut, ein paar Mal
„gute Nacht" rufen, bis ich spornstreichs, mein flim-
merndes Laternchen in der Hand, um die nächste
Straßenecke schwenkte; denn von hier aus waren es
nur noch wenige Schritte bis zum Hause meiner Eltern. — Alles dies hat viele Jahre so gedauert; und
frisch und erquickend ist mir die Erinnerung an jene
Menschen geblieben, denen ich so viele glückliche Stunden meiner Jugend verdanke. Allmählich aber ging

die Zeit dahin; ich verließ unsere Stadt, um die Studien für meinen künftigen Beruf zu beginnen; sie
blieben in ihrem Häuschen und trieben es in alter
Weise fort.

Dann eines Tages kam der Tod, nahm Vater
Wies aus seinem Lehnstuhl und legte ihn in ein noch
bequemeres Ruhebett; und als ich nach Jahren heim-
gekehrt war und schon mein eigenes Haus begründet
hatte, ergriff er auch die arbeitsame Hand der alten
Mutter, zog sie von ihrem Backtroge und ihrem
Spinnrade fort und hieß uns, sie auf dem schönen
grünen Kirchhof zur Ruhe legen, wo von der See
her die kühlen Lüfte über die Gräber wehen. —

Lena war nun allein; aber sie nahm eine junge
Verwandte ins Haus und setzte mit deren Hülfe den
elterlichen Betrieb fort. Oftmals in der schönsten
Sommerzeit, wenn hinten in ihrem Gärtchen die Centifolien blühten, kamen aus der großen Stadt die
Schwester oder deren Kinder auf Besuch; dann wurde
es lebendig in dem niedrigen Häuschen; Kammern
und Herzen, Alles voll Sonnenschein. — Aber auch
diese jüngere Schwester sollte sie überleben. Als ich
auf die Todesnachricht zu ihr ging, fand ich sie eben

beschäftigt, aus Schubfächern und Kästchen ihre Baar=
schaft zusammenzusuchen; es sollte heute noch Alles
an ihren Schwager abgesandt werden, damit — so
sagte sie — die Ueberlebenden außer der Trauer
nicht etwa noch mit der kleinen Noth des Lebens zu
kämpfen hätten.

Dann kam die Zeit, daß die Dänenherrschaft mich
aus dem Lande trieb, und ich sah meine Freundin
nur, wenn ich, in oft mehrjährigen Zwischenräumen,
zum Besuch bei meinen Eltern einkehrte. Voll ge=
sunden Zornes hoffte sie fest auf den endlichen Sieg
der deutschen Sache. Dies und die Kränkungen, die
sie dort von dem Uebermuth der feindlichen Nation
erdulden mußte, gaben uns jetzt den Stoff zur Un=
terhaltung. Als endlich bei uns die deutsche Schmach
ihr Ende erreicht und ich in meiner Vaterstadt wieder
einen Platz gefunden hatte, traf ich Lena Wies noch
rüstig an Körper und Geist, und mit der vollen
Freude der Genugthuung trat sie bei unserem Wie=
dersehen mir entgegen. Sie hatte es gut in ihren
alten Tagen; ihre Pflegetochter hatte geheirathet, und
die jungen Leute, die nun die Wirthschaft übernahmen,
hegten und verehrten sie wie eine Mutter. Und wie=

der saß ich jetzt behaglich an ihrem Theetisch, die rothen Levkojen dufteten von den Fensterbrettern noch wie sonst, sogar der leckere Kuchenteller fehlte nicht unter dem blankpolirten Messingstülp; nur daß statt des alten Ehepaares jetzt ein junges da war und statt des aufhorchenden Knaben ein schon dem Alter entgegengehender Mann. Aber die Sitte, die geistige Luft des Hauses war dieselbe geblieben, und Lena's braune Augen blickten noch so klar und klug wie immer.

Sie hatte noch die Freude, aus den beiden Töchtern ihrer Schwester zwei wohlangesehene Predigerfrauen und aus ihrem einzigen Neffen einen der angeseheneren Aerzte jener großen Stadt werden zu sehen. Wiederholt und dringend wurde sie zu diesem eingeladen; aber sie meinte, sie passe nicht dahin, die Kinder könnten zu ihr kommen. Und so geschah es auch.

Der Ausgang des Lebens sollte ihr nicht leicht werden. Eine jener Krankheiten ergriff sie, die sich an den Menschen anhaften wie ein fressendes Thier, das er nicht abschütteln, noch ausreißen kann, sondern Jahre lang mit sich umhertragen muß, bis

er ihm endlich erlegen ist. In ihrem letzten Lebens-
jahre war ich als einer der dazu erforderlichen Zeugen bei der Niederschrift ihres Testaments zugegen.
Sie hatte sich zu dieser feierlichen Handlung aufs
Sorgfältigste kleiden lassen, und empfing uns ernst
und ruhig; ihr Antlitz schaute noch unverstellt aus
der weißen Haube mit dem lila Seidenband; nur
ihre Gestalt war jetzt zusammengesunken. Vorher
nahm sie mich in eine Nebenkammer und sprach über
ihren bevorstehenden Tod und die jetzt vorzunehmenden
Verfügungen; nicht ihrer Leiden, sondern nur mit
Dank der Liebe gedenkend, die sie während derselben
von den Ihrigen empfangen hatte; nur eine Besorg-
niß äußerte sie dabei: sie fürchte, ihr sonst noch kräftiger Körper möge sie noch lange auf das Ende warten lassen.

Und lange hat es gedauert. Ihr wurde keine
Qual, kein Entsetzen jener furchtbaren Krankheit er-
spart; aber sie blieb bis zu Ende aus dieselbe, die
sie in gesunden Tagen gewesen war, ruhig in sich
selbst, fürsorglich für Andere. „Lena Wies stirbt wie
ein Held!“ pflegte ihr Arzt von ihr zu sagen. — Um
das Hauswesen der jungen Verwandten nicht gar zu

sehr mit ihrem Leib zu stören, begehrte sie in der
letzten Zeit wiederholt, in eine kleine nach dem Hofe
hinaus liegende Kammer gebracht zu werden. Aber
freilich, für „Tante“, so lange sie noch da war, durfte
nichts zu gut sein; und so blieb sie denn bei ihren
Blumen, in der freundlichen Stube, wo die Erinnerung aller guten Stunden ihres Lebens bei ihr war.

Mitunter während ihrer Krankheit empfing sie
auch den Besuch des Ortsgeistlichen; aber Lena Wies
hatte über Leben und Tod ihre eigenen Gedanken,
und es lag nicht in ihrer Art, was sich durch lange
Jahre in ihr aufgebaut hatte, auf Zureden eines
Dritten in einer Stunde wieder abzutragen. Still
und aufmerksam folgte sie den Auseinandersetzungen
des Seelsorgers; dann, mit ihrem klugen Lächeln zu
ihm aufschauend, legte sie sanft die Hand auf seinen
Arm: „Hm, Herr Propst! Se kriegen mi nich!“ —
Und er, in seinem Sinne, mag dann wohl gedacht
haben: „Wehre dich nur! Die Barmherzigkeit Gottes
wird dich doch zu finden wissen.“ — —

Als ich zum letzten Mal in ihre Stube trat, er-
schrak ich bei ihrem Anblick; denn ihr Gesicht war
ganz entstellt. Meine Bewegung entging ihr nicht;

aber selbst dem Tode suchte sie mit ihrer guten Laune zu begegnen. „Ja kiek man mal! Wo seh ick ut!" rief sie, scheinbar mit der alten Munterkeit, mir entgegen. — Als ich mich kaum gesetzt hatte, entstand ein Lärmen draußen vor den Fenstern. „Da hebb't se all wedder de arme Jung to'm Besten!" sagte sie; und krank und sterbend, wie sie war, ging sie aus der Stube und hinaus auf die Gasse. — Es war ein blödsinniger Knabe aus der Nachbarschaft, der sich vergebens gegen ein Rudel übermüthiger Jungen zu wehren suchte. Bald aber hörte ich draußen vor der Hausthür die gelassene Stimme meiner Freundin, und sah durch's Fenster, wie still und beschämt die Ruhestörer aus einander schlichen.

„Se hebben noch immer so väl Respect vör Tante," sagte, nicht ohne einen gewissen Stolz, die junge Frau, die neben mir am Fenster stand. — —

Das war das letzte Mal, daß ich Lena Wies gesehen habe. Noch einige, schwerste Leidenswochen folgten; dann hat auch sie das trauliche Häuschen mit dem engen Kirchhofsgrab vertauscht, in dem sie jetzt bei ihren Eltern ruht.

— — Mitunter an stillen Sommervormittagen

besuche ich die alten Freunde meiner Jugend und lese
die Inschrift auf ihrem Grabkreuze. Auch hier sin=
gen dann die Grillen; aber es sind nicht die Heim=
chen des häuslichen Heerdes, und Geschichten werden
bei ihrem Gesange nicht erzählt.

III.

Von heut' und ehedem.

(1873.)

I.

Auf der Reise.

Unser Freund, der kleine muntere Bahnhofsinspec-
tor, ging neben mir auf dem Perron. „Besorgen
Sie den Herrschaften einen guten Platz!" rief er
mit einer seiner resoluten Handbewegungen; und
der Schaffner, an den diese Worte gerichtet waren,
schlug eine Thür des hintersten Wagens auf. „Hier,"
sagte er; „es schaukelt nur ein wenig."

„Dafür," erwiederte der Inspector nicht ohne
einen gewissen Nachdruck, „ist der Wagen hier aber
auch der sicherste."

„Der sicherste?" — Wer hatte an eine Unsicher-
heit gedacht! — Auch bei einer Eisenbahnfahrt gilt
also die alte Geschichte: „Es ging ein Mann im
Syrerland." — Ich äußerte indessen nichts dergleichen; wir stiegen ein und saßen bald bequem genug.
Wir, sage ich; denn auch unsere beiden Freundinnen

ließen es darauf ankommen, in meiner Gesellschaft
dritter Classe zu fahren. Freilich, vor einer etwas
vertraulichen Höflichkeit des Schaffners vermochte ich
sie nicht ganz zu schützen, und eben so wenig vor einem
kleinen impertinenten Blick, mit welchem sie von
einem elegant gekleideten Backfisch bestrichen wurden,
der an einer der nächsten Stationen mit einer laut
redenden Badegesellschaft ein Coupé erster Classe in
Besitz nahm.

Ich mußte dabei eines Vorfalles gedenken, den
mir vor Jahren eine dir sehr bekannte, edle Frau
erzählte. — Die Familie, deren Glück und Stolz sie
war, hatte, während die Dänen in unserer Heimath
wirthschafteten, im mittleren Deutschland einen Unter-
schlupf gefunden. Die Einkünfte waren klein, die Kopf-
zahl groß; deßungeachtet wurde Jahr um Jahr ein Besuch bei den zurückgebliebenen Eltern ermöglicht; nur
freilich, bescheiden mußte gereist werden; aber sie ent-
behrte nichts dabei; denn, wie du weißt, ihr schönes
sicheres Wesen bedurfte äußerer Stützen nicht. —
Bei einer solchen Heimathsreise vermochte sie einst
auf einem größeren Bahnhofe das verlassene Coupé
nicht wiederzufinden, und irrte, nur von einer Magd

begleitet, mit ihrer Kinderschaar auf dem weiten Per=
ron umher, als ein junger Officier sich zu ihnen
fand und mit gutmüthiger Höflichkeit ihr seine Hülfe
anbot. Sie nahm das dankend an; als sie jedoch
bemerkte, daß er sein Augenmerk nur auf die zweite
Wagenclasse richtete, wandte sie sich gegen ihren höf=
lichen Begleiter und sagte: „Wir fahren dritter
Classe!"

' Auf dieses Wort hin sah sie zu ihrem Erstaunen
den jungen Mann spurlos und auf Nimmerwieder=
kehr im Gewühl verschwinden; und erst später kam
es ihr zum Bewußtsein, daß es denn doch wohl gegen
die Standesehre sein müsse, im Dienste einer Frau
gesehen zu werden, welche dritter Classe fuhr.

Sie hat mir lächelnd dies kleine Abenteuer er=
zählt; und du weißt es, wie schön und mild einst
dieser Mund gelächelt hat.

Doch das sind nur Gefahren, die aus der ersten
Wagenclasse kommen; und — halsgefährlich sind sie
eben nicht. Der arme junge Officier; was soll denn
Einer machen, der zufällig seine Persönlichkeit nicht
in sich selber, sondern in der Regimentsrangliste
steckt hat! — —

Am Nachmittage verließen mich meine beiden
Damen, die ein anderes Reiseziel hatten; unverkennbar übrigens mit einer kindlichen Genugthuung über
den gesparten blanken Thaler, den sie durch den Sieg
ihrer Demuth im Knipptäschchen behalten hatten.

Es war kühl geworden; als der Zug weiter klapperte, vermummte ich mich in meinen Plaid und gab
meinen Gedanken Audienz. Die Reisestimmung
wollte noch nicht kommen. Weshalb haftet denn im
Mittsommer Alles von Hause fort? — Um Gene-
sung für irgend ein Uebel zu finden, das vielleicht
eben dort sitzt, wo es am leichtesten zu tragen ist?
— Ich fürchte, der arme Solitaire hat nicht Unrecht
mit seiner Warnung:

„Drum sei nur still, trag jeden Kummer gerne;
Das Leiden, das dich quält, hält andre Leiden ferne!"

Die schlimmsten aus dieser dunklen Genossenschaft,
die kleinen schwarzen Dinger mit den Fledermausflügeln, die Sorgen, machen es doch wie unser hei-
mischer Hausgeist, der treffliche Niß Puk; sie setzen
sich hinter uns auf den Karren und rufen ganz vergnügt mit ihren schrillen Stimmchen: „Wir ziehen
um!"

Es war heute gerad' ein Wetter, in dem sie sich besonders lustig fühlen; denn es regnete; es klatschte oben auf die Wagendecke, wie zornig schlug es mitunter gegen die aufgezogenen Fenster; an den Scheiben rieselten einförmig die Tropfen und zeichneten kleine Ströme auf dem beschlagenen Glase.

Ja, das war das rechte Wetter; und schon hörte ich ihr emsiges Gesumme. Die von heute mochte ich selber unversehens mitgenommen haben; wie die anderen, die ich doch zu Hause lassen wollte, in den festverschlossenen Wagen kamen, weiß ich nicht. Aber sie kamen, eine nach der anderen; und nicht blos die von morgen und übermorgen und vom nächsten Jahr; in ganzer Kette schwärmten sie aus; es war, als hätte die eine immer die andere herbeigerufen; ganz aus dem Nebel der Zukunft, vom Ende des Lebens kamen sie herangeflogen, und ich fühlte es jedesmal an einem Ruck an meinem Herzen, sowie eine neue zu mir heranflog und sich mit ihren Klammerzehen an mich anhing; zuletzt kamen sogar die von jenseit des Grabes. Auch die kamen; und es war etwas Fürchterliches dabei. Kleine süße Kindergesichter, mir die trautesten auf der Welt, drangen lächelnd auf

mich ein, und auch der Sonnenschein war da, den
ich immer um ihre Häupter sehe; aber unmerklich
verwandelten sie sich; bleich, mit kranken Augen, wie
um Hülfe flehend und ohne Sonnenschein sahen sie
mich an; dann verschwand Alles, und ich sah nur
eine Menge blutdürstiger Augen, die aus der Finster-
niß auf mich zublitzten. Nun wußte ich es, das
waren die von jenseit des Grabes, die furchtbaren,
vor denen kein Entrinnen ist; und ich würde vielleicht
zum Erstaunen meiner Reisegenossen einen lauten
Schrei ausgestoßen haben, wenn von dem Verwesungs-
dunste, den sie mit sich führten, mir nicht die Kehle
wie zugeschnürt gewesen wäre.

Da that es in den Spuk hinein plötzlich einen
gellenden Pfiff, der unleugbar aus der Welt von
heute kam; und nicht lange, so scholl die tröstliche
Menschenstimme des Wagenmeisters: „Hamburg!
Station Klosterthor! Alles aussteigen!"

Ich schüttelte mich, griff nach Schirm und Reise-
gepäck und stolperte auf den Perron hinaus.

Es war inzwischen dunkel geworden, und der
Regen strich noch immer ebenmäßig vom Himmel
herab. Aber der Vetter war zur Stelle, und am

Arme eines Mannes, der allzeit erster Claſſe fährt, fühlte ich den Boden noch um Eins ſo feſt unter meinen Füßen. Leider hatte er bei ſolchem Wetter ſeinen Einſpänner zu Haus gelaſſen; die Droſchken waren alle ſchon vergriffen; auf der Pferde-Eiſenbahn trabte es wohl vorüber, aber drinnen war Alles be= ſetzt. So marſchirten wir denn unter unſeren Schir= men noch eine halbe Stunde, bald durch ein Wirr= niß überſchwemmter Straßen, bald auf durchweich= ten Kieswegen unter tropfenden Alleen, bis endlich ein hellerleuchtetes Zimmer und bekannte freund= liche Geſichter dem heutigen Reiſetage ein Ziel ſetzten.

Aber mitten im heiterſten Plaudern überfiel's mich wieder; denn ich hatte einen Schatten an den Wän= den huſchen ſehen. Er kam wohl nur von einer Amarillis-Blüthe, die neben mir aus einem Blumen= korbe ragte und jetzt von einem Zugwind hin und her bewegt wurde. Ich bemerkte das ſofort; als ich aber durch die offen ſtehende Stubenthür auch die Hausthür offen ſah, ſprang ich haſtig auf und ſchloß dieſelbe zu.

„Was fällt dir ein?" rief die junge muntere Baſe;

du weißt, der alte Musikmeister nannte sie einst so allerliebst: „Das Rothkehlchen."

„Was mir einfällt?"

„Ja, dir! — Hast du Angst vor Fledermäusen?" Ich starrte sie an. „Vor Fledermäusen? — Nein, so eigentlich nicht; ich hoffe auch, sie fliegen nicht in diesem Schlackerwetter; aber ich hatte eine Gesellschaft unterwegs; ich möchte lieber, daß sie draußen bliebe."

„Du! — Was sprichst du komisch!" sagte das Rothkehlchen, und sah mich lustig mit ihren hellen Augen an. „Dahinter steckt eine prachtvolle Geschichte; nimm dein Glas, setz' dich in die Sopha-Ecke und erzähle!"

„Ja," stimmte nun auch der Onkel bei, indem er bedächtig einen Zug aus seiner langen Pfeife that; „erzähle; du weißt doch, daß sich das nicht schickt, solch' unverständliches Zeug vor anderen Leuten reden."

Der Onkel sah mich schelmisch an; aber ich erzähle die „prachtvolle Geschichte" nicht.

II.

In Urgroßvaters Hause.

Ja, es war eine Trompete, nur eine; und es
war ein Choral, der von ihr geblasen wurde! —
Ich sprang aus dem Bette und weckte den neben
mir schlafenden Vetter, und wir stellten fest, daß in
dem dritten Nachbarhause links geblasen wurde.

Bald hatten wir uns angekleidet, und saßen unten
im Familienzimmer am Kaffeetisch; und die Trom=
pete blies noch immer fort; wenn der Choral aus
war, wurde sogleich mit einem neuen weiter geblasen;
und so blies die eine Trompete zwei Stunden lang
Choräle. Dann wurde sie vermuthlich durch ein
Glas Wein erfrischt; denn die Musik schwieg, und
bald darauf — wir waren Alle in die Veranda
getreten — sahen wir den Bläser aus dem Hause
kommen; er hatte seine Trompete in ein schwarzes

Tuch gewickelt; aber das blanke Mundstück, das dar=
aus hervorsah, verrieth ihn. — Dann fuhr eine
Kutsche vor; von einer Bonne wurde ein festlich
weißgekleidetes Wickelkind herausgetragen, dem ein
geistlich aussehender Herr mit weißer Halsbinde
folgte. Das Alles, von einer kleinen behaglichen
Matrone an den Droschkenschlag becomplimentirt, stieg
ein und fuhr davon.

Diese Sache ist mir höchst verdächtig. Was mag
das Wickelkind zu der furchtbaren Musik gedacht haben?
— Am Ende hat es gar nichts dazu denken sollen!
denn wir wohnen hier im Quartier der Frommen;
wie der Berliner Pastor zu unserer Freundin Rosa
sagte, als er in einer Abendgesellschaft beim ragoût fin
an ihrer Seite saß: „Und wo wohnen Sie denn, mein
werthes Fräulein?" — „Ich? Ich wohne in der
Matthäikirch=Straße." — „In der Matthäikirch=
Straße! Ei, das ist ja eine liebe Gegend, eine herr=
liche Gegend! Eine liebe Seele bei der andern!
Und die Glo—cken, sie lo—cken!"

— — Es ist mir in diesem Augenblick eine selt=
same Erquickung, daß ich aus dem Fenster, an wel=
chem ich dieses schreibe, den Blick auf die Ham=

burger Abdeckerei habe, die drüben mit ihrem braun-
rothen Ziegeldach aus grünen Bäumen hervor-
schaut. — —

Als wir uns, nicht ohne Anstrengung, von der
Trompete erholt hatten, und wieder — denn es
war am Sonntag Morgen — ruhig um den run-
den Tisch saßen, kündigte ich meine mitgebrachte Rari-
tät an.

„Hmm!" machte der Onkel und rauchte erst ein
paar Gedankenstriche in die Luft, „das wird wohl
wieder so etwas vom poetischen Tandelmarkt sein,
wofür wir hier keinen Absatz haben."

Ich aber ließ mich das nicht anfechten, sondern
legte meinen kleinen Pergamentband auf den Tisch.

— „Nun, das sieht denn doch wenigstens solide
aus."

Und während Tante Friede die Augenbrauen in
die Höhe zog und über die Brillengläser weg zu mir
herüberblickte, schlug ich das Büchlein auf und las:
„Regeln der vereinigten freundschaftlichen Gesellschaft,
sammt eigenhändiger Einschrift derselben Mitgliedere
Namen." — Du weißt, es sind darin nicht nur die
Namen, sondern auch die Schattenbilder der alten

Herren, sammt deren voraussetzlich nicht minder wohl-
getroffenen Haarbeuteln und Zopffrisuren.

Nun ging das Buch von Hand zu Hand; die
Groß- und Urgroßväter und -Onkel wurden auf-
gesucht und gefunden und mit kleinen über dem
Sopha hängenden Miniaturbildchen zusammengehal-
ten; zuletzt verglichen wir noch unsere eigenen lebendigen Familiennasen mit den Nasen der armen Sil-
houetten.

Schatten von Schatten! — Ueber ein halbes
Jahrhundert bestand diese freundschaftliche Gesellschaft;
aber endlich mußte doch auch sie sterben, wie sie so viele
ihrer Mitglieder hatte sterben sehen; trotz ihrer für-
trefflichen Gesetze: Paragraph 5, daß kein Rang-
streit Platz haben solle, so wenig, als ein unerlaubter
handgreiflicher Spaß, bei Vermeidung von 2 Schilling Lübisch Strafe; Paragraph 6, daß derjenige, so
übermäßig und vorsätzlich fluchet, für jeden Fluch be-
zahlen solle 1 Schilling; und Paragraph 7 — der
weiseste von allen —, daß die Gesellschaft jedesmal
nicht länger als höchstens bis eilf Uhr Abends beisammen bleibe, und zwar für Jeden bei Strafe von
1 Mark. —

„Ist mir doch mitunter," sagte ich, „als wäre ich selbst einmal dabei gewesen!"

„Oho!" rief der Onkel; und das Rothkehlchen warf die Lippen auf und sah ganz spöttisch nach mir hin.

„Nein, nein; ich meine nicht zur Zeit der Grün= dung anno 1747 —"

„Nun, das wollte ich doch auch nur sagen!" unter= brach mich die Tante und lachte ganz befriedigt.

„Nein, Tante Friede; nicht anno 1747, wo noch beliebet war, daß kein Kaffee und beim Weggehen kein hitziges Getränke außer Wein gereicht werden solle; vielmehr ist mir, als sei es an einem heiteren Julitage in den achtziger Jahren gewesen, wo aller= dings noch der Großvater ein Bräutigam war; und zwar im Hause des Urgroßvaters großmutter=mütter= licherseits. Hier ist das Schattenbild dieses kleinen behaglichen Mannes, der leider schon lange vor meiner Geburt sein darunter stehendes „obiit" er= halten hat!"

Damals aber war auch ein Tag! — Das Haus mit der Sandsteinvase auf dem spitzen Giebel, welches zu Pfingsten seinen frischen, sandgrauen Oelanstrich

erhalten hatte, schaute aus den blank polirten Fen=
stern wie die lachende Gegenwart auf die Schiffe des
gegenüberliegenden Hafens, deren Wimpel regungslos
an den heißen Masten hingen. Auch drinnen der
weißgetünchte, durch zwei Stockwerke hinaufreichende
Flur des Hauses war voll von Sonnenschein, der
durch die beiden über einander liegenden Fenster
freien Eingang hatte. Aber Alles war still und
feierlich. Der Riesenschrank, welcher, die Leinenschätze
des Hauses enthaltend, über die Hälfte der einen
Wand einnahm, war augenscheinlich frisch gebohnt,
die krausen Messingbeschläge blitzten; stattlich erhoben
sich auf seiner Bekrönung die großen blau und weiß
glasirten Vasen. Aus der offen stehenden Thür des
schmalen Wohnzimmers zogen Blumendüfte auf den
Flur hinaus; denn drinnen im Ausbau=Fenster
blühten Reseden und die Blume der alten Zeit, die
düftereiche Volkameria.

Und jetzt erscholl ein Schritt vom Hinterhause
her; begleitet von seinem Mops Fidel, der pflicht=
gemäß hinterherwatschelte, erschien der Urgroßvater,
ein wackerer Fünfziger, zierlich bezopft, im chocolade=
farbnen Rock; und nicht von ungefähr spielten seine

Finger mit der emaillirten Festtagsdose: er erwartete
„die vereinigte freundschaftliche Gesellschaft"! — Da
schlug es draußen Drei vom Thurm der alten Marien=
kirche — sie ist jetzt längst schon abgebrochen — und
der Urgroßvater zog seine goldene Uhr hervor, schälte
sie aus zwei Gehäusen und stellte dann die Weiser
nach der Kirchenuhr; denn ihm als Wirth lag heut'
die Sorge für die Beobachtung der Gesellschaftsregeln
ob; und wer allererst nicht vor einem Viertel nach
drei Uhr erschien, der mußte Strafe zahlen. Und
fast wünschte der gutherzige Mann, die Uhren der
übrigen Mitglieder möchten heut' nicht allzu richtig
gehen; war er für dieses Jahr doch auch der Rech=
nungsführer der Gesellschaft und hatte für seine Casse
zu streben, die statutengemäß um Weihnachten unter
geheim Bedürftige vertheilt werden sollte! Mit ein
paar lebhaften Schritten trat er in das Wohnzimmer
und griff nach der blechernen Büchse, die dort hinter
dem Vorhängsel des nach der Außendiele liegenden
Guckfensters stand. Er wog sie in der Hand; sie
war schon recht gewichtig; aber auch der armen Leute
waren ja so viele! Und hastig, damit von den Gästen
ihn Niemand über diesem heimlichen Thun ertappe,

nahm er eine Anzahl kleiner Münzen aus seiner
Börse und ließ sie in den Spalt der Büchse fallen.

„Und wüßten wir, wo Jemand traurig läge,
Wir brächten ihm den Wein!“

Unwillkürlich summte er das Lied seines lieben Wandsbecker Boten, welches die Gesellschaft am
Abend der Weihnachtsvertheilung bei einem Gläschen
echten Rüdesheimer anzustimmen pflegte. Singend
war er ans Fenster getreten, und im Nacken schlug
der Zopf bescheidentlich den Tact dazu; vergnüglich
blickte er durch die Blumen über die sonnige Straße
nach dem Hafen hinab, wo eben eine Menge größerer und kleinerer Tonnen in ein Helgolander
Schiff verladen wurden. Der Urgroßvater schmun-
zelte; sie enthielten freilich nicht jenen „Labewein“
vom Rhein, wohl aber das berühmte Gutbier aus
seiner eigenen Brauerei, das derzeit weit und breit
versandt wurde.

Jetzt aber rief das plötzliche Schellen der Thürglocke ihn wieder nach dem Hausflur, wo ihm zu
seinem Erstaunen ein friesländischer Seemann in
Jacke und Hose vom gröbsten blauen Wollenzeug,
mit kurz geschorenem Haar und einer Pelzmütze auf

dem Kopf, entgegentrat. Der Urgroßvater schaute
etwas unsicher auf die unerwartete Erscheinung; als
ihm aber sogleich unter lebhaften Gesticulationen
eine Begrüßung, aus wenigstens vier lebenden Sprachen zusammengemischt, entgegensprudelte, da wußte er
freilich, daß er es mit einem Mitgliede der „freundschaftlichen Gesellschaft" zu thun habe, mit seinem trefflichen Hausarzte, dem vieberufenen holländischen Doctor, der gleich vielen anderen „Patrioten" nach der
Wiedereinsetzung der Prinzessin von Oranien seine
Heimath verlassen und in unserer guten Stadt sich
rasch zum Modearzt emporgeschwungen hatte. Lachend schüttelte er ihm jetzt die Hände.

„Alle Tausend, Doctor! Was habt Ihr da nur
wieder ausgeheckt!"

Der Doctor aber that gar nicht, als ob was
Auffälliges an ihm zu sehen sei. Hatte er doch kurz
zuvor in blausammtner Husarenuniform, mit Säbel
und goldbequasteten Stiefeln, und ein ander Mal
im schwarzseidenen Costüm eines französischen Abbé
dem Publicum der kleinen Stadt mit Glück zu im-
poniren gewußt. — So ließ denn auch der Urgroßvater es bei seiner einmaligen Verwunderung bewen-

ben und verschwand mit seinem, übrigens grundge-
lehrten, Gaste in dem Hinterhause, wo im oberen
Stockwerk der Gesellschaftssaal belegen war.

— — Von droben, durch das über der Thür
des Wohnzimmers befindliche Kammerfenster, hatten
zwei blaue Mädchenaugen aus einem blonden, leicht=
gepuderten Köpfchen neubegierig und lachend auf den
Flur hinabgeblickt. Es war das Haustöchterchen,
meine Großmutter, die dort noch bei ihrer Toilette
säumte. Sie hatte keine Eile; denn auf den liebsten
Gast, den Großvater, dem sie, sobald die Astern
blühten, ihre Hand am Altare reichen sollte, hatte
sie heute nicht zu hoffen, da ihn Geschäfte in der
benachbarten Handelsstadt zurückhielten. Aber wußte
sie ihn doch auch dort bei guten Freunden wohlbe=
halten!

Wieder schellte es unten; und eine breite unter=
setzte Gestalt mit fleischigen, stark gerötheten Wangen,
in Zopfperrücke und lederfarbnem Rock, schob sich
zur Thür hinein. Es war der Herr Zoll= und Schloß=
verwalter; er stützte sich auf sein langes Rohr und
pustete mächtig, während er mit dem Schnupftuch
den Schweiß sich von der Stirn trocknete. — Das

Großmütterchen lächelte: der Mann hatte einen so
seltsamen Beinamen — der „Ballenfräter" hieß er
— sie hatte als Kind ihn selbst einmal danach
gefragt.

Und wieder läutete die Thürglocke. Eine statt-
lichere Erscheinung, ihr Großonkel, der alte Herr Ober-
und Landgerichtsadvocat, war eingetreten, der allein
von allen Mitgliedern noch die große Lockenperrücke
auf seinem schönen ausdrucksvollen Haupte trug.
Das Großmütterchen liebte ihn sehr, diesen Helfer
der Bedrängten; und fast hätte sie ihn angerufen.
Aber eben legte er lächelnd seine Hand auf die Schulter des kleinen Schloßverwalters, und Beide schritten
nun dem Hinterhause zu.

Droben am Fenster war der hübsche Mädchenkopf verschwunden; die Inhaberin desselben hatte sich
in die Tiefe der Kammer zurückgezogen. Sie saß
mit aufgestütztem Arm vor ihrem Toilettentischchen
und blätterte in einem winzigen pergamentnen Gold-
schnittbändchen, das ihr vor Kurzem der Bräutigam
gebracht hatte. Es war der mit Hölty's Bildniß
geschmückte Jahrgang des Boßischen Musenalmanachs.
— Wie ernst und früh gealtert erschien ihr das

Antlitz des so jung verblichenen Dichters; und welche
Friedhofsstille war. in seinen Liedern! — — Doch
jetzt gerieth sie in die vielgerühmte Ballade Friedrich
Stollberg's: „Hört ihr lieben deutschen Frauen,
die ihr in der Blüthe seid!" — Zu grausam war
es doch, und ihr junger Busen wallte von Mitgefühl,
daß die treulose Ritterfrau so Tag für Tag aus dem
Schädel ihres getödteten Buhlen trinken mußte! Aber
— ja so! — sie wurde doch, dem Himmel Dank, von
ihrem beleidigten Eheherrn noch zur rechten Zeit zu
Gnaden wieder angenommen! — Dem Großmütterchen fiel es im Traum nicht ein, daß auch sie selber
zu den deutschen Frauen gehöre, denen der ungalante
Dichter diesen Schädel zum Exempel aufgestellt hatte;
sie wäre arg erschrocken, hätte ihr Jemand das gesagt. Es ging sehr schön zu lesen; aber es war ja
doch nur eine Geschichte, weit ab von ihr und ihrer
Welt! — Dagegen ein paar Seiten weiter, wo der
lila Seidenfaden eingelegt war: „Blühe, liebes
Veilchen", das kleine süße Lied von Overbek, das sie
schon selbst an ihrem grün lackirten Clavier gesungen
hatte, das freilich, das war wie nebenan im Nachbar-
gärtchen nur gewachsen! —

Oftmals hatte indessen unten im Hausflur die Thürschelle geläutet; immer neue Gäste waren eingetreten, geistliche und weltliche, gelehrte und ungelehrte, Träger von Namen, die durch viele Geschlechter an der Spitze des städtischen Lebens gestanden hatten, und welche jetzt die neue rasch lebende Zeit spurlos hinweggefegt hat.

Und nun knarrte auch oben die Kammerthür; ein kleiner Schritt klapperte die Treppe herab, und da stand es unten auf dem Flur, das Großmütterchen; eine zierliche Gestalt, hausmütterlich ein weißes Schürzchen vorgebunden, das Brusttuch mit einer Rosenknospe zugesteckt. — Schon trat sie auf die Fallthür des Kellers, welche den Auftritt zum geräumigen Pesel* bildete; da schellte es noch einmal, und zugleich auch hörte sie von dort her ihren Namen rufen.

Ein alter Herr in dunkler Kleidung, mit seinem weißen Jabot, war eingetreten; der Vater ihres Bräu-

---

* In den älteren Häusern das die ganze Breite einnehmende Gemach, gewöhnlich nach hinten belegen und mit steinernem Fußboden, worin die Feste gefeiert wurden und die Todten ausstanden. Später wurde vielfach noch ein Flügel für Gesellschaftsräume angebaut.

tigams, ein hochangesehener Kaufherr und Rathsverwandter dieser Stadt. Wenn unter den starken
Brauen nicht die schönen blauen Augen gewesen wären, der strenge Mund hätte leicht ein junges Wesen
zurückschrecken können; aber sie wußte wohl, daß sie
sein Liebling war; und schon hing sie an dem Arm
des alten Mannes.

„Nicht wahr, Papa, Sie haben mir etwas mit-
gebracht?"

Er zog schweigend die goldene Tabatiere aus der
Schooßtasche seiner Weste und bot ihr eine Prise.

„Aber, fi donc, Papa! Sie wissen besser, was
ich meine!"

Der alte Herr lächelte. „Seit wann ist deine
Französin entlassen, Tochter? du hast dein vocabu-
laire noch nicht vergessen."

— „Papa, Sie dürfen mich nicht necken!"

„Aber du, eines Kaufherrn Braut; und weißt
noch nicht, daß heut' kein Posttag ist!"

— „Ach!"

„Nun, Geduld nur, Töchterchen, und Köpfchen in
die Höh! Wer weiß, was mit Gelegenheit geschehen
kann! Unser Herr Stadtsecretär soll ja heut' noch

von der Reise kommen." — Und er streichelte die
Wange seines Lieblings.

Da schlug draußen vom Thurme die Viertelsglocke.
„Papa, machen Sie rasch; sonst setzt es Strafe!"
Der alte Herr aber hielt sein Schwiegertöchterchen
an der Hand zurück. „Laß nur, mein Kind; wir wollen
doch deinem Papa sein Späßchen nicht verderben."

Langsam durchschritten sie den düsteren mit Fliesen
ausgelegten Pesel, dessen hohe Fenster nach einer engen
sonnenlosen Twiete hinauslagen; einem so alten Gäß-
chen, daß nach der Chronik ein dort einstmals ver-
übter Mord noch durch die Mannbuße war gesühnt
worden; dann traten sie durch eine Flügelthür in
den Flur des Hinterhauses. Schon ehe sie hier die
Treppe hinaufstiegen, hörten sie von droben den lebhaften Discurs der versammelten Gesellschaft. Oben
angekommen aber, ließ das hübsche Kind den Herrn
Schwiegerpapa allein in den Saal gehen; sie selbst,
während von dort neben dem Scharren der Kratzfüße
auch das Rasseln der unerbittlichen Blechbüchse erscholl, trat gegenüber in die offene Thür der Geschirr-
kammer, wo sie auf einem der Binsenstühle ein
verwachsenes Männlein in zeisiggrünem Rocke hatte

hucken sehen. Jetzt sprang es mit devotem Bückling
auf, schüttelte sein dürftiges Zöpflein und fuhr dabei
mit den langen Fingern säubernd über seine breiten
Aermelaufschläge.

„Mach Er nur keine Umstände, Meister," sagte
das Großmütterchen; „ich wollte mich nur nach seiner kleinen Stina bei Ihm erkundigen."

Und während das Männlein ihr ein Breites über
sein kümmerlich Würmchen vorklagte, hatte sie, weh-
leidig wie sie war, sich abgewandt, indem sie eifrig
in ihrem Täschchen suchte. Und bald zog auch der
Meister ein mageres Lederbeutlein hervor und schob
zwei blanke Silbermünzen zu der darin befindlichen
kupfernen Gesellschaft. Dabei hatte er ein feines
Scheerchen auf den Tisch gelegt; denn er betrieb außer
seiner Flickschneiderei auch noch eine höhere Kunst;
er war ein beliebter Silhouetteur und auf heute bestellt, um den kleinen Stadtwagemeister, ein neues
Mitglied, für das Buch der Gesellschaftsregeln aus-
zuschneiden. Das gute Meisterlein wollte durchaus
zum Beweise seiner Dankbarkeit auch die Silhouette
der liebwerthesten Demoiselle anfertigen; und wirklich
ist sie später von seiner Hand als einziges Damen-

Conterfei unter die Mitglieder der freundschaftlichen Gesellschaft. aufgenommen; für jetzt aber entschlüpfte ihm das Großmütterchen und trat gegenüber zu den Gästen in den Saal.

Es war ein besonders tiefes, geräumiges Gemach; die Decke mit schwerer Stuckatur verziert, die weißen Wände mit Kupferstichen in den verschiedensten Manieren und einzelnen Pastellbildern fast bedeckt. — Der kunstliebende Hauswirth hatte sich so eben den hagern Propsten eingefangen und demonstrirte mit ihm vor dem neu erworbenen Chodowiecki: „Ziethen sitzend vor seinem Könige." Daneben unter Berghemschen Landschaften sah man zwei schöne Stiche nach Guercino: „Abram ancillam Agar dimittit" und „Esther coram Asuero supplex". Unweit davon, in Rothstiftmanier, hing ein Blatt, dem gewiß keine gefühlvolle Seele vorbeiging, die je bei Miller's berühmtem Siegwart Trost in Thränen gefunden hatte. Von zwei grimmig blickenden Mönchen wird eine in spanischer Männertracht entflohene Nonne in ihr Kloster zurückgeführt; die in zierlichen Schleifenschuhen steckenden Füßchen schreiten wie in Todesangst; entsetzt unter dem breiten Federhut

blicken die Augen aus dem Bilde heraus. — „Und nun
soll sie lebendig eingemauert werden!" So hatte oft
das Großmütterchen ihren Freundinnen das Bild er-
klärt. „Seht nur, dort wird schon an dem Glocken-
strang geläutet!" — Doch was hier erregt wurde,
war nur das Grauen vor den Menschen. Dort neben
dem Ofen aber, wohin bei Tagesabschied zuerst die
Schatten fielen, befand sich ein kleineres Bild, dem
selbst die heiteren Augen des Großmütterchens nicht
gern begegneten, wenn sie um solche Zeit allein das
abgelegene Festgemach betreten mußte. Die jugendliche Frauengestalt in der düsteren Kammer schien
wie unbewußt vom Schlafe auf das Ruhebett hinge-
worfen; der Kopf mit dem zurückfallenden Haar hängt
tief herab. Auf ihrer Brust huckt der Nachtmahr
mit großen, rauhen Fledermausflügeln. Sie vermag
kein Glied zu rühren; vielleicht geht ein Stöhnen
aus ihrem geöffneten Munde; hülflos in der Einsamkeit der Nacht ist sie ihm preisgegeben. Nur
durch den Vorhang sieht der wild blickende Kopf eines
Rappen, der ihn hierher hat tragen müssen, der selbst
nicht von der Stelle kann. — Zwar dem Großmütterchen war dergleichen niemals widerfahren; aber

des Bräutigams Schwester hatte erzählt, wie einmal
von ihrem Nachttisch solch' Unwesen im Traum ihr
auf die Brust gesprungen sei; und auch von den
Brauknechten hatte sie gehört, daß mitunter der Nacht=
mahr die Pferde auf den Weiden reite, wo es denn
tausend Noth mache, die verfilzte Mähne wieder
aufzulösen, in welcher er beim Ritt sich mit den
Krallen festgehalten. Jedenfalls, die Sache hatte ihren
Haken!

Doch heute war Gesellschaft und fröhliches Leben
in dem großen Saale; und der Nachtmahr hing ganz
unbeachtet in seiner Ofenecke. Die beiden Fenster
zwar gingen, wie unten die des Pesels, auf die enge
Twiete; aber es war trotzdem nicht unfreundlich hier;
ein Sonnenstreifchen, das durch die höchste Eckscheibe
des einen Fensters hereinglänzte, erinnerte an den
Sommertag da draußen und ließ hier innen die
Kühle doppelt labend empfinden.

In der Tiefe des Zimmers war der Kaffeetisch
servirt. Daneben stand die Urgroßmutter, eine noch
immer hübsche Frau, deren feiner Kopf jedoch heute
einen fast zu hohen Bau aus Spitzen und Gaze zu
tragen hatte. Ihre eine Hand ruhte auf dem Griff

der Porcellankanne, aus der sie schon die runden
Täßchen vollgeschenkt hatte, mit der anderen drohte
sie, nicht gerade gar zu ernsthaft, dem eben eingetre=
tenen Töchterchen.

Ein überfliegendes Roth machte ein paar Secun=
den lang die jungen Augen dunkeln. „Verzeihen
Sie, Mama!" Dann nahm sie geschickt das große
Präsentirbrett, auf dessen schwarz lackirter Fläche sich
ein Muster von kleinen Rosenbouquets zeigte, und
bot mit wohlgeschultem Kniz einem jeden Gast sein
Schälchen dar, wobei sie auf die zierlichen Scherze
der älteren Herren über das nun bald erwünschte
Ende ihrer Brautschaft eine noch zierlichere Erwiede=
rung nicht schuldig blieb.

Und alsbald, unter den belebenden Duftwolken
des javanischen Trankes, erscholl das gesellige Klirren
der Tassen und Löffelchen; wäre ein Canarienvogel
hier gewesen, er hätte jetzt unfehlbar seinen Sang
erschallen lassen. Selbst der Herr Zoll= und Schloß=
verwalter erhob sich von dem Toccadilletische, an dem
er, den Würfelbecher in der Hand, bis jetzt sich aus=
geruht hatte. Das derzeitige Thema des Stadtge=
sprächs kam aufs Tapet. Stimmen waren laut ge=

worden, welche die Baufälligkeit des hohen Kirch=
thurmes behaupteten, ja den Abbruch der ganzen
Kirche forderten, und schon circulirte der erste Spott=
reim, gleichsam die Ueberschrift zu den vielen anderen,
womit nachmals die kleine Stadt ihr eignes Thun
verhöhnte, als sie mit unsäglicher Mühe ihr ältestes
Baudenkmal zerstörte.

„De Tönninger Thorn is hoch un spitz;
De Husumer Herrn hemm Verstand in de Mütz!"

Wo kam das her? Wer hatte es gemacht? Nie=
mand wußte es. Aber es traf; ein lebhaftes Für
und Wider erhob sich und wogte durch den Saal.

Inzwischen war, fast ungesehen, noch ein letzter
Gast eingetreten, nach welchem unter Herzklopfen und
— es ist nicht zu verschweigen — ganz unbekümmert
um den alten Kirchthurm, schon längst zwei junge
Augen ausgeblickt hatten. Zierlich, wie immer, ob=
gleich eben von der Reise kommend, begrüßte der ga=
lante Herr Stadtsecretär die versammelte Gesellschaft.
Zum Leidwesen des Hauswirths war seine Verspä=
tung schon im Voraus entschuldigt worden; und
jetzt nahte er sich mit höflicher Verbeugung der Toch=
ter des Hauses, die eben allein am Kaffeetische stand.

„Mamſell Lenchen!" flüſterte er und legte leiſe
etwas vor ihr auf die Damaſtſerviette; „ein Billet-
doux vom Herzallerliebſten; Alles wohl und munter!"
— Und als ſie glücklich lächelnd aufblickte, ſah ſie
die dunklen Augen ihres Schwiegervaters auf ſich
gerichtet. Ihr freundlich zunickend, hielt er einen
Brief empor, den auch er ſoeben durch den gefälligen
Reiſenden erhalten hatte. Aber ſie ſchüttelte den
Kopf: „Ich tauſche nicht, Papa!" Und ſorgſam barg
ſie ihren Brief unter der Roſe ihres Bruſttuchs.
— — „Ei der Tauſend! Der grüne Schneider
draußen wäre ja faſt vergeſſen!" Der Hauswirth
rief es, und ſofort auch holte er ihn herein; und bald
ſaß der Stadtwagemeiſter mitten im Zimmer auf einem
Stuhl, daneben auf einem anderen der grüne Künſtler,
mit Eifer an ſeinem Werke arbeitend. Es wollte
indeſſen nicht wie ſonſt gelingen; ſchon zum zweiten
Male wurde ein friſches Papierblättchen hervorgezogen.
„Aber Herr Wagemeiſter!" rief der Hauswirth,
der theilnehmenden Blicks der kleinen Scheere folgte,
„Sie bekommen eine doppelte Naſe, wenn Sie nicht
ruhig ſitzen!"
„Freilich, freilich! Bitte ſubmiſſeſt!" accompa-

gnirte der arme Künstler, indem er unruhig die Beine unter seinem Stuhle kreuzte.

Der Herr Wagemeister räusperte sich verlegen; er hatte gegen den bösen Fluß eine getrocknete Kröte auf der Brust sitzen, die plötzlich an zu rutschen fing.

„Nur Contenance, Meister!" rief der Hauswirth. „Herr Stadtsecretarius! Ei, helfen Sie mir doch, hier unseren Freund ein wenig festzuhalten!"

Der Herr Stadtwagemeister protestirte lebhaft und wollte solches Beginnen als einen „unerlaubten handgreiflichen Spaß" und als den Regeln der freund= schaftlichen Gesellschaft ganz zuwiderlaufend angesehen wissen. Aber der muntere Hauswirth berief sich auf den Entscheid der Gesellschaft, und als diese die Sache außer allem Spaß, ja es sogar für die ernteste Pflicht eines jeden Mitgliedes erklärte, ein naturge= treues Conterfei in das Buch der Gesellschaftsregeln zu liefern, da biß der kleine Wagemeister die Zähne zusammen, hielt sich baumstill und ließ die Kröte rutschen. Saßen doch die Knieschnallen fest genug, daß sie nicht etwa dort zum Vorschein kommen konnte! — Das freilich wäre fürchterlich gewesen; denn ihm gegenüber, sein Kaffeeschälchen in der Hand, die Pelz=

mütze noch immer wie festgenagelt auf dem Kopfe,
saß der holländische Doctor, ein Mensch ohne alle
Egards und Lebensart. — Freilich war es um mehrere Jahre später, als er bei Gelegenheit der jähr-
lichen Schulreden im gefüllten Rathhaussaale das
Katheder beschritt, im Leidner Redecostüm, in Frack
und Schuhen, mit dem Degen an der Seite und
dreieckigem Hute auf dem Kopf, um, wie er sich un-
höflicher Weise ausdrückte, „den dummen Thieren" in
puncto der Jennerschen Vaccine einige Wahrheiten ein-
zuimpfen. Soviel aber wußte schon damals der Herr
Stadtwagemeister, daß dieser Holländer Alles, was
ihm beliebte „medicinischen Aberglauben" zu tituliren,
mit einer schauderhaften Rücksichtslosigkeit verfolgte.

So nahm er sich denn zusammen, bis der grüne
Künstler das wohlgelungene Bildchen mit zweien seiner langen Finger stolz dem Tageslicht entgegenhielt;
und so ist denn, wie der Urgroßvater zu sagen pflegte,
auch „das Hammelgesicht" dieses kleinen Mannes
für die Nachwelt gerettet worden.

Aber das Großmütterchen! Wo war das Großmütterchen indeß geblieben? —

III.

In Großvaters Hause.

Während bei dem Urgroßvater sich das Leben in
die kühle Tiefe des Hauses zurückgezogen hatte, saßen
die Bewohner der Nachbarhäuser im Schatten wohl-
gestutzter Linden vor der Thür auf ihren Bänken.
Beim Nachbar Krämer saß der Nachbar Schlachtere
sie hatten mit Stahl und Feuerschwamm eben ihr;
Kalkpfeifen in Gang gebracht und den Kopf derselben
sorgfältig mit einem Drahthütchen versichert, und
schauten nun, ohne viel überflüssige Worte, auf das
Treiben am Hafen und auf die jenseits liegende
Schiffswerfte, von wo die tactmäßig herüberschallenden
Hammerschläge ihnen die beruhigende Versicherung
gaben, daß doch die Zeit nicht ungenützt entfliehe. —
Daneben lag das Bäckerhaus; die Heißewecken und
Eiermahne waren ausverkauft; die Bäckerfrau und

ihre dicke Schwester mit dem runden rothen Gesicht
in der schneeweißen Mützenkrause, „Fru Nawersch"
und „Jungfer Möbbern", saßen sich gegenüber auf
den vorspringenden Beischlägen; aber das emsige Na-
delklirren ihrer großen Strickzeuge verstummte all-
gemach; denn, von Sommermüdigkeit übernommen,
waren die Hände der guten Frauen in den Schooß
gesunken, während der Kopf über den vollen Busen
nickte. — Vor dem Wohnkeller des Hauses, zwischen
den schwarzen jütischen Töpfen, welche auf der nie-
dergeklappten Schlußluke feilgestellt waren, saß spin-
nend die weiße Katze des Kellermanns; mitunter bog
sie den Kopf zurück und rieb ihr rosiges Näschen an
den gesalzenen Stockfischen, die vom Rande des Vor-
baues herabbaumelten. Kinder waren nicht zu sehen;
die kleinen hielten Sommerschlaf in ihren Bettchen,
die größeren waren noch in der Schule; nur drüben
vom „Helling" tönten ununterbrochen die gleichmä-
ßigen Hammerschläge.

Da ging ein junger flüchtiger Schritt am Hause
vorüber. „Fru Nawersch" und „Jungfer Möbbern"
erwachten, die Stricknadeln fingen mechanisch wieder
an zu klirren; Jungfer Möbbern hob ihre schwere

Laſt ein wenig von dem Beiſchlag auf und ließ ſie
wieder ſinken, indem ſie tief ſchmunzelnd einen Gruß
auf die Straße hinausnickte. „Mamſell Febberſen!"
flüſterte ſie ihrer Schweſter zu, die mit kleinen Au=
gen zu ihr hinüberſtarrte.

Und richtig! Es war das Großmütterchen; in
leichter Kontuſche eilte ſie vorüber. — —

Nebenan in der Gaſſe, die kaum hundert Schritte
weiter von Norden her in den Hafenplatz ausmün=
det, lag das neuerbaute Haus des Großvaters, in
welchem zur Zeit noch eine Schweſter ihm die Wirth=
ſchaft führte. Anders als das gegenüberliegende ſei=
nes Vaters und die übrigen alten Giebelhäuſer in
der Stadt, kehrte es der Straße eine breite Façade
zu, aus deren Mitte über dem Kellergeſchoß eine
mächtige Steintreppe vorſprang. Kein düſterer Pe=
ſel, keine entlegenen Kammern befanden ſich darin;
die Fenſter gingen entweder auf die helle Straße oder
hintenaus ins Grüne, auf den Hof und den da=
nebenliegenden Garten; auch die Räume der beiden
unteren Hausböden empfingen ihr Licht durch ſtatt=
liche Fenſterreihen des Giebels, der mit ſeiner ge=
ſchnörkelten Sandſtein=Bekrönung in der Mitte des

Hauses aufstieg. Hart daran lag das Packhaus mit
Fahrpforte und Eingangsthür. — Der Urgroßvater
drüben hatte im vorletzten Sommer Alles für den
Sohn vollenden lassen, während dieser zu seiner kauf-
männischen Ausbildung die Handelsstädte Frankreichs
besuchte und entzückte Briefe über den milden Him-
melsstrich nach Hause schrieb; ja, auf den Promena-
den von Bordeaux, wo er derzeit weilte, hatte er
einmal die linde Sommernacht auf einer Gartenbank
verschlafen.

Aber jetzt war er wieder in der Heimath; sein
Haus stand aufgerichtet und harrte nur der jungen
Frau. Und eben war diese, für jetzt zwar eine
Braut noch, von hinten durch die Hofthür eingetreten. Sie hatte in den unteren Zimmern vergebens
ihre junge Stellvertreterin gesucht; jetzt ging sie oben
in den hellen Saal, an dessen tapezirten Wänden
schon mancherlei Geräthe für die junge Wirthschaft
aufgestellt war. Flüchtig sah sie ihr frisches Antlitz
in den Spiegelscheiben des Mahagonischrankes vor-
überwandeln, dessen Aufsatz mit vergoldeten Vasen
und Guirlanden geschmückt war; dann trat sie in
das Nebenzimmer, wo Reiseerinnerungen ihres Bräu-

tigams, die Vernet'schen Ansichten der französischen
Hafenplätze, an den Wänden hingen. Aber auch hier
fand sie die Gesuchte nicht. — Als sie in den Saal
zurücktrat, wäre sie fast erschrocken; eine lebensgroße
weiße Gestalt, in der ausgestreckten Hand eine Schale
haltend, stand ihr gegenüber auf dem zierlichen Un-
tersatz des Ofens, der auf breiten Marmorfliesen
ruhte. Sie mußte lachen; es war ja die Hygiea,
welche man, wie ihr wohl bekannt war, gestern erst
hier aufgestellt hatte; an der sie vorhin, ohne umzu-
blicken, vorbeigegangen war.

Sie stand auf gutem Fuß mit dieser Göttin der
Gesundheit, „der schönaugigen Beisitzerin des Apollo,
ohne welche Niemand glücklich ist"; sie war eine der
Auserwählten, die aus ihrer Schale einen vollen
Trunk gethan. — Hochaufathmend in Glück und Le-
bensfülle trat sie an eines der Fenster und blickte
in die Sommernacht hinaus. Jenseit der Stadt,
wohinaus der Blick über die niedrigen Häuser der
vorliegenden Nebengasse frei war, zwischen dem grünen Festlande und der Nachbarinsel, breitete sonnen-
funkelnd sich die Rhede aus; kaum erkennbar aus
dem Geflimmer ragten die Masten eines großen

8*

Schiffes, einer Brigg ihres Schwiegervaters, die, von glücklicher Fahrt zurückgekehrt, seit Kurzem dort vor Anker lag. Die junge Frau des Capitäns hatte die Reise mitgemacht; und lebhaft wünschte sich das Großmüttterchen das große Teleskop von der Bodenkammer ihres Schwiegervaters, um einmal nach ihr auszuschauen. Denn sie kannte sie wohl, die schlanke grauäugige Insulanerin; hatte sie doch letzte Woche erst mit Bräutigam und Schwiegerin einen Besuch an Bord gemacht; und welch' ein angenehmer Nachmittag war das gewesen! Vorüber an der Schiffswand hatten sie den Tümmler tauchen, durch den Tubus des Capitäns die Robben auf dem fernen Sande schlafen sehen; zu guter Letzt hatten sie auf Deck, während die Seeschwalben über ihnen gaukelten, nach der Violine des Leichtmatrosen einen Englisch-Shake getanzt. — Wo waren hier noch Schatten?

Und doch, das Geschenk der Hygiea ist ein verhängnißvolles; wer zu tief aus ihrer Schale trinkt, der muß alle Augen brechen sehen, die ihm in süßer Jugendzeit gelacht. Aber auch dann noch zeigt sich die Gunst der milden jungfräulichen Göttin. Sie selbst, die das erfahren müssen, haben ihre heiteren

Augensterne auf die Gegenwart gerichtet; die Gespen=
ster der Zukunft haben keine Macht über sie.

Das Großmütterchen stand noch am Fenster; sie
blickte jetzt hinunter in die Straße nach dem vor=
springenden Ausbau des schwiegerelterlichen Hauses;
aber sie sah hinter den spiegelblanken Fenstern nicht
das Lailach wehen, das, wie bald! durch seinen
Schatten den Sarg eines gütigen und für das Leben
selbst geschaffenen Mädchens mit jener herzerdrücken=
den Dämmerung umgeben sollte, die auf die Nacht
des Grabes vorbereitet. — Sonnig und schweigend
lagen die Räume um sie her, in denen, weit über
ein zweifaches Lebensalter hinaus, alles Menschen=
geschick über sie ergehen sollte; aber kein unheimlicher
Nebel kroch aus den Ecken, kein Schrei hallte vor=
spukend durch das Treppenhaus hinauf. Lachend
nickte sie dem neu erhobenen Götterbilde zu, und
flog dann die Treppen hinab, leicht, wie sie gekom=
men war.

Im Kellergeschoß kam hinten aus der Gesinde=
stube die Köchin im buntgestreiften Wollenrock und
berichtete von unten herauf, daß die Mamsell „nur
ein Gewerbe ausgegangen" und bald wieder da sein

werde. — Das Großmütterchen ging wieder aus der
Hofthür, dann rechts ein Steintreppchen hinauf in
den Garten, wo zwischen gefälligen Partien im Jas=
mingesträuche das in Holz geschnitzte Bildniß einer
Flora stand. Eine weitere Treppe, deren Geländer
auf buntfarbigen Stäben ruhte, führte sie in den
Obergarten. Hier waren noch die steifen grablinigen
Rabatten, der breite Steig dazwischen mit weißen
Muscheln ausgestreut; perennirende Gewächse mit
zarten blauen oder weißen Blumen und leuchtend
gelben Staubfäden, andere mit feinen röthlichen
Quästchen oder mit Blumen, wie aus durchsichtigem
Papier geschnitten, dergleichen man nur noch in alten
Gärten findet, daneben gelbe und blutrothe Nelken
blühten hier zu beiden Seiten und verhauchten ihren
süßen Sommerduft.

Zu Ende des Steiges in der jungen Lindenlaube
saß jetzt das Großmütterchen. Sie zog unter ihrem
Brusttuche den dort verwahrten Brief hervor, den
sie freilich schon daheim im Kämmerchen erbrochen
und gelesen hatte. Aber das war ja nur das erste
Mal.

„Mein theures liebes Lenchen!" — so lasen

ihre Augen und leise sprachen es die jungen Lippen
nach —

„Den besten Dank für Ihre liebe und wärme-
volle Zuschrift! Noch nie ist mir bei Eröffnung eines
Briefes so wohl gewesen, und nie las ich mit meh-
rerer Begierde einen Brief als diesen.

„Meine gütige Wirthin hatte mir soeben ein
Gläschen eingeschenkt, das auf unser beiderseitiges
Wohlergehen geleeret werden sollte; und da wir uns
just von Ihnen, meine Liebe, unterhielten, ich mein
Glück und meine erwünschte Wahl so mit vollen
Empfindungen schilderte, da trat Vetter Asmus her-
ein, nach dem ich mich schon verschiedentlich erkundigt
hatte, und brachte mir Ihren so werthen Brief.

„Siehe da — es wurde eine Stille — ich er-
brach ihn; ein Jeder hielt sein Gläschen in der Hand
und erwartete das Ende, um sich nach Ihrem Wohlbefinden zu erkundigen.

„Mit voller Freude rief ich aus: Mein gutes
Mädchen ist, dem Himmel sei gedanket, wohl! So
lebe denn Ihre liebe Braut! — Wir klingten an;
und es wurde Jubel um uns her.

„Heute bin ich wahrlich so recht seelenvergnügt, da

mir die Nachricht von Ihrem Wohlbefinden noch so
neu ist. — Wenn ich gleich, meine Beste, die Abende
niemalen in der Einsamkeit zubringe, so fühle ich doch
immer, daß mir Ihre schätzbare Gegenwart fehlt. Doch
die Hälfte der Zeit ist verflossen, und binnen wenig
Tagen sehen wir uns wieder und genießen in einer
unzerstörbaren Ruhe die echten Freuden dieses Lebens,
wogegen alles Andere hienieden doch — — — — —
und glauben Sie, daß ich ewig bin

Ihr zärtlich liebender — — "

Lächelnd und immer tiefer senkte sich der Kopf der
jungen Leserin auf das Blatt in ihrer Hand, als
hätten die lieben Worte sie zu sich herabgezogen. Sie
hörte nicht den jugendlichen Schritt, der jetzt über
die knirschenden Muscheln sich ihr nahte, nicht das
rasche Zuschlagen eines Fächers; erst, als ein Arm sich
um ihren Leib legte, blickte sie tief aufathmend in die
ernsten Augen ihrer Schwiegerin.

Das Großmütterchen wollte ihren Brief verber-
gen; aber es gelang ihr nicht. „Mädchen, springe
mir nicht so um den Busch!" rief die Schwester; und
schon hatte eine kleine resolute Hand die ihre einge-

fangen. — Bald faßen die Mädchen, Wang' an Wange lehnend, und studirten nun gemeinschaftlich den Brief des ihnen beiden theuren Mannes. Standen doch auch praktische und sehr zu erwägende Dinge darin; denn wie viele Aufträge hatte der Gefällige nicht bei der Abreise in seinem Promemoria notiren müssen, für deren manchen ein männlicher Verstand nicht ein= mal reichen wollte! Zwar die Hummer für die liebe Frau Wirthin waren richtig angekommen, und den Fuhrlohn und das Futtergeld für unterwegs hatte er sofort mit dem Fuhrmann abgemacht; auch der kirsch= rothe Taffet sollte mit Vergnügen besorget werden; aber wie sich die „florenen Fomeln" in dem letzten Briefe zu den zwei Ellen Milchflor in seinem Prome= moria verhielten, das war selbst dem Scharfblick der Liebe unentwirrbar geblieben.

Ein Lächeln mitleidiger Ueberlegenheit flog über das Gesicht der Mädchen. Wie man nur so was nicht verstehen konnte!

Der Brief war ausgelesen. — Auf dem ein wenig schärfer umrissenen Antlitz der Einen, unter den dunklen Brauen in ihren klugen Augen lag es plötzlich wie scheidender Abendstrahl; wie aus dunklem

Antrieb schlang sie ihren Arm noch fester um die jüngere Freundin. So saßen sie schweigend, Jede ihren eigenen Gedanken lauschend.

Und leise über sie hin strich die Zeit. Sie wehte den Puder aus ihren blonden Haaren; sie blies unmerklich, aber emsig von dem einen jungen Antlitz das Roth des Lebens, um es einer frühen Vergessenheit zu überliefern. Aber die Augen der Braut lachten vor Seligkeit.

* * *

„Ja", sagte der Onkel — denn wir befinden uns noch immer an dem runden Tisch des Onkels — indem er die Pfeife absetzte und wie zu plötzlich vertraulicher Mittheilung sich gegen den geduldig zuhörenden Vetter neigte. „Hat er uns doch nicht richtig angeführt! Was habe ich Euch gesagt? Lauter Dunst und Phantasie!" — Ich hatte die Briefstellen vorhin aus dem Gedächtniß angeführt; jetzt zog ich das dir bekannte „Promemoria" des Großvaters aus der Tasche, in welchem noch ein Theil des großelterlichen Briefwechsels aufbehalten ist. Wie in dem

fahlen Gelb des seidenen Umschlages das einstige
Rosa, so läßt sich in dem darauf gestickten Tempel
mit dem flatternden Taubenpaare die zärtliche Be=
stimmung nicht verkennen, welche die Verfertigerin
einst dieser Arbeit gab.

Mit gespannten Augen blickte Tante Friede über
ihre Brillengläser nach dem verblichenen Kunstwerke,
mir zugleich, in richtiger Erkenntniß meines Vor=
habens, ihre freundliche Parteinahme zunickend. Ich
aber hatte indeß aus den auf rauhem Papier ge=
schriebenen Blättern, an welchen noch überall die
kleinen rothen Familiensiegel haften, den vergilbten
Liebesbrief des Großvaters hervorgesucht und legte
ihn jetzt schweigend vor dem Onkel auf den Tisch.

Da mußten Alle Respect haben; das war heiliges
Papier. — — —

IV.

Staub und Plunder.

Ich saß im Obergarten in der Lindenlaube; sie
war von dem alljährlichen Kappen jetzt so verästet,
daß es kaum noch des Laubes beburfte, um die Son-
nenstrahlen abzuhalten. Die alte Zeit war aus; die
einst fast mit der Stadt zugleich entstandene Kirche,
vor meiner Geburt schon, glücklich abgebrochen; an
Stelle des altehrwürdigen Baues stand jetzt ein gelbes,
häßliches Kaninchenhaus mit zwei Reihen viereckiger
Fenster, einem Thurm wie eine Pfefferbüchse und
einem abscheulichen, von einem abgängigen Pastor
verfaßten Reimspruch über dem Eingangsthore, einem
lebendigen Protest gegen alles Heidenthum der Poesie.
Die Denkmäler und Kunstschätze der alten Kirche
waren auf Auctionen verkauft oder sonst verstreut;
die schöne Kanzel war zertrümmert, den Altar aus

Hans Brüggemann's Schule hatte ich selbst als
Knabe in dem Pesel einer Branntweinsschenke stehen
sehen, wo er unbeachtet allem Unfug preisgegeben
war, bis er schließlich noch in einer Dorfkirche Unter-
kommen fand; die einst zur Seite des Altars befindliche Monstranz, ein kostbares Schnitzwerk von des
großen Husumer Meisters eigner Hand, war spurlos
verschwunden; nur das Muttergottesbild derselben
war fast ein halbes Jahrhundert nach dem Abbruch
der Kirche zwischen staubigem Gerümpel eines Haus-
bodens von einem kunstsinnigen Dänen aufgefunden
und dann für immer der Vaterstadt des Meisters
entführt worden. Keine Spur seines Lebens war in
ihr zurückgeblieben, keine Spur jener Kunst, die besonders in unserem Lande sich einst zu einer Haus-
kunst ausgebildet hatte.

Das war eine pietätlose nüchterne Zeit gewesen,
von allem Segen der Schönheit und der Kunst verlassen; und wir haben noch daran zu leiden. Aber
die alten Herren der „vereinigten freundschaftlichen
Gesellschaft" hatten sie nur von fern am Horizonte
aufsteigen sehen, bevor sie alle schlafen gegangen
waren.

Auch das einst vom Urgroßvater so stattlich für den Sohn errichtete Haus hatte dieser Zeit seinen Tribut entrichten müssen. Die einst so behaglich in die Straße vorspringende Steintreppe war auf Anordnung der modernen Polizei verschnitten und verhunzt; den hohen Giebel hatte man selbst herabgenommen, die steinerne Bekrönung sollte das Haus zu schwer gedrückt haben; sogar die hölzerne Flora hatte den ihr einst geweihten Garten mit, Gott weiß, welchem düsteren Winkel vertauschen müssen.

Dort lag das Haus hinter dem mächtigen Ahorn= baum, der mit seiner Krone fast das hohe Dach be= deckte. Es war jetzt ein altes, ein Familienhaus ge= worden; in allen Winkeln und auf allen Dielen lagen die Schatten vergangener Dinge; von Allen, die einst darin lebten und starben, war eine Spur zurückge= blieben; uns, die wir ihres Blutes waren, trat sie überall entgegen und gab uns das Gefühl des Zu= sammenhanges mit einer großen Sippschaft; denn auch die Todten gehörten mit dazu. Ja, Einige von uns wollten wissen, daß das Leben Jener noch nicht ganz vorüber sei, daß es zuweilen in Nächten oder in einsamer Mittagsstunde sich den Enkeln kund zu

geben ringe; droben in der Stube hinter dem
Saal, wo noch die Vernet'schen Kupferstiche des Großvaters hingen, sollte es zu Zeiten recht „unruhig"
zugehen.

Unter dem Dach auf den drei über einander
liegenden Hausböden war alles Gerümpel aufge-
speichert, das während eines zwei Menschenalter
überdauernden Zeitraumes allmälig aus dem Gebrauch des Tages zu verschwinden pflegt; was man
als abgenutzt bei Seite setzt, weil man den Muth
nicht hat es fortzuwerfen, und was man vielleicht
nie wieder berührt, es sei denn, daß das Leid
oder die Leere der Gegenwart uns antreibt, zu den
Zeichen einer reicheren Vergangenheit zu flüchten.

Der zunächst über dem unbewohnten zweiten
Stockwerk belegene Boden mit seinen Winkeln und
Treppchen und der gleich einem großen Kasten
hineingebauten „Gewürzstube" war ein besonders
heimlicher Ort, an dem ich manche Stunde meiner
Knabenzeit verbracht habe. — Schon der Duft der
Hagebutten und Lavendelsträuße, die hier auf den
Fensterbänken getrocknet wurden, erregte meine Phan-
tasie; es roch fast wie in einem Garten; aber wie in

einem Garten der Vergangenheit. Zwar mit dem
grauen Schranke, in dem die Großmutter ihr Sterbe-
hemd bewahrte, mochte ich nichts zu schaffen haben;
auch wurde es mir zuweilen unheimlich, daß dort
unter der Dachschräge der große Ohrenlehnstuhl, in
welchem einst der Großonkel seinen letzten Seufzer
gethan hatte, immer so unverrückt auf seinem Platze
stand, als warte er darauf, daß sich endlich wieder
Einer in ihn hineinlege; aber gegenüber der alt-
modische buntfournirte Schrank mit dem hohen Aufsatz ließ mich diese widerstrebenden Gefühle über-
winden. Auch er stand in feierlichem Schweigen und
wie zur ewigen Ruhe gestellt; allein ich respectirte
dieses Schweigen nicht; ich wußte die Schubladen zu
öffnen — noch höre ich dabei das Klirren der vergoldeten Messinggriffe — und mit lüsternem Grauen
durchstöberte ich das in ihnen eingesargte Spielzeug
einer vergangenen Zeit. Da lagen Perrücken und
schwarzseidene Haarbeutel; da war ein Kästchen mit
den Fächern der Großmutter, ein anderes mit den
Bräutigamsmanschetten des Urgroßvaters; da war
vor Allem ein höchst ergötzliches und nützliches In-
strument, ein sauber aus dunklem Mahagoni gear-

beiteter „Buckelkratzer", und endlich — sollte auch
der Großvater sie gegen das Rheuma angewandt
haben, oder war es nur ein Vermächtniß des klei=
nen Wagemeisters? — eine große getrocknete Kröte,
die Beine wie zum angestrengten Fortstreben aus=
gestreckt, in der Mitte des warzigen Leibes das
Loch des Nagels, der es verhindert hatte, und an
dem sie, zur Gewinnung stärkerer Heilkraft, einst
hatte crepieren müssen. — Lange und nachdenk=
lich habe ich oft, vor der aufgezogenen Schublade
kniend, dieses Ding betrachtet. Mitunter auch er=
griff der Dunst der Vergänglichkeit, der aus all'
den Raritäten aufstieg, mich so beängstigend, daß
ich plötzlich fortrannte und die Treppe hinabsprang
oder, lieber noch, am Geländer hinabrutschte, um
nur bald wieder in die Region der Lebendigen zu
gelangen.

Doch das geschah nur selten; meistens wurde
auch der Inhalt der oberen Fächer einer behaglichen
Musterung unterzogen; der schöne Tafelaufsatz aus
mattem Porcellan, ein sitzender Apoll nebst seinen
Musen, welchen letzteren freilich schon hier und da
eines der zarten Fingerchen abhanden gekommen war;

das Reiseglas des Großvaters mit der Eigenschaft
eines „Staamantjes" und der Inschrift:

„Trink' mich aus, leg' mich nieder!
Steh' ich auf, füll' mich wieder!"

die gläsernen Pocale mit dem rothen Gewebe in den
Stengeln, mit eingeschmolzenen Schaumünzen oder
auf dem Kelche eingeschliffenen Schäferscenen; ins-
besondere zwei gräuliche chinesische Pagoden, — Alles
wurde behutsam herabgenommen und demnächst ebenso
wieder an seinen Ort gesetzt.

Zwar, sehr einsam war es hier, und an den
Seitenräumen fielen tiefe Schatten überall; der hinter der Gewürzstube befindliche Theil des Bodens
lag, da die Luken dort fast stets geschlossen waren,
auch bei Tage im Dunkeln; von den nach der Gar-
tenseite aus dem Dache vorspringenden kleineren Fenstern war das eine hinter großen Kisten versteckt, vor
dem anderen verbreitete die Laubkrone des Ahorns
eine grüne Dämmerung; so dicht drängte sie sich
heran, daß ich an Sommerabenden, wenn die Vögel
zur Ruhe gegangen waren, mehrmals, wiewohl vergebens, versucht habe, einen schlafenden Sperling von
den Zweigen abzupflücken. Selbst das um die Mit-

tagszeit mir stets so traulich klingende Mörserstoßen
aus der im Kellergeschoß liegenden Küche drang nicht
herauf. Deutlich genug aber hörte man das Häm=
mern der Holzkäfer in den morschen Schränken, oder
von den Packhausböden, die dort hinter den verrie=
gelten Flügelthoren lagen, den behutsamen Tritt einer
Katze, die einsam die steilen Treppen auf und ab
spazierte. — Freilich, nach Westen an der Straßen-
seite befanden sich zwei größere Fenster in dem hier
aufsteigenden Giebel des Hauses — die Gewürzstube
schloß das dritte ein — durch welche man über die
Dächer auf die grüne Marsch und darüber hinaus
auf das Meer sah; doch Alles, was sich dem Auge
darbot, die weidenden Rinder, das vorüberziehende
Schiff, die Mühle, welche jenseits am Horizonte auf
der gleich einem Nebelstreifen oberhalb des Wassers
hingestreckten Insel ihre Flügel drehte, — es war so
fern, daß es nur wie ein Bild dalag und kein Laut
von dort herüberdrang.

In dem freundlichen Raum vor diesen Fenstern,
durch welche schon früh die Nachmittagssonne herein=
schien, befand sich eines der Hauptstücke der ganzen
Bodenwirthschaft: das „Gesundheitspferd“ meines

9*

Großvaters. — Daß er auf diesem Pferde die ent=
flohene Gesundheit wieder eingeholt habe, ist kaum
anzunehmen; denn der Tod, der dem ganzen Lebens=
ritt ein Ende macht, hatte diesen liebreichen Mann
schon während meiner frühesten Kindheit aus dem
Kreise der Seinen fortgerissen. — Uebrigens war
es eigentlich gar kein Pferd, sondern nur ein auf
Sprungfedern ruhender, schön ausgenähter Sattel
mit einem vierbeinigen Holzgestell darunter. Allein,
ging die Bewegung auf demselben auch nicht vor=
wärts, so ging sie doch auf und ab, und manchen
eben so ungefährlichen als vergnüglichen Spazierritt
habe ich darauf gemacht; denn vorn befand sich eine
Krücke zum Festhalten und an den Seiten hingen
ein paar Steigbügel, in deren Riemen ich die Füße
steckte, bis meine Beine allmälig zu ihnen hinabge=
wachsen waren. Nicht zu begreifen vermag ich jetzt,
wo mir im sicheren Lehnstuhl schon mitunter die
Buchstaben nicht Stand halten wollen, wie ich, auf
diesem Gesundheitspferde reitend, Spindler's drei=
bändige Romane, untermischt mit Schiller'schen Dra=
men, Eins hinter dem Anderen weg zu lesen ver=
mocht habe.

Auch alles dies ist lange nun vergangen. Jetzt, wo auch die Gespenster meiner eigenen Jugend in ihnen umgehen, betrete ich nicht gern mehr diese Räume.

— Neben mir in der Lindenlaube saß eine ur= alte Frau; es war meine Großmutter, die ich in den milden Septembersonnenschein hinausgeführt hatte. Noch vor einigen Jahren war sie rüstig genug ge= wesen und hatte es sich nicht versagen können, mit mir in die Familiengruft hinabzusteigen, welche an jenem Morgen zur Aufnahme eines jüngeren Fami= liengliedes geöffnet worden war. — Der mit schwar= zem Tuch überzogene Sarg des Großvaters war noch wohl erhalten. Sie betrachtete ihn lange schweigend; dann suchte sie nach ihren Söhnen, welche sämmt= lich noch in den Kinderjahren sich dieser stillen Ge= sellschaft hatten zugesellen müssen. Die kleinen Särge, außer einem, waren schon in Trümmer gefallen. Als wir von diesem den auch schon gelösten Deckel abgehoben hatten, da lagen unterhalb eines kleinen weißen Schädels — überaus rührend, als seien sie seit dem letzten Lebensathem unverrückt geblieben — die feinen Knochen eines Aermchens und eines aus=

gespreizten Kinderhändchens. Die Großmutter tastete
mit zitternder Hand an diesen armen Ueberresten;
sie betrachtete aufmerksam den Sarg, nickte mit dem
Kopfe und sagte dann: „Das ist mein Simon; was
für ein lustiger kleiner Junge war er!" Und als ich
von ihr fort zu einem anderen Sarge trat, sah ich,
wie die Lippen der greisen Mutter sich noch einmal
lang und innig auf die Stirn ihres lieben kleinen
Jungen preßten.

— Von diesem ihrem Knaben, den sie einst ge=
habt, erzählte sie mir jetzt. Der Großvater hatte
ihm ein kleines Gefährte mit zwei weißen Ziegen=
böcken geschenkt; damit war er überall umherkut=
schirt; die Ziegenböcke waren ein Paar eben so lusti=
ger Gesellen gewesen wie ihr kleiner Herr. Sie
hatten der Welt nicht nachgefragt; im Garten hatten
sie die schönsten Nelken und Ranunkeln abgefressen,
auf der Straße waren sie mit ihren Hörnern in
einen Haufen irdener Töpferwaaren gerathen, die
zum Verkauf vor einem Keller ausgestanden; tausend
Wirthschaft hatte es gegeben.

Die Großmutter lachte ganz herzlich; es war zu
lustig, wie der Junge auf seine weißen Ziegenböcke

peitſchte; ſie mußte noch mehr davon erzählen. Aber
allmälig verwandelten ſich die zwei Ziegenböcke in
einen widerſpenſtigen Eſel, auf dem „ein Ausbund
von einem Jungen" zwiſchen den Beeten unſeres
Gartens umhertrabte, immer im Kreis um die hölzerne Flora, bis der Eſel hinten ausſchlug und· ihn
in die Büſche warf.

„Großmutter," ſagte ich leiſe; „das war wohl nicht
dein Simon; ich glaube, das bin ich ſelbſt geweſen."

Die alte Frau wurde plötzlich ſtill; und ein Ausdruck von ergebener Trauer trat in ihr liebes Geſicht. „Ja, mein Kind," ſagte ſie endlich, „meine
Nerven haben Bankerott gemacht; ich habe ſchon ſo
viel erlebt."

Es war ihr in den letzten Jahren zuweilen begegnet, daß ſie für unſere, der Jüngeren, Anſchau-
ung weit aus einander liegende Zeiten und Per-
ſonen verwechſelte. Wir ſuchten dann wohl einzu-
helfen; aber wenn ſie es bemerkte, ſchwieg ſie gewöhnlich, wie in tiefer innerer Beſchämung. „Gebrauch
doch unſer junges Gedächtniß, Großmutter!" rieth
ich ihr einmal; aber ſie ſagte nur: „Man mag doch
auch nicht läſtig fallen."

Ihr frohes und bescheidenes Wesen hatte ein langes Leben mit ihr ausgehalten und tausend glückliche
Stunden über meine Jugend gebracht; nun sie sich
selbst nicht mehr zu helfen wußte, wollte es mit dem
Frohsinn nicht mehr fort. Aber sie hoffte den wie-
derzusehen, mit dem sie die glücklichsten Stunden ihrer
Jugend gelebt hatte, und auch ihre kleinen lustigen
Jungen, die ja hier auf Erden nicht zu Männern
aufgewachsen waren.

Mit diesen ihren Todten mochte sie im Geiste
verkehren, als sie jetzt so still an meiner Seite saß,
die von Gicht gelähmten Hände in ihrem Schooß
gefaltet; denn wie in seliger Zufriedenheit waren die
halberblindeten Augen nach dem Gipfel des gegen-
überstehenden alten Birnbaumes gerichtet, der einst
mit ihrem Glücke jung gewesen war, und aus dessen
Zweigen die gelben Blätter niedersanken.

*   *   *

Ich höre dich fragen: „Sind das die Reisebriefe,
die du mir versprochen?" — Ich kann nur sagen:
„Nimm fürlieb!" Und im Uebrigen mögen die Ma-

nen meines Großmütterchens es mir verzeihen, daß
ich, ein ungewandter Nekromant, aus der Nacht, in
die es schon so tief versunken, ihr Jugendbild herauf-
zubeschwören suchte.

IV.

Zwei Kuchenesser der alten Zeit.

(1871.)

IV.

Zwei Kuchenesser der alten Zeit.

(1871.)

Nur Wenige mögen sich noch des Verfassers der Urhygiene entsinnen, insonders seiner so beherzigenswerthen Worte: „Was süß und was lieblich ist, das genießet; aber werfet von Euch mit hochsinnigem Abscheu das giftige Dampf= und Nieskraut!" Und doch ist wenigstens der erste Theil derselben seit lange Fleisch geworden; Denker, Dichter und Helden, Alles ißt jetzt Kuchen, ohne dadurch in den Verdacht der Originalität zu kommen oder sonst von der bürgerlichen Reputation etwas Merkliches einzubüßen. Die meisten Aelteren aber werden wissen, daß in unserer Jugend Solches für ganz unmännlich galt und lediglich den Frauen zugestanden wurde; und nicht zu leugnen ist es, daß sich unter den Kuchenessern der alten Zeit manche seltsame oder wohl gar unheimliche Figuren befanden.

Zu den ersteren gehörte ein alter Familien-Onkel,

den wir „Onkel Hahnekamm" nannten. Der feinge=
schnittene Kopf des sauberen alten Herrn wurde näm=
lich von einem wohlgepflegten Toupet gekrönt, das
durch die glatt angekämmten Schläfenhaare nur noch
mehr zum Ausdruck kam. Nie und nirgends wieder
habe ich ein solches Toupet gesehen; aber es war
auch der Stolz und die Wonne des Besitzers. Jeden
Abend vor dem Schlafengehen wurde es von ihm
selbst — denn der arme Alte hatte an seinem Lebens=
abend keinen Diener mehr — mit Papilloten ein=
gewickelt und dann die Nachtmütze behutsam darüber
gezogen; die Frisirstunde selbst pflegte er bei ver=
schlossenen Thüren und ohne Zeugen zu begehen.
Aber wer vergäße nicht einmal, den Schlüssel um=
zudrehen? — Und so kam ich denn am Ende da=
hinter, weshalb, wie unsere Köchin behauptete, „der
Pull" im Winter doch am schönsten sei. — Es war
an einem Neujahrsmorgen, als ich wie herkömmlich
den Großohm für den Abend auf „Karpfen und
Fürtgen" einzuladen hatte; aber ich klopfte diesmal
wiederholt an seine Thür, ohne das: „Herein!"
der alten Stimme zu vernehmen. Als ich endlich
dennoch zu öffnen wagte, erblickte ich ihn vor seinem

großen Ofen in einer Stellung, die mich zuerst auf
den Gedanken brachte, der gute Alte wolle durch
einen Feuertod seinem Leben ein Ende machen; denn
Kopf und Hals steckten völlig in dem heißen Ofen-
loch. Glücklicherweise, ehe ich einen Rettungsversuch
begann, kam mir wie durch Eingebung der innere
Zusammenhang der Dinge; ich schlich mich leise fort,
um erst nach einer halben Stunde wiederzukehren,
wo das Toupet bereits wie ein silbergraues Sträuß-
chen über der Stirn saß; und der gute Alte hat es
nie erfahren, daß sein keusches Geheimniß von mir
belauscht wurde. — Wer weiß! Jenes Toupet war
vielleicht das Einzige, was er aus den Tagen seines
Glanzes in sein einsames Greisenalter hinübergerettet
hatte; er hatte es vielleicht in seinem Bräutigams-
stande als allerneueste Mode aus Hamburg oder gar
aus Paris mit heimgebracht; und es war nun das
letzte Zeichen, das ihn, wenn er in voller Toilette
vor dem Spiegel stand, noch an die verstorbene Tante
erinnerte, die ich in meiner frühesten Kindheit mit
gelben falschen Locken und kupferigen Wangen auf dem
Sopha hatte sitzen sehen, von der aber die Großmutter
sagte, daß sie einst eine große Schönheit gewesen sei.

Am Abend trat er dann in seinem olivenbraunen Ueberrock mit feingefaltetem Jabot in die Gesellschaft. L'Hombre spielte er nicht mehr, er hatte nichts mehr zu verspielen; er saß nur als ein bescheidener und wenig beachteter Zuschauer bald bei dieser bald bei jener Spielpartie. Dafür aber fand er denn auch Gelegenheit, in dem letzten halben Stündchen vor dem Abendessen, wo die Hausfrauen in der Küche ihre Saucen zu revidiren pflegen, in das noch einsame Tafelzimmer hinüberzugehen und ungestört die zu erwartenden Genüsse vorzukosten. Nicht zu leugnen ist es, daß dabei hier ein Törtchen, dort eine Traubenrosine aus den Krystallschalen verschwand. Indeß, der Onkel war einer von den harmlosen Kuchenessern; die Törtchen und Rosinen gehörten zu den wenigen Veilchen, die ihm zuletzt noch an seinem Wege blühten, und er befolgte nur die Mahnung des alten Liedes, sie nicht ungepflückt zu lassen. — —

Eine ganz andere Figur war der Herr Rathsverwandte Quanzfelder. — Noch sehe ich ihn, wie er unserem Hause gegenüber aus seiner Thür zu treten pflegte; im mausgrauen Kleibrock, den rothbaum-

wollenen Regenschirm unter dem Arm. Trotz seiner
knochigen Gestalt machte er mir immer den Eindruck
einer alten Mamsell. Denn seine Bewegungen wa=
ren klein und seine Stimme dünn und gläsern gleich
der eines Verschnittenen; dabei hingen ihm in dem
runzligen zusammengedrückten Gesichte die Augenlider
wie Säckchen über den kleinen Augen. Wenn er
vor einer Dame den Hut zog, so krächzte er sein:
„Gud’n Dag, gud’n Dag, Madam!“ wie ein heiserer
Vogel; und seltsam war es anzusehen, wie er dann
mit gespreizten Fingern und tactmäßig hin und her
bewegten Armen seinen Weg fortsetzte.

Von dem intimeren Gebahren des Mannes weiß
ich aus eigener Erfahrung nichts zu berichten; aber
unsere Tante Laura, in deren elterlichem Hause er
aus und ein ging, hat mir gründlichen Bescheid ge=
geben, da ich mich neulich nach diesem weiland „Haus=
freunde“ bei ihr erkundigte.

„Hmm, Vetter!“ begann sie — und sah mich
dabei mit äußerstem Behagen an, wie immer, wenn
wir auf unsere alte Stadt zu reden kommen. —
„Er kam allerdings mitunter zu uns; aber unser
Hausfreund ist er nicht gewesen. — Mein Vater

hatte, wie Sie wissen, einen Kram mit Galanterie-
und Eisenwaaren, aus dem auch Herr Quanzfelder
seinen kleinen Bedarf, und zwar auf Rechnung, zu
entnehmen beliebte; sobald aber sein Conto nur zu
ein paar Mark aufgelaufen war," — und Tante
Laura nahm die verbindlichste Miene an und fiel für
einen Augenblick in ihr geliebtes Platt — „so wurr
en Grötniß bestellt, Herr Rathsverwandter keem van
Namibbag Klock tree, um be Räken to betalen." —
Nebenan bei meinem Onkel, aus dessen Laden er
seine Ellenwaaren kaufte, bedeutete das eine Anmel-
dung zum Kaffee, bei uns auf Thee und Pfeffernüsse.

„Der Mann übte einen seltsamen Bann auf mich
aus, so daß ich ihn immerfort betrachten mußte, und
doch bekam ich allzeit einen Schreck, wenn ich seine
Krähstimme von draußen vor dem Laden hörte, besonders aber, wenn er nun in der Stube mit alt-
jüngferlicher Zierlichkeit seine knochigen Hände aus-
streckte, um sich die wildledernen Handschuhe abzuziehen,
und darauf Hut und Schirm so seltsam hastig in die
Ecke stellte.

„Es war mir damals ganz unzweifelhaft, daß es

der Geruch der Pfeffernüsse sei, wodurch er in diese
Unruhe versetzt wurde. Kaum, daß noch die rothe
Perrücke mit beiden Händen platt gedrückt war, so
saß er in seinem mausgrauen Rock auch schon unter
dem Fenster am Theetische. — Ich höre ihn noch
sein „Danke, danke, Madam!" krähen, wenn meine
Mutter ihm das Backwerk präsentirte. Er nahm
dann mit der einen Hand eine Pfeffernuß, zugleich
aber mit der anderen auch den ganzen Teller und
schob ihn neben sich unter das Blumenbrett auf die
Fensterbank.

„Gesprochen wurde nicht viel; man hörte meistens
nur das Klirren der Theelöffel und das Scharren
des Kuchentellers, der unter dem Blumenbrett aus-
und eingeschoben wurde und unter der pflichtschuldigen
Nöthigung meiner Mutter sich allmälig leerte. Zuweilen geschah das Abbeißen auch nur scheinbar, und
die Pfeffernuß verschwand in dem weiten Rockärmel,
worauf dann plötzlich der Herr Rathsverwandte das
Bedürfniß empfand, sich die Nase zu schneuzen. Das
buntseidene Taschentuch wurde hinten aus der Rock-
tasche gezogen, und das Backwerk glitt bei dieser Gelegenheit hinein. Wir Kinder sahen dem Allen auf-

10*

merkſam zu; ſehnſüchtig nach der ſüßen Speiſe, von
der heute für uns nichts abfiel. — Schließlich, nach
der dritten oder vierten Taſſe, ſtand Herr Rathsver=
wandter auf: „Dörf ick nu bidden um en bät Papier
darum!" Und mein Vater, der inmittelſt rauchend
im Zimmer auf= und abgegangen war, machte ihm
eine Düte; Herr Quanzfelder ſchüttelte den Reſt der
Pfeffernüſſe hinein und ſteckte ſie zu ihren Brüdern
in die Schooßtaſche; dann nahm er Hut und Schirm,
krächzte noch ein paar Mal: „Adje, adje, Madam!"
und empfahl ſich."

„Auch zu Faſten," — fuhr Tante Laura nach
einer kleinen Pauſe in ihren Mittheilungen fort, —
„machte er regelmäßig ſeine Viſite; und wenn meine
Mutter, wie nicht anders ſchicklich, dann die Anfrage
that, ob Herr Rathsverwandter Appetit auf einen
Heißewecken habe, — und Sie wiſſen, Vetter, wie
butterig die am Faſtnachtmontag ſind! — ſo erbat
er ſich außerdem noch immer Butter und holländiſchen
Käſ' darauf, der alte Böſewicht!

„Seine größte Schandthat aber verübte er am
Geburtstage meines jüngſten Bruders. — Der gute
Junge hatte von ſeiner Tante ein Stück Kirſchkuchen

bekommen und saß seelenvergnügt damit auf seinem
Kindersopha. Da — Gott verzeihe mir, Vetter; ich
glaube, er hatte es im Geruch! — da tritt Quanzfelder herein: „Na min lütje Jung, schall ick dat
Stück Koken hemm?" —

„Ob mein Bruder das für Scherz hielt, ich weiß
es nicht; genug, er gab richtig seinen Kirschkuchen hin;
Herr Rathsverwandter aber ging ungesäumt zu meinem Vater: „Dat lütje Jung hätt mi dat Stück
Koken gäben; will'n Se mi dat en bäten inwickeln?"
— Und mein Vater verlor so die Fassung, daß er
ihm auch noch einen Bogen schönes weißes Papier
darum gab. „Danke, danke, min Leewe." Und fort
ging Herr Rathsverwandter mit sammt dem Kirschkuchen; und ich sehe noch meinen Bruder mit seinem
langen Gesicht auf dem Kindersopha sitzen."

Tante Laura schwieg: sie hatte ihre Erinnerungen
ausgeschüttet.

Ich selbst entsinne mich des Herrn Rathsverwandten besonders aus der Kirche, wo er seinen Stuhl
neben dem unsrigen hatte, und wo er an keinem
Sonntage fehlte. Eine breite Hornbrille auf der
Nase, das aufgeschlagene Gesangbuch in der Hand,

ließ er bei jedem Verse noch vor dem Cantor den
Einsatz seiner scharfen Stimme hören. Kaum aber
war nach Schluß des Gesanges der Probst auf die
Kanzel getreten, so verfiel der Herr Rathsverwandte
in seinen eigenen Zeitvertreib; legte zuerst den lin=
ken Arm auf den rechten, dann den rechten auf den
linken, paßte sorgsam die Nähte der Aermelaufschläge
an einander und maß und verglich in immer neuen
Lagen ihre beiderseitige Länge, begann dann ebenso
mit den gelbledernen Stülpen seiner Stiefel, und
fuhr in diesen stillen Unterhaltungen, denen ich zum
unersetzlichen Schaden meiner Andacht stets wie unter
dem Blick der Klapperschlange zusehen mußte, wech=
selsweise fort, bis er jedesmal noch vor dem Vater=
unser fest entschlafen war. — So wie aber die Orgel
wieder einsetzte, fuhr er mit einem Schnarcher in die
Höhe, und, indem seine Hand mechanisch nach dem
Gesangbuch griff, intonirte er unfehlbar das: „O
Lamm Gottes", oder was sonst an der Nummertafel
stehen mochte; und sein tremulirendes Falsett schwebte
wieder wie eine flatternde Krähe über dem Gesang
der Gemeinde. Wenn schon überall die Thüren der
Kirchenstühle klappten, und unter dem Herausdrängen

der Menge, hörte man noch immer den Discant des
Herrn Rathsverwandten. Erst wenn die Orgel
schwieg, klappte auch er sein Gesangbuch zu, stäubte
sich mit seiner ausgespreizten Hand die Andacht aus
den Rockaufschlägen und schritt dann eilig über den
Markt in das Weinhaus zur großen Traube. —
Hier bemächtigte er sich der neuesten Zeitung. Er
las indessen nicht, er that nur desgleichen; in Wahrheit nahm er sie nur für seinen Freund, den Actua-
rius, in Beschlag; und wenn außer den anderen
Sonntagsgästen auch dieser in die Gaststube getreten
war, so verschwand er bald darauf und machte sich
ein Scheingeschäft auf dem Hofe, wo immer eine
Anzahl fetter Küken umherspazierte. — Und eine
dunkle Sage ging, der Herr Rathsverwandte habe
bei solcher Gelegenheit stets einigen der fettesten den
Hals umgedreht und sie hinten in die unergründ-
lichen Taschen seines grauen Rockes gleiten lassen;
wobei die jungen Hähne mit doppelten Kämmen besonders in Gefahr gewesen sein sollen.

Ich glaube zwar nicht an diese Mordgeschichte;
dennoch hat sie in meinem Kopfe sich immer seltsam
mit der Erzählung von einer schönen blassen Frau

verflochten, welche er lange vor meiner Geburt besessen haben sollte. In Bremen oder Lübeck — so
hieß es — sei sie ihm wider ihren Willen bei Ab-
schluß eines Handels angeheirathet worden, dann aber
jung und kinderlos verstorben. Nach der Meinung
Einiger hatte sie nur vor Angst und Widerwillen
nicht länger leben können; während Andere von noch
unheimlicheren Dingen munkelten. So viel ist gewiß, daß ich in meinen Knabenjahren die knochigen
Hände des Herrn Rathsverwandten stets mit einer
heimlichen Scheu betrachtet habe.

O, seliger Theodor Amadäus Hofmann, dessen
laterna magica ich an stillen Herbstabenden so gern
noch vor mir aufstelle, weshalb schlägt nicht mehr
die Stunde deiner Serapionsabende, auf daß ich dir
diesen Kuchenesser der alten Zeit überliefern könnte!
In welch' wunderbaren, geheimnißvoll glühenden Farben würdest du durch deine Zaubergläser sein Bild
an der grauen Wand erscheinen lassen!

———

V.

Von Kindern und Katzen, und wie sie Nine begruben.

(1876.)

Mit Katzen ist es in früherer Zeit in unserem Hause sehr „begänge" gewesen. Noch vor meiner Hochzeit wurde mir von einem alten Hofbesitzer ein kleines kaninchenblaues Kätzchen ins Haus gebracht; er nahm es sorgsam aus seinem zusammengeknüpften Schnupftuch, setzte es vor mir auf den Tisch und sagte: „Da bring ich was zur Aussteuer!"

Diese Katze, welche einen weißen Kragen und vier weiße Pfötchen hatte, hieß die „Manschetten= mieße". Während ihrer Kindheit hatte ich sie oft, wenn ich arbeitete, vorn in meinem Schlafrock sitzen, so daß nur der kleine hübsche Kopf hervorguckte. Höchst aufmerksam folgten ihre Augen meiner schrei= benden Feder, die bei dem melodischen Spinnerlied des Kätzchens gar munter hin und wieder glitt. Oft= mals, als wolle sie meinen gar zu großen Eifer zügeln, streckte sie auch wohl das Pfötchen aus und hielt die Feder an, was mich dann stets bedenklich machte, und wodurch mancher Gedankenstrich in meine nachher gedruckten Schriften gekommen ist.

Die Manschettenmieße selber ist, wie ich fürchte, durch diesen Verkehr etwas gar zu gebildet geworden; denn da sie endlich groß und dann auch Mutter manches allerliebsten kaninchengrauen Kätzchens geworden war, verlangte sie, gleich den feinen Damen, allezeit eine Amme für ihre Kinder; und da die Nachbarskatzen sich nur selten zu diesem Dienst verstehen wollten, so sind fast alle ihre kleinen Ebenbilder elendiglich zu Grunde gegangen. Nur einen kleinen weißen Kater zog sie wirklich groß, welcher wegen seines grimmigen Aussehens „der weiße Bär" genannt wurde und nachher aber eine Katze war.

Später, da schon zwei kleine Buben lustig durch Haus und Garten tobten, waren drei Katzen in der Wirthschaft: nämlich außer den vorbenannten noch ein Sohn des weißen Bären, genannt „der schwarze Kater", ein großer ungeberbiger Geselle; vielleicht ein Held, aber jedenfalls ein Scheusal, von dem nicht viel zu sagen, als daß er, besonders in der schönen Frühlingszeit, unter schauderhaftem Geheul

gegen alle Nachbarskater zu Felde lag, daß er stets
mit einem blutigen Auge und zerfetztem Fell umher=
lief und außerdem noch seine kleinen Herren biß und
kratzte.

Von der Großmutter, der Manschettenmieße, die
nachmals ganz berühmt geworden ist, wäre noch vieler=
lei zu berichten; da sie aber in der Geschichte, die
ich hier am Schluß erzählen will, nur ein einzig
Mal „Miau" zu sagen hat, so soll's für eine schick=
lichere Gelegenheit verspart sein.

Es geschah aber, daß unser mit drei Katzen also
stattlich begründetes Heimwesen durch den hereinge=
brochenen Dänenkrieg gar jämmerlich zu Grunde
ging; meine beiden Knaben, und noch ein kleiner
dritter, der hinzugekommen war, mußten mit mir
und ihrer Mutter in die Fremde wandern, und, so
gastlich man uns draußen aufnahm, es war doch in
den ersten Jahren eine trübe, katzenlose Zeit.

Zwar hatten wir ein Kindermädchen, welches
Anna hieß; ihr gutes rundes Gesicht sah allzeit aus,
als wäre sie eben vom Torf=Abladen hergekommen,
weshalb die Kinder sie die „schwarze Anna" nann=
ten; aber eine Katze in unser gemiethetes Haus zu

nehmen, konnten wir noch immer nicht den Muth
gewinnen. Da — drei Jahre waren so vergangen
— kam von selber eine zugelaufen, ein weiß und
schwarz geflecktes Thierchen, schon wohlerzogen und
von anschmiegsamer Gemüthsart.

Was ist von diesem Käterchen zu sagen? —
Zum mindesten der Pyramidenritt.

Da nämlich den beiden größeren Buben das
gewöhnliche zu Bette gehn doch gar zu simpel war,
so hatten sie's erfunden, auf der schwarzen Anna zu
Bett zu reiten; derart, daß sie dabei auf ihrer Schulter saßen und die kleinen Kinderbeinchen vorn her-
unterbaumelten. Jetzt aber wurde das um vieles
stattlicher; denn eines Abends, da sich die Thür
der Schlafkammer öffnete, kam in das Wohnzimmer
zum „Gute Nacht" sagen eine vollständige Pyramide
hereingeritten: über dem großen Kopf der schwarzen
Anna der kleinere des lachenden Jungen, über diesem
dann der noch viel kleinere Kopf des Käterchens,
das sich ruhig bei den Vorderpfötchen halten und
dabei ein gar behaglich und vernehmbares Spinnen
ausgehen ließ. — Dreimal ritt diese Pyramide die
Runde in der Stube, und dann zu Bett.

Es war sehr hübsch; aber es wurde der Tod des kleinen Katers. Die guten Stunden, die er nach solchem Ritt zur Belohnung im Federbett bei seinem jungen Freunde zubringen durfte, hatten ihn so verwöhnt, daß er eines scharfen Wintermorgens, da er am Abend ausgeschlossen worden, todt und steif=gefroren im Waschhause aufgefunden wurde.

Und wieder kam eine stille, katzenlose Zeit.

Aber, wo fände sich nicht eine Aushülfe! Ich konnte ja vortrefflich Katzen zeichnen; — und ich zeichnete! Freilich nur mit Feder und Dinte; aber sie wurden ausgeschnitten und aus dem Tuschkasten sauber angemalt: Katzen von allen Farben und Ar= ten, sitzende und springende, auf Vieren und auf Zweien gehend, Katzen mit einer Maus im Maule und einem Milchtopf in der Pfote, Katzen mit Kätz= chen auf dem Arme und einem bunten Vöglein in der Tatze; den Preis über alle aber gewann ein würdig blickender grauer Kater mit rauhem, bärtigem Antlitz. Ihm wurde in einer Kammer, wo die Kin= der spielten, aus Bauholz ein eignes Haus mit Wohn= und Staatsgemächern aufgebaut. Viel Zeit und Mühe war darauf verwandt worden; deshalb

erhielt es aber auch das Vorrecht, vor dem zerstö-
renden Eulbesen der Köchin durch strenges Verbot
geschützt zu werden. Es hieß „das Hotel zur schwarzen Anna"; und „der alte Herr", welchen Namen
der Graue sich gar bald erworben hatte, hat lange
darin gewohnt. Selten nur verließ er seine ange-
nehmen Räume; desto lieber, da es ihm an Dienerschaft nicht fehlte, versammelte er bei sich die Gesellschaft seiner Freunde und Freundinnen. Dann ging
es hoch her; wir haben oft durch's Fenster eingeguckt.
Fetter Rahm in Tassenschälchen, Bratwürstchen und
gebratene Lerchen wurden immer aufgetragen; den
Ehrenplatz zur Rechten des Gastgebers aber hatte
allezeit ein allerliebstes weißes Kätzchen mit einem
rothen Bändchen um den Hals; ob es eine Verwandte
oder gar die Tochter desselben gewesen, haben wir
nicht erfahren können.

Außer solchen Festen lebte übrigens der alte
Herr still für sich weg; nur manchmal liebte er es,
aus seinem Hause auf die Spiele der Kinder in
der Kammer hinabzublicken, wozu er die bequemste
Gelegenheit hatte, da das Hotel „zur schwarzen
Anna" auf einer Fensterbank erbaut war. Dann

stieß wohl eins der Kinder das andere an und
flüsterte: „Seht, seht! Der alte Herr steht wieder
einmal am Fenster!“

Auch seinen Geburtstag sollte er noch erleben.
Zu diesem Feste, an welchem alle Kater und Katzen
sich zur Gratulation versammeln sollten, bekam ich
den Auftrag, sein Brustbild in Lebensgröße zu ma-
len, was dann auch wirklich am Morgen des Fest-
tages, in einen breiten Goldrahmen gefaßt, im Saale
des Hotels aufgehangen wurde.

Aber es nimmt Alles einmal ein Ende. — Da
wir eines Morgens aufgestanden waren, fanden wir
ihn todt in seinem Bette. Ob er bei dem letzten
leckeren Mahle sich zu viel gethan, ob die ihm zu-
gemessene Lebensdauer abgelaufen war; — so viel
steht fest, was wir hier vor uns sahen, war nur
noch seine entseelte Hülle.

Also wurde ein Schächtelchen mit schwarzem Papier beklebt und ausgeschlagen, und so ein Sarg
daraus gemacht. Der alte Herr wurde hineingelegt
und stand zur Parade in dem großen Saale des
Hotels, wo von der Wand sein noch in aller Lebens-
fülle gemaltes Bildniß auf den Sarg herabsah.

Endlich wurde er auf dem Steinhofe — ach, einen Garten hatten wir da draußen nicht! — in das für ihn gegrabene Grab gesenkt und mit einem schweren Steine fest und dauerhaft bedeckt.

— — Aber wer möchte nicht gern wissen, wie die Todten aussehen! — Natürlich wurde der alte Herr nach einem halben Jahre wieder ausgegraben, sehr mit Schimmel überzogen vorgefunden, schaudernd und ganz genau betrachtet, und dann endlich noch einmal und auch zum allerletzten Mal begraben.

Für Kinder und alte Leute, welch ein erlösender Zauber liegt in dem Begraben!

In der Heimath zur Zeit der Manschettenmieße, als die zwei ältesten Knaben ihre ersten Kittel noch nicht ausgetragen hatten, als sie für den großen Garten, der am Hause war, mit eignem „Schmierzeug" noch versehen waren, — in jener glücklichen Zeit gab es außer Katzen auch noch anderes Gethier im Hause. Da war ein kleiner weißer Pudel, welcher „Bube" hieß, aber leider trotz des Thierarztes schon früh an einer Hunde-Kinderkrankheit sterben mußte; dann war ein weißes Kaninchen, welches „Nine" hieß, und außerdem noch eine weiße Taube, welche keinen Namen hatte, sonst aber sehr wohl „Federlos" hätte heißen können.

In dem geräumigen Taubenschlage auf dem Hausboden hatte sie einst mit vielen schönen Gefährten, Hahnenschwänzen und Mohrenköpfen, gewohnt und sich von dort aus lustig mit ihnen über den grünen Gärten in der Luft getummelt; aber eines Nachts war der Marder eingebrochen, und sie allein blieb die Ueberlebende. Damit sie in dem großen leeren Schlage nicht allzu sehr die Einsamkeit empfinde, wurde das Kaninchen ihr zum Gesellen beigegeben, und da weder dieses von ihren Erbsen, noch sie die Hundeblumen-Blätter des Kaninchens begehrte, so lebten sie wie Geschwister einträchtiglich beisammen. Wenn die Taube von ihren Ausflügen heimkam, klappte Nine allzeit freudig mit den Hinterläufen; denn sie spielten dann Greif oder Haschemännchen mit einander, und da das Kaninchen sehr gut greifen konnte, so geschah es dabei ganz von selber, daß es seiner Freundin einen Mund voll Federn nach dem andern abbiß. — So wurde sie das Täubchen „Federlos" und konnte nur noch mit den Posen fliegen.

11*

Aber weiter kam es nicht; die Posen sollte sie behalten. Denn da die Knaben eines Morgens in den Schlag hinabstiegen, flatterte das Täubchen Federlos zwar noch um sie herum; Nine aber lag mit ausgestreckten Vieren todt und platt am Boden.

Eilig stürmten sie die Treppen hinab und verkündeten im Wohnzimmer ihre Trauerkunde, wo ich ahnungslos bei meiner Tasse Thee saß.

Wahrscheinlich hatte Nine sich an Taubenfedern todt gegessen; indessen ich bedachte solches nicht und „sagte ohne viele Umstände: Da habt Ihr's wohl verhungern lassen!"

Ob das Gewissen der Beiden dennoch nicht ganz rein gewesen? — Aber — hilf Himmel! wie huben auf dieses Wort die kleinen Kerle an zu schreien! Kein Trost, kein Zuspruch half, die Thränen liefen ihnen stromweis über die Backen.

Da trat mein Freund, der Doctor — der als Primaner einst so schön die Clarinette spielte — in die Thür. „Halloh! Jungens, was ist da los?"

Die Augen wandten sich zu dem Sprecher, und einen Augenblick lang stockte das Geheul. „Doctor," rief der Eine im wehmüthigsten Klagelaut, „unser Nine ist todt!"

„Und wir haben es verhungern lassen!" schrie der Andere. — Dann heulten sie Beide wieder mit vereinten Kräften.

„Jungens!" rief der Doctor. „Euer Nine wird nicht mehr lebendig! Aber, wißt Ihr denn das nicht? Wenn es todt ist, so müßt Ihr es begraben!"

Begraben! — Das Zauberwort war gesprochen. Das Geschrei verstummte, die Thränen wurden abgewischt, ein wahres Sonnenleuchten verklärte die Gesichter der beiden Kinder. — Schon waren sie aus dem Zimmer und die Bodentreppe hinauf; und nicht lange, so kamen sie fröhlichen Angesichts mit dem Leichnam ihres Nine angezogen; der Eine hatte es an den Ohren, der Andere an den Hinterläufen. So zogen wir mitsammen in den Garten hinaus.

Als wir auf dem großen Steige waren, begegnete uns die Manschettenmieße. „Miau!" sagte sie, indem sie stehen blieb und uns ansah.

Der Zug hielt; und die Kinder sahen sie wieder an. „Mite," sagte der Kleine, noch einmal in seinen Klageton verfallend, „unser Nine ist todt!"

Dann setzte der Zug sich wieder in Bewegung und Mite machte einen Buckel und sprang mit, um dem Begräbniß beizuwohnen.

Der Doctor hatte schon den Spaten in der Hand, und an der Geißblattlaube unter überhängenden Ulmenzweigen wurde nach reiflicher Erwägung die Stätte auserwählt. Da wurde ich von der Magd ins Haus zurückgerufen und überließ dem Doctor allein die Leitung unserer Trauerfeierlichkeit.

Drinnen im Hause erwarteten mich ganz andere Dinge. Da war ein Mann, der hatte einen bösen Schuldner, von dem er weder Capital noch Zinsen erhalten konnte, und wir sprachen wohl eine halbe Stunde mit einander, auf welche Weise ihm zu beidem zu verhelfen sei.

Als ich dann wieder in den Garten hinauskam, war der Doctor nicht mehr da; auch der Körper des verstorbenen Nine war verschwunden, und der Spaten lehnte an der Planke. Die beiden kleinen Todtengräber aber — die natürlich ihr Schmierzeug anhatten — lagen neben der Geißblattlaube auf den Knieen und hatten einen kleinen seltsam glänzenden

Erdhügel zwischen sich, auf dem sie Beide eifrig mit ihren rothcarrirten Taschentüchern rieben.

„Was macht Ihr da?" fragte ich, indem ich zu ihnen trat; denn diese Sache war mir völlig unver= ständlich.

Da guckte der Kleine auf. „Papa!" sagte er, und sein Gesicht leuchtete so fröhlich wie droben kaum die liebe Himmelssonne, — „wir poliren Nine sein Grab mit Spucke!"

— — Und also endete dies vergnügliche Be= gräbniß.

Eine Halligfahrt.

(1870.)

Einst waren große Eichenwälder an unserer Küste, und so dicht standen in ihnen die Bäume, daß ein Eichhörnchen meilenweit von Ast zu Ast springen konnte, ohne den Boden zu berühren. Es wird erzählt, daß bei Hochzeiten, welche durch den Wald zogen, die Braut ihre Krone habe vom Haupte nehmen müssen; so tief hing das Gezweig herab. In den Tagen des Hochsommers war unablässige Schattenkühle unter diesen Waldesdomen, die damals noch der Eber und der Luchs durchstreiften, indessen oben, nur von den Augen der revierenden Falken gesehen, ein Meer von Sonnenschein auf ihren Wipfeln fluthete.

Aber diese Wälder sind längst gefallen; nur mitunter gräbt man aus schwarzen Moorgründen oder aus dem Schlamm der Watten noch eine versteinte Wurzel, die uns Nachlebende ahnen läßt, wie mächtig

einst im Kampfe mit den Nordweststürmen jene Laub-
kronen müssen gerauscht haben. Wenn wir jetzt auf
unseren Deichen stehen, so blicken wir in die baum-
lose Ebene wie in eine Ewigkeit; und mit Recht
sagte jene Halligbewohnerin, die von ihrem kleinen
Eiland zum ersten Mal hieher kam: „Mein Gott,
wat is de Welt doch grot; un et gifft ok noch en
Holland!"

* * *

Und wie erquicklich die Luft auf diesen Deichen
weht! Ich komme eben heim; wo hätte ich besser den
Sonntagmorgen feiern können!

Schon hatte unten in den Kögen der erste warme
Frühlingsregen die unabsehbaren Wiesenlandschaften
grün gemacht; schon weideten wieder die unzähligen
Rinder auf der Rasendecke, in welcher die Wasser-
gräben zwischen den einzelnen „Fennen" wie Sil-
berstreifen in der Morgensonne funkelten. 'Von hüben
und drüben, abwechselnd und sich antwortend, in un-
endlicher Abtönung, erhob sich Gebrüll und klang
weit über die Ebene hinaus. Und wie lebendig die
Staare waren, diese geflügelten Freunde der Rinder!

In lärmendem Zuge kamen sie vom Kooge herauf, schwenkten vor mir hin und wieder und fielen dann in dichtem Schwarm auf die Krone des Deiches nieder, um gleich darauf, hurtig um sich pickend, seewärts an der Böschung hinabzuspazieren.

Aber unten entlang dem Strome, der von der Stadt ins Meer hinausführt, schimmerte einladend die neue Strohbestickung, womit zum Schutze gegen die nagende Fluth der Saum des Strandes überzogen war. — Wie anmuthig es sich auf diesem sauberen Teppich wandelte! — Es war noch in der Morgenfrühe; das traumhafte Gefühl der Jugend überkam mich wieder, als müsse dieser Tag was unaussprechlich Holdes mir entgegenbringen; kommt doch für Jeden die Zeit, wo auch die Gespenster des Glückes noch willkommen sind. — Und siehe! — während das Wasser weich, fast lautlos zu meinen Füßen anspülte, plötzlich mit leichten unhörbaren Schritten ging die Erinnerung neben mir. Sie kam weit her aus der Vergangenheit; aber ihr Haar, das sie kurz in freien Locken trug, war noch so blond wie einst. — Es war deine Gestalt, Susanne, in der sie mir erschien; ich sah wieder dein junges, festumriffenes Gefichtchen, die kleine Hand, die lebhaft in die Ferne zeigte, — wie deutlich fah ich es!

Auf einem folchen Teppich an eben diefem Strande fchritten wir auch damals neben einander. Deine ge= öffneten Lippen tranken die feuchte erquickende Luft; mitunter, wenn der weiche Südoft aufwehte, griff beine Hand nach dem blauen Schleier und legte ihn zurück über das winzige Sommerhütchen. Dann warft du ftehen geblieben und horchteft nach oben hinauf; deine jungen neugierigen Augen forfchten in der durchfichtigen Luft. „Ich fehe nur eine einzige!" riefft du; „dort fteigt fie eben in den Himmel!" Und jetzt vernahm auch ich es; fo weit man horchen mochte, zur Höhe wie in die Ferne, der ganze Luft= raum fchien ein einziges unabläffiges Lerchenfingen. Die kleinen Sänger felbft aber entfchwanden unferen Augen in der blendenden Fülle des Lichtes, das ihn durchftrömte. — Und fchweigend gingen wir weiter; die Welt war fo ftill und klar, und die Lerchen fan= gen immer fort; was hätten wir auch reden follen!

Doch wir waren nicht allein. Die Frau Geheim= räthin, Sufannens Mutter, ift mir nicht weniger unvergeßlich; fie hatte an der Böfchung des Deiches

ihr Schnupftuch voll von Champignons gepflückt und
wandelte nun wie lauter Erdgeruch an unserer Seite.
Es war eine gar stattliche Dame, und selbst die kleinen Ungeheuer der Tiefe, die Seekrabben, schienen
ihr den schuldigen Respect nicht zu verweigern. Sie
waren heraufgekrochen, saßen am Rande des Wassers
auf der Strohdecke und sonnten sich und drehten
ihre knopfartigen Augen; wenn aber das Spiegelbild
der Geheimräthin mit der ungeheuren lila Hutschleife
über sie hinfiel, klappten sie grimmig mit den
Scheeren und schossen seitwärts in den Abgrund zurück. — — Nach einer Weile hatten wir ein kleines
Schiff bestiegen; „Die Wohlfahrt" hieß es; der Name
stand mit goldenen Buchstaben auf dem Spiegel ein-
gegraben. Wir waren alle glücklich an Bord gelangt;
nur daß die alte Dame einen zierlichen Schrei ausstieß, als ihre Champignons, die sie den „lieben
Schiffer" zu verwahren bat, so ohne Umstände in
den offenen Schiffsraum hinabflogen.

Und leise blähten sich die Segel und leise schwamm
das Schiff; man hörte das Wasser vorn am Kiele
glucksen. Nach einer Stunde hatten wir die nach-
barliche große Insel hinter uns und trieben nun auf

der breiten Meeresfluth. Eine Möve schwebte über dem Wasser dicht an uns vorüber; ich sah, wie ihre gelben Augen in die Tiefe bohrten. „Rungholt!" rief der Schiffer, der eben das Segel umgelegt hatte.

Die Geheimräthin, die — ich weiß nicht durch welche Künste — ihren Champignonbeutel wieder in der Hand trug, blickte nach allen Seiten um sich. „Ich sehe nur den uferlosen Ocean!" sagte sie, indem sie ihr Augenglas einschlug und wieder in den Gürtel steckte. Der Schiffer, der mit beiden Armen über Bord lehnte, wandte sein wetterbräunes Gesicht der Dame zu; aber nachdem er sie wie in mitleidiger Verachtung einige Secunden gemustert hatte, starrte er wieder schweigend ins Meer hinaus.

„Sie müssen dorthin blicken," sagte ich, „wo nach Seneca's Ausspruch alle Erdendinge am sichersten verwahrt sind!"

„Und wo wäre das, mein Lieber?"

„In der Vergangenheit; — in diesem sicheren Lande liegt auch Rungholt. Einst zu Königs Abels Zeiten, und auch später noch, stand es oben im Sonnenlichte mit seinen stattlichen Giebelhäusern, seinen Thürmen und Mühlen. Auf allen Meeren schwammen die Schiffe von Rungholt und trugen die Schätze aller Welttheile in die Heimath; wenn die Glocken zur Messe läuteten, füllten sich Markt und Straßen mit blonden Frauen und Mädchen, die in seidenen Gewändern in die Kirche rauschten; zur Zeit der Aequinoctialstürme stiegen die Männer, wenn sie von ihren Gelagen heimkehrten, vorerst noch einmal auf ihre hohen Deiche, hielten die Hände in den Taschen und riefen hohnlachend auf die anbrüllende See hinab: „Trotz nu, blanke Hans!" Aber das rothwangige Heidenthum, das hier noch in uns Allen spukt, —"

„Ich bitte doch, mich freundlich auszunehmen!" schob die Geheimräthin mit etwas strammem Lächeln dazwischen.

Ich verbeugte mich zustimmend. „Es bäumte sich noch einmal auf gegen den blassen aufgedrungenen Christengott; die Männer von Rungholt — so wenigstens haben es die geistlichen Chronisten aufgeschrieben — beriefen eines Tages einen Priester und hießen ihn einer kranken Sau das Abendmahl geben. Da ergrimmte der Herr und ließ wie zu Noäh Zeiten seine Wasser steigen; und über die Deiche und Mühlen und Thürme schwollen sie; und Rung-

holt mit seinen blonden Frauen und seinen trotzigen
Männern" — und ich wies mit dem Finger rückwärts, wo noch vom Kiel unseres Schiffes das Wasser in der Sonne strudelte — „dort steht es unten,
unsichtbar und verschollen auf dem Boden des Meeres. Nur zu Zeiten bei hellem Wetter, wenn in
der einsamen Mittagsstunde die Wimpel schlaff am
Mast herunterhängen und die Schiffer in der Koje
schnarchen, dann — wie die Leute sagen — „bühnt
es auf". — Wer dann mit wachen Augen über Bord
ins Wasser schaut, kann gewahren, wie Thürme mit
goldenen Gockelhähnen aus der grünen Dämmerung
aufsteigen; vielleicht mag er sogar die Dächer der
alten Häuser erkennen, und wie zwischen dem See-
tang, der sie überstrickt hat, seltsam schwerfälliges
Gethier umherkriecht, oder zwischen den zackigen Gie-
beln in die Enge der Gassen hinabschauen, wo Mu-
schelwerk und Bernstein die Thore der Häuser ver-
baut hat und der nie rastende Fluth- und Ebbestrom
mit den Schätzen versunkener Schiffe spielt. — Aber
auch die Schiffer unter Deck erwachen und richten
sich auf; denn unter sich aus der Tiefe hören sie es
läuten; das sind die Glocken von Rungholt."

Susanne war indeß herangetreten und hatte mit großen Augen zugehört; aber sie bedurfte für diese Seegeschichte eines sachkundigeren Gewährsmannes.

„Läuten sie wirklich, Schiffer?" fragte sie. „Haben Sie es selbst gehört?"

Das klang so allerliebst, daß auch die Backen der alten Theerjacke sich zu einem Lächeln verzogen; und er spie weit ins Meer hinaus, bevor er antwortete: „Ick hev min Dag nich hört."

Und weiter fuhren wir über Rungholt. Aber trotz der kühlen Antwort des Schiffers blickte Susanne noch ein paar Mal verstohlen über Bord ins Wasser; begann doch auch jetzt die Mittagseinsamkeit sich brütend auf das Meer zu legen. Und als sie sich von mir ertappt sah, erröthete sie nur leicht und lächelte; denn meine Augen mochten es den ihren schon verrathen haben, wie gern auch ich an Wunder glaubte.

Vor uns in den Horizont trat jetzt ein grauer Punkt, der sich allmälig in die Breite streckte; und endlich stieg ein grünes Eiland vor uns auf. Eine geflügelte Wache schien es zu umgeben; soweit man an dem Strande entlang sehen konnte, wimmelte es

in der Luft von großen weißen Vögeln, welche unablässig wie in stiller Geschäftigkeit durch einander auf-
und abstiegen. Stets in demselben Luftraume be-
harrend, glichen sie einem ungeheuren schwebenden
Gürtel, der das ganze Eiland zu umschließen schien;
ihre ausgebreiteten mächtigen Flügel erschienen wie
durchsichtiger Marmor gegen den sonnigen Mittags-
himmel. — Das war fast wie in einem Märchen;
und dazu kam mir in den Sinn: mein Freund Aemil,
ein leidenschaftlicher Regattenmann, als er in lauer
Sommernacht in seinem Boote hier vorbeigetrieben
war, wollte von dorther eine entzückende Musik vernommen haben. Der Mond sei über der stillen
Insel gestanden, und während er nach langer Pause
heimgerudert, sei in der Nacht und auf dem Meere
kein anderer Laut gewesen als diese geisterhaften, allmälig hinter ihm verhallenden Töne.

*   *   *

Aber es war dennoch keine Zauberinsel, sondern
eine Hallig des alten Nordfrieslands, das vor einem
halben Jahrtausend von der großen Fluth in diese
Inselbrocken zerrissen wurde; die weißen Vögel waren

Silbermöven, welche dem Strande entlang über ihren Brutplätzen schwebten; larus argentatus, von den Naturforschern längst registrirt und in ihren Systemen untergebracht. Als wir bald darauf zu Wagen unter ihrem Ringe durchfuhren, sah ich deutlich über unseren Köpfen die funkelnden Augen und die starken vorn gebogenen Schnäbel. Dabei erklang in kurzen Pausen ein heiseres „Gack! Gack!" ähnlich dem unserer Gänse, nur haftiger und wilder. Susanne drückte ängstlich den Kopf an ihre Mutter; aber unser Fuhrmann klatschte lachend mit der Peitsche, und das luftige Gesindel stob gackernd nach allen Seiten aus einander.

Und dort auf der hohen Werfte, inmitten der öden baumlosen Insel, lag das große Hallighaus mit dem tief hinabreichenden Strohdache, in welchem nun schon seit Jahren „der Vetter", ein alter trefflicher Junggeselle, sich bei den schweigsamen Bewohnern eingemiethet hatte. „Die Räder der Staatsmaschine" — so hatte er mir derzeit seine Uebersiedelung angekündigt — „werden mir doch zu indiscret; ich weiß, es giebt Leute, die davon entzückt sind; mich anlangend, so kann ich's nicht ertragen, wenn

sie mir fortwährend hinten in die Rockschöße haspeln."
— Und so war er denn mit seiner Bibliothek und
seinen allerlei Sammlungen in diese Meereseinsam=
keit gezogen, wo er sich seiner Meinung nach außer
dem Bereich der verhaßten Maschine befand.

Auf ihn auch war ohne Zweifel jene nächtliche Musik
zurückzuführen; denn noch vor einigen Jahren hatte
er in der Stadt, in der er damals lebte, für einen
großen Geigenspieler gegolten, obgleich er, so lang
ich denken konnte, jede Aufforderung zum Spiel mit
dem Bemerken ablehnte, daß das vorüber sei. Ich
selbst hatte ihn nur einmal, da ich noch im Hause
meiner Eltern lebte, spielen hören; dieses eine Mal
aber wurde für mich die Ursache wiederholter Täu=
schungen; denn wenn ich später in den Concerten
weltberühmter Virtuosen saß, so trug ich selten etwas
Anderes davon, als eine traumhafte Sehnsucht nach
jenem Spiel des Vetters. Dennoch sollte er wäh=
rend meiner späteren Abwesenheit von der Heimath
noch einmal, jedoch nur auf kurze Zeit, seine Geige
wieder zur Hand genommen und, wie einstens, Alles
mit sich fortgerissen haben. Ein Näheres darüber
hatte ich nicht erfahren. Für gewöhnlich war der

Vetter ein munterer alter Herr, dem man nicht an-
merkte, vor welch' tiefer Erregung oft diese freundlichen Augen Wache hielten.

Aber schon war unser Wagen am Fuße der
Werfte angelangt, und dort oben in der Thür unter
dem steinernen Giebel stand er selbst, der kleine
schmächtige Mann mit den tiefliegenden Augen und
dem vollen weißen Haupthaar. „Willkommen im
Ländchen der Freiheit!" rief er, während er eilig
herabkam und dem Dienstjungen die Leiter an den
Wagen legen half. Und wahrlich frei genug war
es hier; außer der Werfte mit dem breit darauf ge-
lagerten Hause schien aus der grünen Inselfläche
nichts hervorzuragen als etwa eine zerstreut umher-
weidende Schafheerde; selbst das Gras war so nie-
drig, daß es kaum den dazwischen umherkletternden
langbeinigen Schnaken ein Hinderniß in den Weg
legte.

Sein Wohnzimmer hatte sich der Vetter in dem
größten Raume des Hauses, dem sogenannten Pesel,
eingerichtet. Schränke mit Büchern, mit Conchylien
und anderen Sammlungen, Karten und Kupferstiche
nach Claude Lorrain und Ruysdael bedeckten die übri-

gens weiß getünchten Wände. Von dem Aufsatze des
Schreibtisches schaute neben einer Statuette der Ve-
nus mit dem Delphin, die von einem Korallenbaume
aus den Südsee=Inseln gleichsam überschattet war,
das markige Antlitz Beethoven's in der bekannten
Kolossalbüste auf uns herab.

Als wir in die Thür traten, flog uns ein kleiner
Vogel entgegen, flatterte einen Augenblick wie zweifelnd hin und her und setzte sich dann auf die Hand
seines Herrn, mit dem lebhaft bewegten Köpfchen zu
ihm aufblickend. „Nur ein Sperling!“ sagte der
Vetter lächelnd und den verwunderten Blick der alten
Dame beantwortend; „Sie wissen, der Sperling
gleicht dem Menschen; an sich ist er ohne Werth,
aber er trägt die Möglichkeit zu allem Großen in
sich. Der Bursche hier und ich, wir leben trefflich
mit einander“ — Auf seinen Wink flog der Vogel
wieder fort und ließ sich auf einen Ast des Korallen=
baumes zu Häupten der schaumgeborenen Göttin nieder, als warte er wie einst darauf, mit lustigen Genossen vor ihren Wagen gespannt zu werden, um
sie über das blaue griechische Meer in den Schatten
ihrer heiligen Haine zu tragen. Wir aber schlürften

bald aus zierlichen Tassen den Trank der modernen
Welt; ich meine nicht den Kaffee, sondern den Thee,
den wir Küstenbewohner auch an einem heißen Hoch-
sommervormittage nicht verschmähen.

Durch die Fenster, welche in der Front des Hauses gegen Süden lagen, sah man auf die grüne
Fläche der Hallig und fern am Strand die Brandung, welche silbern in der Sonne schimmerte. Unser
Schiff war von hier aus nicht zu sehen; aber dort
zu Westen starrte der Mast eines anderen kleinen
Fahrzeuges in die Luft; es war vor Kurzem hier
gestrandet und jetzt Eigenthum der Halligleute. —
Was überhaupt war hier nicht Strandgut! Der große
schwarze Hund, der jetzt im Hause umherlief, nicht
weniger als der edle Alicante, den wir späterhin bei
Tische tranken. Und wie stand es um die Bibliothek
des Vetters? —

Meinem angeborenen Triebe folgend, hatte ich
die Bücherschränke durchstöbert und blätterte eben in
einem abgegriffenen Exemplar des „Hesperus“, als
eine kleine Hand sich leise auf das erste weiße Blatt
des Buches legte. Der Name „Emma“ stand hier
eingeschrieben und ein Kreuz darunter.

Noch höre ich den Laut unschuldiger Theilnahme, den Susanne bei diesem Anblick ausstieß. „Wer war das, Onkel?" rief sie. „Hast du sie gekannt?"

„Gekannt, mein Kind?" wiederholte der Alte und strich mit dem Finger über eine Bücherreihe. „Das ist auch Strandgut; fast Alles Antiquaria! Die einstigen Besitzer sind gescheitert oder zu Grunde gegangen; ihre Bücher sind in alle Welt getrieben, von geschäftigen Leuten aufgefischt und verkauft; und nun stehen sie hier eine Weile, bis auch ihren jetzigen Besitzer das gleiche Loos ereilt. — Aber freilich, dennoch kenne ich diese Emma, wenn sie auch schwerlich davon weiß, daß ich ihre posthume Bekanntschaft gemacht habe."

Susanne blickte gespannt in die immer lebhafter mitredenden Augen des Vetters.

„Siehst du!" fuhr er fort — und er nahm mir das Buch aus der Hand und schlug einige Seiten darin auf — „hier steht es deutlich: sie liebte, litt und starb. Diese kurze Geschichte erzählen mir hier die Bleistiftstriche unter ihren Lieblingsstellen, das vertrocknete Vergißmeinnicht, dazu das Kreuz. Auch eine alte Jungfer ist sie gewesen und häßlich genug,

daß ihre schönen Augen Niemandem haben gefallen
wollen; auch dem Einen nicht, der nie daran gedacht
hat, wie glücklich er sie an jenem Frühlingstage machte,
als er die welke Blume so gedankenlos ihr gab, wie
er sie vorhin gedankenlos gebrochen hatte. Ein Gesichtchen wie das beine wird das nie verstehen; aber"
— und er blickte halb schmerzlich, halb in zärtlicher
Bewunderung in das schöne Antlitz des jungen Mädchens — „nicht wahr? durch dich soll Niemand Leid
erfahren!"

Susanne öffnete die Lippen, als wolle sie eine
Frage thun; aber der Vetter strich sanft mit der Hand
über ihr blondes Haar; dann wandte er sich ab und
setzte mit fast zarter Sorgsamkeit das Buch an seinen
Ort. Er mag wohl gefühlt haben, daß ich das bemerkte; denn er sagte lächelnd: „Nun, nun! da ist
nicht blos der Hesperus, da ist auch noch ein armes
treues Menschenherz darin."

Zufällig sah ich in diesem Augenblicke unter dem
Bücherschranke den mir von früher wohlbekannten
schwarzen Geigenkasten. Was war nach solchen Ge-
sprächen natürlicher, als daß ich den alten Herrn an
jene Melodie aus meiner Knabenzeit erinnerte, und

in ihn drang, sie mich jetzt noch einmal hören zu lassen.
— Aber er schien fast erschrocken. „Nein, nein, mein
Junge!" sagte er, den Kasten hastig in die äußerste
Ecke schiebend. „Siehst du denn nicht, daß das ein
Särglein ist? Man soll die Todten ruhen lassen."

Und so war denn weiter von dem Geigenspielen
nicht die Rede.

Nicht zu leugnen stand übrigens, daß die äußerst
zarte Organisation des Vetters im Anstoß mit den
Außendingen ihn zu einem für Durchschnittsmenschen
ziemlich seltsamen Kauz gemacht hatte. Auch verfehlte er nicht, die Frau Geheimräthin, welche ein
seltenes Geschick hatte, ihn an seinen heikelen Stellen
zu berühren, im Laufe dieses Tages mehr als einmal
gründlich in Verwunderung zu setzen.

Die gute Dame konnte es nicht verwinden, daß er,
„der hochgebildete Mann", die feine Gesellschaft seines
früheren Wohnorts mit dieser nur von Halligleuten
und einem zahmen Sperling bevölkerten Einöde vertauscht habe, und nahm dies Thema stets von Neuem
wieder auf. — Die kleine Scene, welche zwischen den
beiden alten Herrschaften hieraus entsprang, werde ich
nie vergessen.

„Frau Cousine!" sagte der Vetter mit großem Nachdruck, indem er eine schon erfaßte Apfelsine in die Krystallschale zurückfallen ließ — denn wir saßen nach beendigter Mittagstafel eben noch am Nachtisch — „wenn in Novembernächten der Sturm hier unser Haus gepackt hat, daß wir aufgeschüttelt aus den Betten springen; — wenn wir dann durch's Fenster in Augenblicken, wo eben die Wolken am Mond vorübergejagt sind, das Meer, aber das vom Sturm gepeitschte Meer hier unten am Fuße unserer Werfte sehen, die allein noch hervorragt aus den schäumenden, tobenden Wasserbergen; — Sie glauben nicht, Frau Cousine, wie erquicklich es ist, sich einmal in einer anderen Gewalt zu fühlen als in der unserer kleinen regierungslustigen Mitcreaturen!"

Ich mag wohl stumm dazu genickt haben; denn ich wüßte auch jetzt noch nichts Erkleckliches dagegen einzuwenden; die Frau Cousine aber wollte das allerdings nicht glauben, sondern fuhr fort, heftig für das feste Land und dessen gute Gesellschaft zu plaidiren.

Eine Weile hörte der alte Herr geduldig zu; dann aber begann es schalkhaft um seinen noch immer schönen Mund zu zucken.

„So will ich's offen denn bekennen;" sagte er, „die Excellenzen und die Geheimen-Ober-Gott-weiß-was-Räthe begannen sich die letzte Zeit in unserer guten Stadt auf eine für mich äußerst beunruhigende Weise zu vermehren."

Ich sah das herablassendste Lächeln in dem Antlitz der alten Dame aufsteigen.

„Aber, mein Gott, was thaten Ihnen denn — ?"

„Mir, Frau Cousine? Ich dächte doch; sie gingen überall dort in der Sonne, wo eben mir zu gehen beliebte. Es sind das aber, so lange sie noch in ihren Drähten hängen, oftmals ganz verruchte Figuren, und man muß ihnen ausbiegen, damit man keine Schläge von ihren hölzernen Armen bekommt."

Die Geheimräthin wurde unruhig.

„Aber, lieber Herr Vetter, mein seliger Mann —"

„Gewiß, gewiß, Frau Cousine!" Und der Vetter legte beschwichtigend seine Hand auf ihren Arm. „Ich kenne eine ganze Blumenlese davon, die alle einen unheimlichen Anstrich mit sich herumtragen; diese Kerle — ich wette! — wischt man ihnen die Staatskalendernummer von der Stirn, so sitzen sie da wie

ausgeblasene Hülsen; und ich sehe schon, wie ihnen
die Augen verglasen, während das bischen Acten= und
Rangclassenbewußtsein daraus verdunstet."

„Aber, Herr Vetter!" Und die Geheimräthin
benutzte eine augenblickliche Pause; „mein trefflicher
seliger Mann —"

Und der Vetter legte wieder beschwichtigend seine
Hand auf ihren Arm.

„Gewiß, gewiß, Cousine! Und damit ich Nie=
mandem Unrecht thue, es giebt auch recht charmante
Leute unter ihnen!"

Und sich plötzlich zu mir wendend, begann er
immer schneller und heftiger zu reden, bis er zuletzt
einige unleugbar handgreifliche Worte niederzuschlucken
sich ehrlich, aber vergebens bemühte.

Die Geheimräthin hatte resignirt die Hände ge=
faltet und sagte gar nichts mehr; der Vetter aber
war aufgesprungen, mit erhitztem Gesicht riß er
die Stubenthür auf und rief: „Mantje, ein Glas
Wasser!"

Bevor aber Mantje noch erscheinen konnte, rannte
er selber hintennach.

Die alte Dame schien allmälig aufzuathmen.

„Ein angenehmer Mann, der Vetter," sagte sie hüstelnd, „indeß, ich sehe ihn doch am liebsten hier auf seiner Insel."

Aber schon trat er selber wieder in die Stube.

„Ich habe unziemlicher Weise die Tafel abgebrochen," sagte er entschuldigend; „Sie wissen ja: Herz schon so alt und noch immer nicht klug! — Lassen Sie uns nach Landesbrauch nun Martje Flor's Gesundheit trinken!" Er füllte die Gläser und erhob das seine. „Frau Cousine! Susanne! Mein lieber Junge! Auf daß es uns wohl gehe in unseren alten Tagen!"

Und wir tranken, wie das diesem ernstesten aller Trinksprüche eigen zu sein scheint, schweigend, und schüttelten uns die Hände.

Die Geschichte aber, welche demselben zu Grunde liegt, verdient es, auch in weiteren Kreisen erzählt zu werden. Als nämlich Tönningen, die größte Stadt der Landschaft Eiderstedt, einst von den Schweden belagert wurde, hatte eine Gesellschaft feindlicher Officiere in dem benachbarten Kathrinenheerd Quartier genommen und trieb dort arge Wirthschaft; sie ließen sich Wein auftragen, zechten und lärmten, als

seien sie die Herren hier. Martje Flor, die zehn=
jährige Tochter des Hauses, stand dabei und sah
unwillig dem Gelage zu, denn sie gedachte ihrer El=
tern, die das unter ihrem Dache dulden mußten.
Da reichte einer der Trinker ihr ein volles Glas
und rief, was sie so trübselig dastehe, sie solle lie=
ber auch eine Gesundheit ausbringen! Und Martje
trat mit ihrem Glase an den Tisch, wo die feind=
lichen Kriegsleute saßen, und sprach: „Dat et uns
wull ga up unse ole Dage!" — Und auf dieses
Wort des Kindes wurde es still.

Seitdem versteht es Jeder bei uns zu Hause,
wenn am Schlusse des Mahles der Wirth es seinen
Gästen zubringt: „Und nun noch — Martje Flor's!"

*   *   *

Als wir nach aufgehobener Tafel vor die Haus=
thür traten, führte uns der Vetter unter bedeutungs=
vollem Schweigen am Hause entlang bis an die süd=
westliche Ecke desselben. Hier stieß er ein unter herab=
hängendem Hollunder fast verborgenes Pförtchen auf;
und, wie in ein Wunder, blickten wir in einen gro=

ßen baumreichen Garten hinab, den an diesem Orte, bei der rings umgebenden Oede, wohl Niemand hätte vermuthen können. — Drunten, von der Insel aus dem Auge ganz verborgen, lag er in einer kesselför= migen Vertiefung der Werfte, an deren schräg ab= fallenden Wänden sich zwischen verschiedenartigen Obst= bäumen eine Reihe üppiger Gemüsebeete entlang zog.

Von unten aus dem Grunde blinkte ein kleiner Teich, ringsum von einem hohen Ligusterzaun um= schlossen. Auf dem daran entlang führenden Steige erschien eben, vom Hause hinabspazierend, eine weiße Katze; aber sie verschwand gleich darauf unter dem Schatten der Obstbäume, welche vom Garten aus ihr dichtes Gezweig über den Steig hinüberstreckten. Die blanken Blätter glänzten in dem sattesten Grün, als seien sie nie von einem gefräßigen Insect berührt worden; nur freilich, wo die Kronen der Bäume den oberen Gartenrand erreichten, waren sie sämmtlich wie mit der Zaunscheere abgeschoren, was nach des Vetters Erläuterung von dem Nordwestwinde ohne jegliche Bestellung ausgeführt wurde.

Die Aufmerksamkeit unserer „Maman" war durch eine Pumpe erregt worden, welche unweit des Ein=

gangs in dem kleinen Teiche stand; und während der
alte Herr, unter lebhaften Schlägen mit dem Schwen-
gel, ihr die Speisung und Bedeutung dieses Süß-
wasserbehälters der Insel zu erklären begann, gingen
Susanne und ich in das trauliche Gartennest hinab,
wo der Sonnenschein wie eingefangen auf dem grünen Laube schlief. Wir schritten langsam der weißen
Katze nach, und verschwanden gleich ihr unter dem
dichten Laube der Apfelbäume, das fast Susannens
goldklares Haar berührte; um uns her schwamm der
Duft von Federnelken und Rosen, die oben zwischen
den Gemüsebeeten blühten. Unmerklich, wenn mich
die Erinnerung nicht täuscht, waren wir in jenen
träumerischen Zustand gerathen, von dem in der
Sommerstille, inmitten der webenden Natur so leicht
ein junges Paar beschlichen wird: sie schweigen, und
sie meinen fast zu reden; aber es ist nur das Getön
des unsichtbar in Laub und Luft verbreiteten Lebens,
nur das Hauchen der Sommerwinde, die den Staub
der Blüthen zu einander tragen. Ich glaube, wir
saßen auf einer kleinen Holzbank und blickten —
wer weiß, wie lange schon! — durch die Lücken des
Zaunes auf das unten schimmernde Wasser, als plötz-

lich die accentuirte Stimme der Geheimräthin mich
auf die Oberfläche des Lebens zurückrief; und gleich
darauf erschien auch der alte Herr und trieb uns mit
munteren Worten zum Kaffee in das Haus.

Aber ich stahl mich bald davon, um mir nach
meiner Weise allein und ungestört die verschiedenen
Räume des großen, ganz im Viereck gebauten Hauses
anzusehen.

Eine Weile stand ich in einer Art von Zimmer=
werkstatt und plauderte mit dem Sohne des Hauses,
der, gleich Robinson, alle Handtirungen vom Robben=
jäger bis zum Zimmermann in sich vereinigte und
augenblicklich in letzter Eigenschaft an den Blöcken
eines Segelboots arbeitete, das von einer Nachbar=
insel aus bei ihm bestellt war.

Von hier gelangte ich in einen langen, ziemlich
düstern Stall. Er war leer, da das Vieh draußen
auf der Hallig weidete; nur die weiße Katze saß jetzt
hier auf der Krippe, und einige Hühner liefen gackelnd
durch das Mauerloch aus und ein; an den Wänden
sah ich hie und da ein Seehundsfell zum Trocknen
angenagelt.

Zu Ende des Stalles, im rechten Winkel daran

stoßend, noch stiller und noch mehr in Dämmerung,
lag die Scheune; und dort in ihrer Mitte stand das
neue Boot, noch duftend von dem Harz des Waldes,
von keiner Welle noch berührt. Wie selbstverständlich, stieg ich ein; ich setzte mich auf die Ruderbank
und dachte an den Vetter, weshalb er denn vorhin
sein Geigenspiel vor uns verleugnet habe.

Es war völlig einsam hier. Die kleinen überdies
mit Spinngewebe überzogenen Fenster lagen so hoch,
daß sie keinen Ausblick zuließen. Vom Hause her
vernahm ich keinen Laut; aber draußen um die Mauern,
obgleich gegen Mittag der Wind sich fast gänzlich
gelegt hatte, ertönte eine Art von Luftmusik, die mich
die großen Register ahnen ließ, mit denen hier um
Allerheiligen der Sturm sein Weltmeerconcert in
Scene zu setzen pflegt. Nach einer Weile mischten
sich leichte Schritte, die durch den Stall daher kamen,
in dieses Tönen der Luft, und als ich aufblickte,
stand Susanne in der Thür, ihr Hütchen am Bande
hin- und herschwenkend.

„Weshalb sind Sie denn fortgelaufen?" rief sie,
indem sie trotzig den Kopf zurückwarf. „Mama
sitzt drinnen vor einer Seekarte, und Onkel hat ein

großes Teleskop am offenen Fenster aufgestellt. Ich mag aber nicht durch Teleskope sehen."

„So gehen Sie bei mir an Bord!" erwiederte ich, auf meiner Ruderbank zur Seite rückend, „es ist ein neues sicheres Fahrzeug."

„In dieses Boot soll ich steigen? Weshalb? Es ist so düster hier."

„Hören Sie nur, wie die zarten Geister musiciren!"

Sie horchte einen Augenblick, dann kam sie näher und hatte schon ihr Füßchen auf den Rand des Bootes gesetzt.

„Nun, was zögern Sie, Susanne? Haben Sie kein Vertrauen zu meiner Steuerkunst?"

Sie sah mich an; es war etwas von dem blauen Strahl eines Edelsteins in diesem Blicke, und es überfiel mich, ob mir nicht doch von diesen Augen Leids geschehen könne. Ich mag sie dabei wohl seltsam angestarrt haben; denn, als wandle eine Furcht sie an, zog sie langsam ihren Fuß zurück.

„Wir wollen lieber an den Strand hinab!" sagte sie leise. „Ich möchte noch die Nester der Silbermöven sehen!"

So verließ ich denn mein gutes Fahrzeug, und
wir traten aus dem Hause, wo die Tageshelle fast
blendend in unsere Augen strömte. — Ohne von den
alten Herrschaften etwas wahrzunehmen, gingen wir
die Werfte hinab und über die Hallig nach dem
Strande zu. Ein Stengel duftenden Seewermuths,
eine violette Strandnelke wurde im Vorbeigehen mitgenommen, sonst war hier nichts, das unsere Aufmerksamkeit hätte erregen können. An manchem der
oft tiefen Gerinne, womit, wie mit einem Gewebe,
die ganze Hallig überzogen war, mußten wir auf-
und abwandern, bevor wir eine Stelle zum Hinüber-
springen fanden. Aber Susanne hatte die Mädchen-
turnschule durchgemacht, und an ihren Schultern waren die unsichtbaren Flügel der Jugend; ich hörte
deutlich ihr melodisches Rauschen, wenn der kleine
Fuß zum Sprunge ansetzte und wenn sie dann so
rasch hinüberflog.

Ein leichter Wind hatte sich aufgemacht, als wir
den Strand erreichten. Das Meer, das bei der ein-
getretenen Fluth nur etwa einen Büchsenschuß von
dem grünen Lande entfernt war, lag jetzt wie fließen-
des Silber vor den schräg fallenden Strahlen der

Nachmittagssonne; bis weit hinaus um den Strand
der Insel hörte man das Getöse der Brandung.
In der Luft war noch immer, wie am Vormittage,
das Steigen und Sinken der großen Silbermöven,
nur daß jetzt, da kein Licht von oben durchschien, das
schneeige Weiß ihrer Flügel sich noch mehr gegen den
blauen Himmel abhob. Auch kleinere schwarze Vögel mit storchartigem Schnabel sahen wir, die wie
mit hellem Kriegsschrei durch das Gewimmel der
großen Möven hin= und herschossen.

Und jetzt ließ Susanne einen Ruf des Entzückens
hören; in einem Tangbüschel, umgeben von einem
röthlichen Kranze zermalmter Schalthiere, lagen zwei
der großen graugrünen Eier; sechs Schritte weiter
wieder zwei; und dort, etwas seitwärts, schimmerten
gar drei von den kleineren Eiern des schwarzen
Austerfischers. Die meisten lagen auf dem bloßen
Sande; denn, wie der Vetter sagte, „diese Creaturen
machen wenig Umstände mit ihrer Häuslichkeit".
Die Vögel gackerten und schrieen; Susanne aber,
unbekümmert und mit vor Neugier leuchtenden Augen,
schritt immer weiter hinaus, von Nest zu Nest.

Ich hatte mich gegen das Meer hin auf den

Rand des Ufers gesetzt. Eine Weile blickte ich Su-
sannen nach; wohin dann meine Gedanken gingen,
hätte ich wohl selber kaum zu sagen gewußt, meine
Augen aber buchstabirten immer wieder an dem Spiegel unseres unweit auf dem Wasser schaukelnden
Schiffes den mir längst bekannten Namen „Die
Wohlfahrt", dessen goldene Buchstaben in der Sonne
zu mir herüberglänzten. Das Anrauschen des Meeres, das sanfte Wehen des Windes — es ist seltsam, wie das uns träumen macht.

Als ich aufstand, war von Susanne nichts zu
sehen. Ich ging eine Strecke an dem Ufer hin, während über mir die Möven gleich ungeheuren Schnee-
flocken in der Luft tanzten. Ich rief, ich sang —
keine Antwort. Endlich dort, weitab in einer Boden-
senkung sah ich sie im Sande knieen. In der scharfen Beleuchtung der schon abendlichen Sonne gewahrte ich eines der großen Eier in ihrer Hand;
sie hielt regungslos das Ohr darauf geneigt, als
wolle sie das keimende Leben belauschen, das darin
verschlossen war. Ihr zu Häupten aber schwebten
zwei der mächtigen Vögel, die sich aus der langen
Kette losgelöst hatten; sie stießen ihre heiseren Töne

aus und schlugen wie zornig mit den weißen Flügeln. Unwillkürlich blieb ich stehen; so wild und doch so anmuthvoll war dieses Bild. Die knieende Gestalt des Mädchens regte sich noch immer nicht. Da schoß eines der erzürnten Thiere so jäh auf sie herab, als hätte es mit seinem Schnabel ihre Locken packen müssen.

Susanne stieß einen lauten Schrei aus, daß selbst die Vögel erschreckt zur Seite stoben; dann schleuderte sie das Ei weit von sich, und, wie vorhin über die kleinen Abgründe, flog sie auf mich zu und schlang beide Arme um meinen Hals. — —

> „Nur ein Hauch darf beben,
> Blitzen nur ein Blick;
> Und die Engel weben
> Fertig ein Geschick.“

So sagt ein Dichterwort. — Aber dieser Hauch bebt oft auch nicht. — Ich war ein junger Advocat, und längst von wohlmeinender Seite mir bedeutet worden, wenn ich in meinem Berufe „prosperiren“ wolle, so müsse ich nicht nur meinen grauen Hecker-hut bei Seite legen, sondern mir auch den Schnurr-bart abrasiren. Beides hatte ich unterlassen; bisher

leichtsinnig und wohlgemuth, jetzt aber fiel es mir
centnerschwer aufs Herz, und seltsam, während die
Brandung eintönig vor meinen Ohren rauschte und
der blonde Mädchenkopf noch immer an meiner Schul=
ter ruhte, konnte ich meine Gedanken zu nichts Besse=
rem bewegen, als sich gegen diese Tyrannei der öffent=
lichen Meinung immer von Neuem in Schlachtordnung
aufzustellen; ja der Heckerhut und der Schnurrbart
selbst begannen zuletzt wie zwei feindliche Gespenster
gegen mich aufzustehen.

„Susanne," sagte ich endlich resignirt, „wir wer=
den heimgehen müssen, es wird schon spät."

Es ist dies jedenfalls recht ungeschickt gewesen;
denn ich weiß noch gar wohl, wie Susanne mich
erschrocken von sich stieß und dann, bis unter ihr
lockicht' Stirnhaar erröthend, wie hülflos vor mir
stehen blieb. Und ohne Zweifel war es nicht eben
viel geschickter, als ich, um das wieder gut zu machen,
ihre beiden Hände ergriff und tröstend zu ihr sagte:

„Ich weiß wohl, daß es nur die wilden Vögel
waren."

Aber wie auch immer — da wir nun zurückgingen,
es war doch anders als vorhin; sie hatte sich nun

einmal doch in meinen Schutz begeben. Noch oft, wenn über uns ein Vogelschrei ertönte, warf sie hastig das Köpfchen herum, ob auch die geflügelten Feinde hinterdrein kämen, um ihre zerstörte Brut zu rächen; und wenn wir dann an ein Gerinne kamen, so reichte sie wie selbstverständlich mir die Hand, und es war unverkennbar, daß wir nun zusammen flogen.

Als wir auf der Werfte anlangten, stand der Vetter in der Thür.

„Susanne, mein liebes Kind," sagte er mit einem seltsam geheimnißvollen Wesen, „deine Mutter ist drinnen im Zimmer; ich möchte ein Wort mit unserem jungen Freunde reden."

Somit faßte er mich unter den Arm und führte mich um das Haus bis an die hintere Seite desselben. Hier machte er Halt und sah mir lange und zärtlich in die Augen.

„Mein Herzensjunge!" sagte er dann, „jetzt weiß ich's ja, weshalb du vorhin das alte Liebeslied von mir verlangtest, denn ich will's dir nur gestehen, daß es ein solches war und zwar ein echtes. Da es dich die langen Jahre und bis zu diesem Ziele begleitet hat," — der Vetter hielt einen Augenblick inne — „wenn du mich demnächst selbander besuchen wirst, ich glaube wohl, daß ich die Melodie noch wiederfinde."

Was sollte ich auf so verfängliche Reden antworten!

„Ich verstehe Sie nicht, lieber Vetter!" sagte ich.

„Du verstehst mich nicht?"

Ich mußte wiederholt diese Versicherung geben; dann aber kam es heraus.

Vom Zimmer aus hatte der Vetter sein Teleskop auf immer neue Inseln und Halligen gerichtet, und die Geheimräthin hatte immer treu hindurchgesehen, „bis wir," fuhr er fort, „zuletzt auch unseren eigenen Strand und als Staffage dich und Susanne vor unser Glas bekamen. Die Frau Cousine blickte mit ganz mütterlichem Stolze auf Euch Beide hin, auf einmal aber springt sie mit einem „O mein Himmel!" in die Stube zurück. „Vetter!" ruft sie, „ich verstehe die Situation nicht!" und schiebt dann mit großer Hast mich selber vor das Teleskop. Und wie nun ich hindurchsehe, — „Erstaunlich!" rufe auch ich, „aber doch nicht völlig unverständlich!" und „Meinen herzlichen Glückwunsch, Frau Cousine!"

Denn, leugne es nur nicht, Vetter! Du hieltest sie richtig in deinen Armen, und ich sage nur: Halte fest, mein Junge, halte fest! Denn dieses Kind ist Gott und den Menschen ein Wohlgefallen!"

Das Gesicht des alten Herrn strahlte vor Freude, und mir selbst begann das Herz sehr laut zu klopfen. Aber was half das Alles!

„Es thut mir leid," sagte ich, „aber bestellen Sie den Glückwunsch nur wieder ab; denn es ist nichts, Vetter!"

„Nichts?"

„Nein, nichts!"

Und ich erzählte ihm nun, daß es nur die großen Vögel gewesen seien.

„Erstaunlich!" Er sah mich eine Weile zweifelnd an; dann, wie plötzlich entschlossen, drückte er mir kräftig die Hand und sagte: „Mein Herzensjunge, ich glaube, nun verstehst du die Situation nicht."

Ob inzwischen auch Susanne ihre Mutter in dieser Weise aufgeklärt hatte, weiß ich nicht; ich bemerkte, da wir ins Zimmer traten, nur ein noch etwas feierlicheres Wesen an der alten Dame, als ihr sonst zu eigen war.

Nicht lange nachher kam die Zeit des Abschiedes. Die Damen fuhren; ich, in Begleitung des Vetters, ging zu Fuß an den Strand hinab. Als der Wagen uns schon fast erreicht hatte, ergriff der Alte noch einmal meinen Arm und führte mich ein Stückchen an dem Wasser hin.

„Also, es ist wirklich nichts, mein Junge?"

„Wirklich nichts, Vetter!"

Er sah mich traurig an.

„Nun, so komm zu mir auf meine Hallig; wir lassen zu Ostern drei Fach für dich anbauen; überleg' dir's wohl!"

Und er drückte kräftig meine beiden Hände.

Dann gingen wir zu Schiffe. Als wir schon weit vom Lande auf dem tiefen Wasser schwammen, sahen wir noch lange den Vetter, wie er grüßend seine Mütze schwenkte und wie die Abendsonne auf seine weißen Haare schien.

Nach Sonnenuntergang drehte sich der Wind; eine sanfte Brise wehte aus Südwest; vor uns aus dem dunklen Wasser stieg der Mond und erhellte mit seinem sanften Licht das Meer. Die Geheimräthin hatte ihren Atlasmantel mit Silberfuchs umge-

than und der Kühle wegen sich unten in dem offenen
Schiffsraume eingerichtet. Susanne, in weiche Tücher
eingehüllt, lehnte neben mir an der Schanzkleidung;
ihr Antlitz erschien fast blaß in der nächtlichen Beleuchtung.

Einmal aus der Ferne drang das Winseln eines
Thieres über das Wasser zu uns her, und die Schiffer
sagten, daß es ein junger Seehund sei, der seine
Mutter suche. Dann war es wieder still, und nur
die Wellen an unserem Schiffe rauschten. Wir aber
standen noch immer und blickten über das Meer hinaus. Wohin in dieser leeren Weltenferne unsere
Blicke gingen, wer vermöchte das zu sagen! Ob
etwa auch Susanne noch an die wilden Vögel dachte?
Sie verrieth mir nichts davon, und ich habe es auch
später nicht erfahren. Ebenso unsicher bin ich, ob
der Klabautermann an Bord gewesen ist. Einmal,
da ich den Kopf wandte, war mir zwar, als ob dort
am Bugspriet unter dem Klüversegel sich etwas wie
Nebel zusammenkauere, allein ich achtete nicht darauf.
Zwei junge Augen, die sich, still wie diese Nacht, mitunter zu mir wandten, waren ein holderes Geheimniß. Wohl aber fühlte ich, daß Geister mit uns

fuhren, denen selbst die Nähe der Geheimräthin kein
Gegengewicht zu leisten vermochte.

Als wir dann endlich wieder auf unserem Deiche
nach der Stadt zurückkehrten, sang über dem dämmernden
Koog unsichtbar noch eine Lerche. Zur anderen Seite
stand der Mond und warf gelblich blinkende Lichter auf
den von der eintretenden Ebbe bloßgelegten Schlamm.

* * *

Es giebt Tage, die den Rosen gleichen: sie duften
und leuchten, und Alles ist vorüber; es folgt ihnen
keine Frucht, aber auch keine Enttäuschung, keine von
Tag zu Tag mitschreitende Sorge. — Ich habe meinen
Hut und meinen Schnurrbart beibehalten, bis endlich
beide zur allgemeinen Mode wurden und darin ver=
schwanden. Es ist mir andererseits verhüllt geblieben,
ob etwa im Verlaufe des Lebens der Blick jener blauen
Augen neben dem Strahl des Edelsteins nicht auch
die Härte desselben angenommen hat. Der Tag auf
des Vetters Hallig, und mitten darin Susannens süße
jugendliche Gestalt, steht mir, wie Rungholt, wohlver=
wahrt in dem sicheren Lande der Vergangenheit.

* * *

Noch einmal, einige Jahre später, habe ich den Vetter auf seiner Hallig besucht; freilich nicht selbander, wie er derzeit es so herzlich mit mir im Sinne hatte. Sein Geist schien noch rüstig, aber mit seinem Körper ruhte er doch am liebsten am Fenster in dem weichen Lehnstuhle und ließ statt seiner Füße nur die Augen über die Hallig nach dem Strande wandern. Als ich hier ihm gegenübersaß, sah ich draußen aus dem blauen Himmel zwei jener weißen Möven gegen das Haus fliegen. Auf halber Höhe der Werfte ließen sie sich nieder, und der Vetter öffnete das Fenster und warf ihnen Brod- und Fleischschnitte zu, die er neben sich auf der Fensterbank für sie in Bereitschaft hatte. „Früher kam ich zu ihnen," sagte er, „nun müssen sie schon zu mir kommen." — —

Jetzt suchen sie vergebens ihren Freund. Zwar ist er auf seiner Hallig geblieben, aber aus dem Hause hat man ihn hinausgetragen; die grüne Rasendecke liegt schützend über ihm. Er hat es gewagt, sich hier zur Ruhe zu begeben, wohl wissend, daß der Sturm die Fluth zu seinem Grabe treiben, daß die Fluth es aufwühlen und ihn in seinem schmalen Ruhebette auf das weite Meer hinaustragen könne.

Aber wie hätte er jene großen Mächte fürchten sol=
len, in deren Schutz er sich so gern gesichert glaubte!

Mir hatte der treffliche Mann außer seiner Bi=
bliothek und seinem handschriftlichen Nachlasse auch
seine Cremoneser Geige vermacht, welche ich zufolge
testamentarischer Anordnung, obgleich des Geigenspiels
ganz unkundig, weder verschenken noch verkaufen,
sondern nur vererben darf. So liegt sie denn jetzt
unberührt bei anderen Gedächtnißstücken. Unter den
Papieren aber finden sich einige kurze Aufzeichnun=
gen von der Hand des Verstorbenen, welche vermu=
then lassen, daß derzeit bei seiner Flucht aus der
Welt noch ein besonderer Hebel mitgewirkt habe.
Auch die Zeit stimmt hiermit überein, denn nach dem
beigefügten Datum stammen sie sämmtlich aus den
letzten Jahren vor seinem Halligleben. Er wohnte
damals noch in seinem eigenen Hause, das dicht neben
der Stadt in einem baumreichen Garten gelegen
war. Aus seinem Wohnzimmer, welches sich im
oberen Stocke befand, sah man durch einige davor=
stehende Lindenbäume über ein paar grüne Felder
auf die Haide, die sich damals noch weit nach Westen
hinauszog. Ich weiß noch wohl — denn ich habe

dort oft bei ihm gesessen — wie sehr er diesen Ausblick liebte. Die Haide war ihm ein vertrauter Ort;
nicht nur daß er sie unablässig für seine entomolo-
gischen und botanischen Studien durchforschte, sondern er fand dort auch, wie er sich ausdrückte, „die
nöthige Erholung von dem Menschenleben."

An diesem Fenster sitzend muß ich mir ihn denken, als er jene Zeilen niederschrieb, die jetzt in seiner kleinen, aber deutlichen Handschrift vor mir liegen.
Sie lauten also:

*   *   *

Wie gut es sich hier in den Octobernachmittag
hinausschaut! So golden scheint noch die Sonne;
doch lösen sich unter ihrem Strahle schon die Blätter und sinken lautlos auf den feuchten Rasen; immer
sichtbarer werden die nackten Aeste. Von drunten
aus den Hollunderbüschen klang ein Drosselschlag;
nach einer Weile rief es noch einmal aus der Ferne
— es nimmt Alles Abschied.

Die lichtgraue Dämmerung des Herbstabends hat
sich verbreitet, Haus und Garten liegen schon im

Schatten, hinter der Haide ist die Sonne hinabge=
gangen. Nur ganz fern am Himmel, dort, wohin
wie Schatten jetzt die Vögel fliegen, ist noch eine
leuchtende Wolkenschicht gebreitet. Sie steht über
einem Lande jenseits des Horizonts, den meine Au=
gen noch erreichen können. Aber auch dort wird
bald der goldene Tag erlöschen. — —

Als ich in das Zimmer zurückblickte, lag noch
ein Schimmer jenes Abendscheins auf meinem schwar=
zen Geigenkasten, der nun schon seit Jahren uneröff=
net dort unter dem Bücherschranke steht. Die Geige,
die er verbirgt, erstand ich einst aus dem Nachlasse
eines früh verstorbenen florentinischen Musikers, und
erst seitdem wußte auch ich, daß ich spielen könne.
Auf dem inneren Rande des Kastens fand ich damals
eine italienische Strophe eingeschrieben, und seltsam,
da ich sie in unsere Sprache übertrug, war mir's,
als hätte ich diese nun deutschen Verse einst selbst
gemacht, und suchte lange, wiewohl vergebens, danach
unter meinen alten Papieren. Aber so wie ich die
Geige mit meinem Bogen anstrich, da sang es und
schwoll es an zu einer Gewalt, die mich selbst er=
beben machte. Das war nicht ich allein, der diese

Töne schuf; ein geistig Erbtheil war in dieser Geige, und ich war der rechte Erbe, der es mit eigener Kraft vermehrte. Nun ruht sie seit lange klanglos in ihrer schwarzen Truhe; denn schon vor Jahren hatte ich es erkannt: nur bis zu einer gewissen Grenze des Lebens fließt um unsere Nerven jener elektrische Strom, der uns über uns selbst hinausträgt und auch Andere unwiderstehlich mit sich reißt.

Und nun? Und heute Abend?

Ich muß vor den Spiegel treten, damit ich meine grauen Haare nicht vergesse.

Nein, nein! Ich will die Geige, meine klingende Seele, aus ihrem Sarge nehmen, und meine Hände sollen nicht zittern.

*　　*　　*

Eveline führte mich in den Saal. Er war noch leer, aber die Kerzen brannten schon; unter der Krystallkrone stand der geöffnete Flügel.

„Hier sollen Sie spielen!" sagte sie. „Dort auf dem Tischchen steht Ihr Geigenkasten."

„Soll ich wirklich, Eveline?"

Sie legte, wie sie das zuweilen that, ihre Wange
in die Hand und sah mich ernsthaft an.

„Sie haben es mir doch versprochen!"

— „Und vor so hoher Gesellschaft?"

Denn in großen, ziemlich mäßigen Steindrucken,
aber aus desto dickeren Goldrahmen schaute fast die
ganze erste Rangclasse unseres Staatskalenders von
den Wänden herab.

Sie lachte.

„Pst! Nicht spotten! Das sind Papa's Penaten.
Weshalb sehen Sie nicht auf meine Bilder, die bescheiden, aber tröstlich unter ihnen hängen?"

Und freilich, auch Goethe und Mozart waren,
wenn auch in kleinerem Format, vertreten.

Die Gesellschaft drängte aus den anderen Zimmern in den Saal.

„Adieu!" sagte Eveline.

Sie reichte mir flüchtig die Hand, ihr dunkles
Auge streifte mich; dann ging sie den Eintretenden
entgegen. Ich suchte mir in der fernsten Ecke einen
Platz. Der weiche, etwas müde Klang ihrer Stimme
lag noch in meinem Ohr; aus ihren einfachsten Worten spricht es oft, ich weiß nicht, wie die schmerzliche

Erwartung oder wie die heimliche Zusage eines
Glückes. Bald aber gesellte sich mein werther Vetter,
der Geheimrath, zu mir und sprach irgend etwas über
Kunst; und ich besah mir indeß die noch immer un=
ter Geplauder und Complimenten platznehmende Ge=
sellschaft und verglich sie mit der, die an den Wän=
den hing.

Und jetzt wurde ein Accord angeschlagen. Unser
Adolf, der Musikdirector, begann das Largo aus
Beethoven's D-dur-Sonate. Und es wurde völlig
still und blieb es auch; denn er versteht es, wenn
die Stunde günstig ist, seinen Beethoven so eindring=
lich zu Gehör zu bringen, daß es schon sehr große
Geister oder aber sehr große Flegel sein müssen, die
dabei sich noch selber sollten hören mögen. Mit dem
Einsatze der Menuet war mir sogar, als gehe ein
Aufathmen des Entzückens durch den ganzen Saal.
Ist doch Musik die Kunst, in der sich alle Menschen
als Kinder eines Sterns erkennen sollen!

Dann führte der Musikdirector seine jungen
Schaaren vor. Es waren frische, anmuthige Stim=
men darunter, und sie sangen ihre Thee= und Kaffee=
liedchen, in denen sie sich so wohl fühlen, die wie

die Sommervögel kommen und verschwinden. Sie sangen aber auch von den Liedern des neuen großen Componisten, durch welchen Eichendorff's wunderbare Lyrik zuerst in der Musik ihren Ausdruck erhalten hat. Ahnungslos schwebten die jungen Stimmen über dem Abgrund dieser Lieder. — Ich weiß nicht, ob der Capellmeister Johannes Kreisler davon gelaufen wäre; ich saß ganz still und horchte auf den süßen, thaufrischen Lerchenschlag der Jugend. Dazwischen immer behagliches Klatschen und liebkosende Worte der älteren Herren und Damen und laute Complimente der jungen Cavaliere. Weshalb denn auch nicht?

Und nun — ich glaube fast, daß mir die Brust beklommen war — stand ich selbst am Flügel. Eveline hatte die Geige schweigend vor mich hingelegt und war dann ebenso zurückgetreten. Spohr's neuntes Concert lag aufgeschlagen. Adolf sah mich an: „Nun, wollen wir?"

Wir kannten uns. Vor Jahren hatte mancher Abend, manche Nacht uns so vereint gesehen. Schon lag mein Bogen an den Saiten; ein paar Accorde noch des Flügels, und sicher und krystallhell flog der erste Ton durch den Saal.

Und meine Geige sang, oder eigentlich war es meine Seele. Sie sang wie einst der Neck am Wasserfall, von dem die Kinder sagten, daß er keine Seele habe. — Du weißt es, meine Muse, denn du standest mir gegenüber neben dem Bilde deines Lieblings, des Jünglings Goethe, die schönen Hände in deinem Schooß gefaltet. Deine Augen waren hingegeben offen, und ich trank aus ihnen die entzückende Götterkraft der Jugend. Und die Wände des Gemaches schwanden und der rauschende Wasserfall stand, und alle die jungen Vögel, die eben noch so laut geschlagen hatten, verstummten lauschend. Ich war eins mit dir, schöne jugendliche Göttin, hoch oben stand ich herrschend; ich fühlte, wie die Funken unter meinem Bogen sprühten; und lange, lange hielt ich sie Alle in athemlosem Bann.

Wir waren zu Ende. Adolf nahm die Hände vom Clavier, sah zu mir auf und nickte leise.

Und da ich den Bogen fortgelegt hatte, blickten die Jungen auf mich, halb scheu, mit erstaunten großen Augen, als hätten sie plötzlich entdeckt, ich sei noch Einer von den Ihren, den sie nicht erkannt, der nun plötzlich die Maske des Alters fortgeworfen habe.

Erst als Adolf seinen Stuhl rückte und aufstand, wurde die Stille unterbrochen und die Gesellschaft drängte sich zu uns. Nur ich wußte, daß plötzlich Evelinens Hand in meiner lag. Oder war es die Hand meiner Muse, die noch einmal flüchtig mich berührte?

*   *   *

Sie haben dich gescholten, Eveline.

Und wenn Ihr wahr gesprochen hättet — laßt sie mir! Auch die Natur, von welcher, gleich der Rose, sie nur ein Theil ist, vermag uns nichts zu geben, als was wir selber ihr entgegenbringen. Vielleicht gelangt der Mensch überall nicht weiter, und wir sterben einsam, wie wir einsam geboren wurden. Und dennoch, was wäre das Leben, wenn es keine Rosen gäbe?

*   *   *

Weißt du, daß es Vorgesichte giebt? — Mitunter, als könne sie nicht warten, bis auch ihre Zeit gekommen ist, wirft die Zukunft ihr Scheinbild in die Gegenwart. — Du ahntest nichts davon, aber ich habe es gesehen; es war mitten im kerzenhellen Saale. Du hattest getanzt und lehntest athmend in der Sopha=Ecke; da sah ich dein Antlitz sich verwandeln, deine Züge wurden scharf, deine Wangen schlaff und fahl. Schon streckte meine Hand sich aus, um leis' die Rose aus deinem Haar zu nehmen; denn sie saß dort wie ein Hohn für dein armes Angesicht. Aber es verschwand, da ich fest dich anblickte; du lächeltest, du warst wieder nicht älter als deine achtzehn Jahre. Unmächtig wich das Gespenst zurück; nur ich sah es noch immer wie eine verhüllte Drohung in der Ferne stehen.

O Eveline! Der Strom der Schönheit ergießt sich ewig durch die Welt, aber auch du bist nur ein Wellenblinken, das aufleuchtet und erlischt; und alle Zukunft wird einst Gegenwart.

*   *   *

Im eigenen Herzen geboren,
Nie besessen,
Dennoch verloren.

Wie seltsam, diese Worte auf meinem Geigen=
kasten!

Auch das ist nun vorüber. —

*   *

Hier scheinen in den Aufzeichnungen des Vetters
ein oder mehrere Blätter zu fehlen; denn das Fol=
gende, womit dort ein neues Blatt beginnt, ist augen=
scheinlich nur der Schluß eines längeren Aufsatzes.

*   *   *

— — „Aber ein Hauch der ewigen Jugend, die
in mir ist, hat doch dein Herz berührt; mögen noch
so übermüthig deine jungen Lippen zucken. Einst,
wenn auch du zu den Schatten gehörst, deren Mund
vergebens nach dem Kelche dürstet, aus dem vor ihren
Augen die Jugend in vollen Zügen trinkt, wird die
Erinnerung an mich dich jäh überfallen; vielleicht am
stillen Abend, wenn du hinter abgeheimsten Stoppeln
die Sonne sinken siehst, vielleicht - auch das ist mög=
lich — erst in den Schauern des Todes, in jenem

letzten Augenblicke, wo alle Erdengeister dich verlassen.
— Und nun geh', Eveline; denn jetzt sind sie alle
noch in deinem Dienst!"

Ihre Hand zitterte, die, wie ich jetzt erst fühlte,
in der meinen lag. Aber sie zog sie schweigend zurück, und ging.

„Gute Nacht, Eveline!"

Du aber, o Muse des Gesanges, verlasse du
mich noch nicht! Laß mich mein Haupt an deine
Schulter lehnen; denn ich bin müde, müde wie ein
gehetztes Wild; und sollte ich heimlich bluten, so lege
du die Hand auf meine Wunde! — —

*
*
*

Hier enden diese Aufzeichnungen. Kein Band,
keine Locke, keine Blume liegt bei den vergilbten
Blättern.

Wer war jene Eveline, welche dies alternde Herz
noch einmal so tief zu erschüttern vermochte? — Ich
kenne keine ihres Namens. Requiescat! Requiescat!

———————